엄마는 복덩이

안경덕 수필집

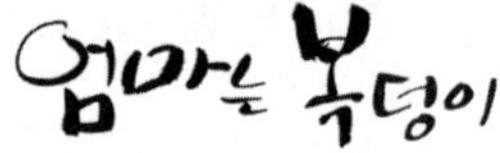 엄마는 복덩이

인　쇄 / 2013년 10월 25일
발　행 / 2013년 10월 30일

지은이 / 안 경 덕
발행인 / 서 정 환
발행처 / 수필과비평사

출판등록 / 1984년 8월 17일 제28호
주　소 / 서울시 종로구 삼일대로 32길 36
　　　　(익선동 30-6 운현신화타워 빌딩) 301호
전　화 / (02) 3675-5633, (063) 275-4000
팩　스 / (063) 274-3131
E-mail / essay321@hanmail.net

값 13,000원

ISBN 979-11-5605-015-5　03810

이 도서의 국립중앙도서관 출판시도서목록(CIP)은 서지정보
유통지원시스템 홈페이지(http://seoji.nl.go.kr)와 국가자
료공동목록시스템(http://www.nl.go.kr/kolisnet)에서
이용하실 수 있습니다.(CIP제어번호: CIP2013021350)

※ 저자와 협의, 인지는 생략합니다.
※ 잘못된 책은 바꿔 드립니다.

※ 이 책은 2013년 부산문화재단 지역문화예술육성지원
　　사업의 일부지원금을 받아 발간되었습니다.

엄마는 복덩이

안경덕 수필집

수필과비평사

■ 책을 내며

이 책은 모든 어머니들에게 드리는 헌정 수필이다. 언젠가부터 어머니들께 직함을 드리고 싶었다. 그 때문인지 이번에 펴내는 수필집의 제목을 ≪엄마는 복덩이≫로 정하게 되었다. 어쩌면 내 마음속 깊이 자리한 '복'이라는 단어가 가지는 소원과 희망 사항이 더 부추겼는지도 모르겠다.

지나간 삶의 매 순간순간과 일상의 소소한 것들이 내게 글의 소재로 다가올 때가 많다. 조막손으로 눈을 비비는 어린 딸아이의 머리를 쓸어내리는 어머니의 다정한 모습이 희뿌연 차창 너머로 보인다. 이렇듯 소중한 찰나들이 영원하지 못하기에 더욱 애틋하다는 것을 안다.

세대에 밀려 멀어져 가는 인연이나 사물에 깃든 애정과 아쉬움을 붙드는 작업이 내 수필쓰기다. 그 작업을 하는 동안 때론 쓸쓸하기도 했고, 때론 기쁘기도 했다. 따뜻한 녹차 한 잔을 곁에 두고 바라본 티 없이 맑은 하늘이 무척 외로워 보인다. 이런 내 마음을 함께 공감해 주었으면 하는 바람을 얹어 본다.

이천십삼년 시월

건들바람이 부는 날 안경덕

책을 내며 • *5*

1부 주홍 의자의 꿈

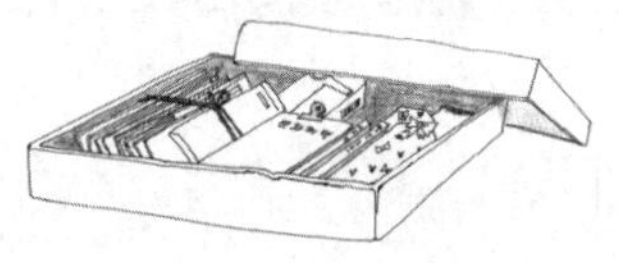

2부 엄마는 복덩이

4부 보물 상자

5부 신비의 동굴 속으로

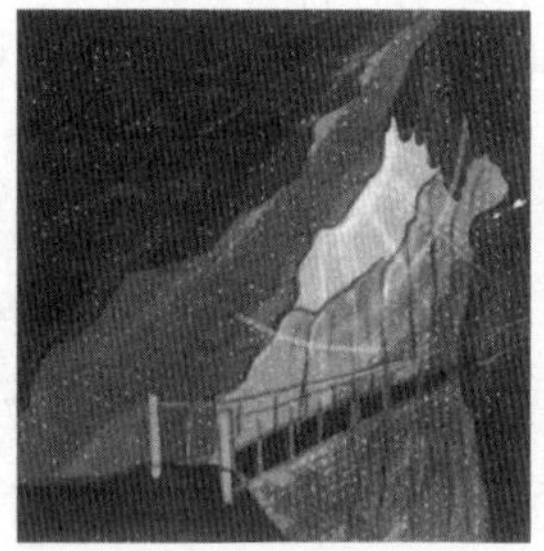

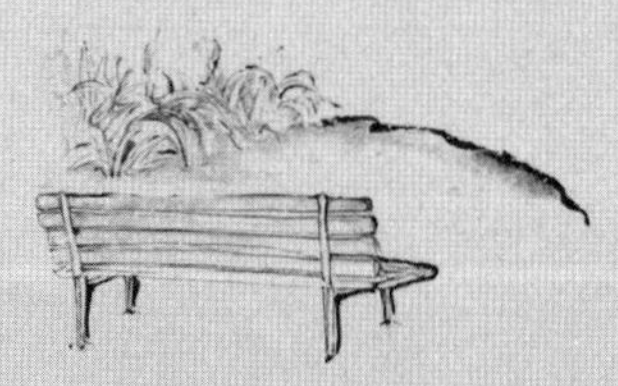

나는 한 송이 달맞이꽃이 된다

잠이 깼다. 방 안에 은은한 달빛이 가득하다. 나와 함께 놀고 싶어 잠을 깨운 것일까. 커다란 보름달을 영접이라도 할 듯 나도 모르게 마당에 섰다. 둥근달이 나뭇가지에 나붓이 얹혀 있다. 뜰을 서성이는 달빛이 꽃샘추위에 떠느라 숨소리가 가쁘다. 장독들도 깨어 달빛을 다독거리고, 나무도 잠 못 이루는지 달을 업고 일렁거린다. 등에 업힌 아기를 잠재우느라 몸을 흔드는 어머니 같다.

달은 억만년의 세월 속에 초승달에서 만달로, 만달에서 하현달로 채우고 기울기를 거듭하였다. 끊이지 않는 그 끈을 얼마나 길게 이어왔는가. 사물도 성하면 쇠하듯이 채우고 비우는 삶의 이치를 달에서 본다. 신기하게도 달이 차고 기울기를 반복하면서 일 년을 열두 번으로 구분 지었을까.

무단히 우울한 날은 잠이 오지 않는다. 신비를 품은 달과 무언가에 끌리듯 정담을 나누고서야 비로소 단잠을 이루기도 한다. 보름달이면 더 좋지만 눈썹달도 괜찮다. 달은 내게 자장가요, 벗이다. 내 마음의 등불이요, 연인이다. 다만 이른 아침 달은 해산한 산모처럼 기운이 없는 것 같고, 낮에 뜬 반달은 제 둥지를 잃은 것 같아서 안쓰럽다. 어스름한 새벽달도 얼음처럼 시리다.

동서고금의 작곡가는 아름다운 곡으로 달을 노래하여 허전한 마음을 채워 준다. 화가는 어머니 품속 같은 달을 그려 풍만을 주고, 시인은 시를 읊어 만인에게 그리움을 안겨 준다. 때론 달빛이 화선지에 먹물 번지듯 내 가슴에 스며들면 나도 시인이 되어 흥얼거린다. 달빛에 아롱이는 촉촉하고 부드러운 시어들을 은하수가 내게 실어다 준다.

달은 사람 마음을 움직이게 한다. 내게 보름달 같은 친구가 있다. 그는 보름달처럼 두루춘풍하여 누구와도 금방 친해진다. 보름달을 사시사철 가슴에 품고 있는 그를 보면 나도 덩달아 밝아진다. 그의 이름 또한 지구와 가깝게 지내는 자매 행성 금성이다. 하늘 어딘가에 그의 행성도 떠있는 것 같다. 애석한 것은 금성이가 도타운 정만 듬뿍 주고 먼 곳으로 이민을 가버렸다. 그나마 새벽하늘이나 저녁하늘에 반짝이는 샛별을 그를 보듯 가끔 볼 수 있는 것으로 위안 삼는다. 문득 금성이가 생각나면 나는 한 송이 달맞이꽃으로 피어나 하늘바라기가 된다. 하늘은 금성이의 안부를 전해주는 우체부라고 할까.

어머니의 종교는 달이었다. 어머니는 정갈한 장독대에 정화수 떠놓고 달에다 두 손 모아 빌었다. 달의 마음으로 가족들의 무병을, 자식들의 장래를 염원하였다. 달빛에 설핏설핏 비치며 기도하는 어머니 모습이 경건함을 넘어 애절했다. 어머니에겐 어떤 믿음보다 더 확신을 심어 준 것이 달이었으리라.

달은 시계였고 기상청이었다. 수십 년 동안 어머니는 새벽밥을 지을 때, 밤중에 제사를 지낼 때, 늦은 밤 식구들의 귀가를 기다릴 때 달이 앉아 있는 자리만 봐도 시간을 척 하니 가늠했다. 그리고 달이 입은 옷 색깔로 내일의 날씨를 점쳤다. "달이 맑고 깨끗하면 마땅히 우러러보고, 희미하면 굽어볼지어다."라고 한 옛 성현의 말처럼 어머니가 그랬다.

지구의 유일무이한 달이 가진 신비로움 못지않게 달을 향한 어머니의 그 마음 또한 참으로 지극하셨다. 달이 윙크 한 번 하는데 한 달이 걸린다고 한다. 그런 달이 어머니 마음을 헤아려 눈을 찡긋하며 웃어 주었다. 어머니는 적잖이 안심되는 듯 얼굴이 보름달같이 환했다. 그 모습에 내 마음도 적이 놓였다. 간절한 치성이 마침내 달에 닿아 어머니를 달이 되게 해 주었나 보다.

'달은 가장 오래된 시계다'라고 한 어느 미술관 전람회에 내건 슬로건이 더 크게 공감됐다. 그 오래된 달의 시계가 잠깐이라도 어머니의 시계가 되었다는 의미를 일깨워 주었기 때문이다. 시계만큼 매사 정확하고 시계처럼 부지런한 어머니를 생각하면 달도 함께 떠오른다. 조각달은 시름으로 애태우던 어머니의 가슴으로, 온달은 환하게 웃던 어머니의 얼굴로 말이다.

달은 추억을 불러일으킨다. 처녀 때 동네 젊은 새댁들이 '혹 계'를 했다. 아기를 '혹'이라고 불렀다. 새댁들은 매달 음력 보름날 기운찬 둥근달이 두둥실 떠오르면 십 리 길이 넘는 극장에 혹을 하나씩 등에 업고 영화 구경을 갔다. 새댁들은 극장에 들며 나며 쌓은 추억거리로 시집살이 설움을 달래곤 했다. 달빛은 부드러움과 달리 극장으로 오가는 길에 날렵한 길잡이였고, 든든한 기사님이었다.

그들의 귀한 나들이 길에는 한동네 처녀들도 함께 어울렸다. 나도 그 행진에 끼었다. 아버지는 늦은 밤 외출은 허락하지 않았지만 '혹 계'에 관한 것은 눈감아 주셨다. 그것은 보름달과 '혹'을 사랑하고 믿었던 것이다. '혹'들도 보름달처럼 방실거렸다. 언덕배기에 별빛과 달빛을 한껏 머금고 핀 들꽃과 키 낮은 풀도 우리를 응원했다. 낙동강대교를 걸을 때 우리의 한바탕 자지러진 웃음소리가 강물을 흠뻑 적셨다. 저만치 강물을 수놓은 오색 불빛도 흥이 나 물결과 함께 춤을 추었고, 달빛도 즐거운지 더 환하게 길을 밝혀 주었다. 달의 노래를 들으며, 달의 노래를 부르며 걷는 발걸음은 허공에 떠 있는 달만큼 가뿐했다.

불빛 찬란한 도심에도 보름달이 휘영청 떴을 때는 네온 불빛이나 가로등이 모두 잠들면 좋겠다. 거리에서도 집집의 뜰과 창문에서도 교교히 흐르는 달빛이 넘실거리지 않겠는가. 그 시간 자기만이 꿈꾸어 온 일을 은밀히 할 수 있을 테니까. 나도 어머니처럼 정화수 떠 놓고 달에 부쳐 기도하련다. 그리고 피곤한 몸을 달빛이불에 고이 내려놓고 달콤한 단꿈에 빠질 것이다.

꽃샘바람이 아직도 뜰을 흔들고 있다. 떨고 있던 달빛이 바람을 다감스레 잠재운다. 어느새 사위가 고요하다. 달빛도 하얗게 빛을 발하는 오목한 목련 꽃잎 속에 들어가 곤히 잠이 든다. 나는 오늘도 한 송이 달맞이꽃이 된다.

주홍 의자의 꿈

동네 들머리에 버려진 가죽 소파를 본다. 각다분했던 생활을 벗어나 편히 쉬고 있다. 낡고 빛이 바랜 소파는 서러울 것도 없고, 외로울 것도 없다는 듯 느긋하고 담담한 표정이다. 주인에게 젊음을 다 바친 그 정성이 소외의 옷으로 갈아입고 세상 밖의 천덕꾸러기로 밀려난 셈이다. 의자의 자화상 같아 짠해 온다. 나들이 나온 곰실곰실한 바람과 햇빛만이 소파의 애달픔을 부드럽게 쓰다듬어 줄 뿐이다. 그래도 몇 달째 그 자리를 고수하고 턱 버티고 있는 폼이 의젓하다. 환대받았던 날들이 떠오르는지 회심의 웃음을 더러 머금는 것 같다.

의자는 안식처다. 산길, 공항, 기차역, 전철역, 버스 정류장, 공원, 병원에서 의자를 쉽게 만난다. 우리가 등을 기대거나, 마음을 의지할 의자가 없다면 삶이 얼마나 삭막할 것인가. 엉거주춤 서 있는 몸을 정겹게 감싸준다. 어디서나 어느 의자든 내가 앉으면 혼자가 아닌 듯 든든해지고 산란하던 마음이 평정을 찾는다.

산길을 걷다가 정물 같은 긴 나무벤치와 자주 마주친다. 낯익은 얼굴을 만난 양 긴밀한 유대감과 끈끈함에 이끌려 엉덩이가 먼저가 앉는다. 벤치는 사람들이 나란히 앉아 놀아 주는 것을 은근히 즐긴다. 누구한테나 관대한 쉼터 역할을 한다. 털썩 앉아 숨을 고르게 하고, 두 다리를 쭉쭉 뻗도록 온전히 자리를 빌려 준다. 사람들의 몸무게에 짓눌려 다리가 아플 텐데도 아무나 주인이 될 수 있도록 양보한다. 사람들이 제 품에 몸을 맡길 때 벤치도 비로소 본연의 소임을 다하고, 스스로의 외로움을 덜어내는지도 모른다.

벤치는 비가 오면 비가 오는 대로, 눈 내리면 눈 내리는 대로 적막한 산을 홀로 지킨다. 아니 삼라만상을 떠받들고 있다. 그 모습이 한결같다. 아무리 무생물일지라도 이 벤치만큼은 감정이 살아 있을 것 같다. 기쁜 일, 슬픈 일을 털어 놓는 나를 보고 함께 웃어주기도 하고 울어주기도 한다. 바람과 햇볕이 제 무릎에 앉아 놀다 가는 것보다, 구름이 쉬어 가는 것보다 내가 벗해 주면 입이 함지박이 된다. 사람을 좋아하는가 보다.

모든 의자는 기능과 구실이 동일하다. 하지만 종류에 따라 지닌 의미는 천양지차다. 권위를 상징하는 의자엔 직위가 나타나고, 안락의자엔 평안이 깃들어 있다. 임자가 따로 없는 쓸쓸한 노천의 의자에서 모성애를 읽는다. 자식을 언제나 기다려 주는 깊은 모정과, 무한정 베푸는 의자와 뭐 다를까. 둘 다 순탄치 않는 삶이다. 그래도 자식을 위해 안락의자가 돼주고 싶은 게 어머니들의 꿈이다. 어머니는 의자인 것이다.

어느 산골 마을에 의자 천 개를 높다랗게 포개 놓기도 하고, 옆으로 나란히 나열해 놓은 설치 미술을 보았다. "숨 좀 돌릴까요."라고 쓴 푯말에는 많은 뜻이 함축돼 있는 듯했다. 숨 가쁘게 앞만 보고 달려온 세월을 뒤돌아보며 노곤한 몸 쉬게 하라는 누군가의 베풂이 아니겠는가. 의자 하나하나에 포근한 어머니상이 연상됐다. 처진 어깨를 펴주고 휜 등을 벌떡 일으켜 세워 줄 것 같은 저력이 보였다. 자식에게 디딤돌인 어머니들의 각기 다른 얼굴과 숨결, 사연들을 오롯이 기록한 한 권의 대형 화집 같았다. 일순간 눈시울이 뜨겁고 가슴이 벅찬 것은 나만 그랬을까. 고졸한 그 풍경이 오랫동안 내 마음에서 떠나지 않았다.

사진 전시회에서 의자를 주제로 한 작품 하나가 마음에 쏙 들었다. 그 사진에는 늙수레한 나무의자 네댓 개가 아주 자연스럽게 배치돼 있었다. 낮은 토담 아래서 해를 안고 산들바람과 소박한 이야기를 도란거리는 듯했다. 퍽이나 포근하고 화평하였다. 매우 단조롭고 무료한 정경이었지만. 그 순간 밋밋함을 뛰어넘은 작가의 기발한 착상이 눈에 들어왔다. 식물의 덩굴손 한 줄기가 의자에 편안히 걸터앉아 있었다. 초점이 아주 정교하게 파란 이파리가 하늘하늘 움직이는 게 생명력이 꿈틀거렸다. 향토적인 분위기와 푸른색의 강한 이미지가 음식에 고명처럼 깔밋하게 보였다.

의자는 두 팔을 벌리고 나를 무조건 안아 주려는 시늉을 해 가슴이 뭉클해 왔다. 사물에 담긴 진면목과 정서가 돋보이도록 형상화한 작가의 따뜻한 시선이, 예리한 안목이, 심도 있는 배치가 사진에 문외한인 내게도 아름다움으로 전해졌다. 의자를 피사체로 한 뛰어난 구성과 구도가 작품의 품격을 한층 더 받쳐주고도 남음이 있었

다. 포착한 한 대상을 파인더에 담아 우리들 가슴에 심어 주기까지
는 작가의 몫일 테다. 작가는 관객에게 사진 속의 의자에다 곤고한
삶 잠시 내려놓으라는 메시지를 전해주고 싶었을 것이다.

　스산한 가을, 낮은 하늘을 인 억새꽃이 멋있게 흐느적거렸다. 토담
골목길을 거니는 중년 여인의 부드러운 머플러와 웃음이 함께 날리
었다. 지인들과 의자에 빙 둘러 앉아, 김이 모락모락 나는 텀블러를
들고 소담스럽게 대화를 하고 있었다. 찻잔에 일렁이는 푸른 하늘이
춤을 추었다. 숲속에서 지저귀는 청아한 새소리와 계곡에 붉고 노랗
게 물든, 나뭇잎이 설렁설렁 떠내려가는 소리까지 들려올 것만 같았
다. 내가 꿈꾸고 있던 의자가 낳은 상상력이다.

　우리 집에도 오래된 컴퓨터 의자가 있다. 내가 좋아하는 주홍색
이다. 가끔 글을 쓴다고 열심히 컴퓨터 자판을 두드린다. 의자에
양반다리를 하고서. 잠시 메일만 확인할 때도 엎드려서 컴퓨터 화
면을 본다. 그럴 때마다 의자는 새침해지면서 한의사처럼 나보고
자세를 바로 하라며 따끔하게 일침―針을 놓는다. 이렇듯 살갑게,
함께 살아온 나잇값을 한다.

　그런데 언제부턴가 의자가 제 기분따라 삐걱댄다. 어느 날은 큰
소리로, 어느 날은 작은 소리로 표출하는 것이다. 식구들은 의자를
그만 버리라고 한다. 의자는 그것을 눈치라도 챈 듯 오래오래 붙박
이처럼 내 곁에 있는 것이 꿈이라고 한다. 따뜻한 주홍색이 아리다.
나는 의자의 야윈 등을 토닥여 준다.

돈이 뭐길래

차창 너머 해송 사이로 바다가 보인다. 여무는 나뭇가지 사이사이에 하늘빛이 조각조각 내비칠 때마다 마음이 달뜬다. 바다에 가보고 싶다. 아니, 답답한 마음을 해풍에라도 날려 보내야 살 것만 같다.

믿는 도끼에 발등 찍힌다고 했던가. 이웃에 살았던 노인을 믿었던 것이 탈이다. 그 노인은 늘 단정한 옷차림과 금테안경에다 약간 희끗하고 굽실굽실한 파마머리로 인텔리 인상이었다. 친정엄마같이 친근했기에 나를 배신할 줄은 몰랐다. 유치원을 운영하는 당신 딸이 집을 장만할 때 부족한 돈을 내게 통사정했다. 수년 동안 쌓은 정과 바쁜소리를 거절하지 못하고 내게는 꽤 많은 모갯돈을 덥석 융통해 주었다. 몇 달 뒤 적금을 타서 꼭 갚아 준다는 말만 철석같이 믿었다. 그러나 십 년 세월을 사탕 까먹듯 까먹었는데도 돈을 갚아주지 않았다. 노인의 무정함과 태평함에 내 가슴이 숯덩이처럼 새까맣게 탔다.

오늘 셋째 남동생과 노인을 찾아 나섰다. 물어물어 찾아간 길이 몇 백 리였다. 노인은 그동안 온통 거짓말로 도배를 했다. 그것도 모자라 어느 날 몰래 시골로 이사를 가버린 것이다. 노인의 집을 힘들게 찾았으나 절에 가고 없었다. 허탈했다. 그 양심에 웬 불공이냐고 모진 말이라도 퍼붓고 돌아왔다면 화가 덜 날까. 허탕 친 울분을 오롯이 안고 되돌아오는 길이다.

바다엔 깨끗한 수심 아래로 자잘한 자갈들이 훤히 보인다. 노인의 마음을 저 투명한 물속처럼 들여다볼 수 없는 게 오늘 따라 큰 유감으로 다가온다. 크고 작은 바위에는 다닥다닥 붙은 꼬마 따개비들이 물밑 텃밭을 만들어 놓았다. 바위와 바위 사이로 너풀거리는 미역이 물고기처럼 몸을 흔든다.

내 마음도 미역밭에다 미역처럼 풀어헤쳐 놓고 싶다. 저것들을 보며 무덤한 바닷물처럼 그리움이든 미움이든, 기쁨이든 슬픔이든 간에 품은 듯 안 품은 듯 드러나지 않으면 좋겠다. 비릿한 갯냄새와 쪽빛 바다의 기운이 가슴에 덥석 안긴다. 자글자글한 햇살이 바다에 은빛 물결을 춤추게 한다. 성난 파도 같았던 내 가슴에도 은빛의 잔물결이 일렁거리기 시작한다. 윤슬은 바다의 꽃인가. 무거운 돌덩이를 안은 듯했는데.

언젠가 바다 마을 친수 공간에서 물새들이 펼치는 바다 축제를 보았다. 검푸른 바닷물 위에 수백 마리의 물새가 안방처럼 편안하게 앉아 동동 떠 있었다. 동실동실한 물새의 모습이 쌍쌍이 마주 보고 사랑을 나누는 것 같았다. 이채로운 풍경이었다. 그때 저쪽으로 유람선이 물살을 가르며 신나게 달렸다. 그 순간 유람선 뒤의 하얀 포말 위로 물새들이 떼 지어 날기 시작했다. 앉아 있던 물새 모두가 사랑도 내팽개치고 유람선을 놓칠세라 일제히 뒤따라 날았다. 바람이 요리조리 이끌어 주는 데 한몫 거들었다. 사람 사는 세상처럼 물새들도 그 대열에 끼어들지 않으면 낙오라도 되는 듯 온 힘을 다해 날고 또 날았다.

오아시스가 사막이 있기에 아름답다면, 물새가 없는 바다는 싱거울 것이다. 배와 물새가 색다른 퍼레이드를 벌이는데도 바닷물은 여전히 푸르기만 했다. 바다에서 일어나는 일에 대해 왈가왈부하지 않았다. 다만 그 무엇이 해코지를 할 때는 찡그릴 테고, 축제를 벌일 때는 환하게 웃을 테다.

바위에 파도가 스륵 미끄러진다. 바위는 집을 지키는 검둥이 같고, 파도는 집을 찾아온 손님 같다. 바위가 파도와 친구하고 싶지만 파도는 훌쩍 떠난다. 그래도 바위는 다시 올 파도를 기다린다. 바위와 파도 사이에 일어나는 일을 둘이 말고는 누가 알까. 파도가 바위에 온몸으로 안겨 봐도, 부딪치며 어깃장을 놓아도 바위는 귀가 먹은 척, 눈이 먼 척하는지도 알 수 없다. 노인을 찾아간 내가 파도 같다면 노인은 바위보다 더 굳고 끈덕져 보인다.

저쪽 너머에는 해녀 몇몇이 물질에 한창이다. 빨간 보트 위로 검은 물체가 물 위로 불쑥 솟았다가 어느새 풍덩 물속에 빠진다. 빨간 보트는 해녀들의 일터라는 것과 생명줄이라는 것을 알려준다. 해녀들이 해삼, 멍게, 전복 같은 해산물을 건져 올린다. 아니 돈을 낚아 담는다. 넓은 바다를 자맥질하는 저들의 의지가 바다만큼 강하다. 굳센 그들 앞에서 한없이 작은 나를 본다. 거센 파도도 해녀들의 자맥질에는 성깔을 부리지 못한다. 바위도 해녀도 아닌 내가 시름 덩이를 바다에 쉬이 흘려보내지 못해 석고상마냥 앉아 있다.

공교롭게도 이 시점에 우리 집에는 급하게 돈 쓸 데가 생겼다. 그 돈을 받아야만 숨통이 트이겠다. 급전이라도 내야 될 판이라 애가 탄다. 물새 한 마리가 조비비는 내 마음을 아는지 옆에서 자꾸 맴돈다. 물새는 저처럼 훌훌 털고 돌아가라는 듯 날개를 푸드덕거리며 방파제에 내려앉았다가 또 다시 날아오른다. 그 몸짓으로 나를 위로하지만, 파도 소리에 시름이 파도마냥 잘게 부서져도 마음은 여전히 천 근 무게다. 그 놈의 돈, 돈, 돈이 뭐길래.

사람이 죽는 것도, 사는 것도 돈에 달렸기도 하다. 어떤 사람은 돈이 넘쳐나 불행을 자초하기도 하고, 어떤 사람은 돈이 너무 궁해 속병을 앓기도 한다. 돈은 양면성이 짙지만 사명감도 없고 책임감도, 인정도 없는 매몰찬 쪽으로 더 기우는 것 같다. 톨스토이는 ≪전쟁과 평화≫에서 '아~, 돈 때문에 얼마나 슬픈 일이 이 세상에서 일어나고 있는 것일까.'라고 한탄했다. 또 성경에는 '돈을 사랑하는 것은 모든 악의 뿌리'라는 구절이 있다. 정말 돈 때문에 빚어지는 사건들은 많다. 사랑을 배반하고, 우정에 금이 가고, 부모와 형제간에 원수가 되는 비극까지 초래하는 것을 티브이를 통해 종종 보게 된다. 진정 돈에는 악을 부르는 마魔가 숨어 있는 것인가.

저만치 짙푸른 물결 위로 넘실거리는 검은 돈이 나를 유혹한다. 바다가 흔들흔들 돈 춤을 춘다. 파도보다 더 힘센 것이 돈인가. 돈은 파도를 누르고 승리의 축배를 든다. 비록 저 돈이 실루엣이라도 좋

다. 돈을 건져오고 싶은 욕구가 불쑥 솟는다. 돈을 손아귀가 터지도
록 들고 지향 없이 뿌려본다. 영화 속에서나 본 돈의 객기를 맘껏
부린다. 무아경이다. 돈 벼락을 맞으면 이 기분일까.

　노인에 대한 원망도 미움도 약간 누그러든다. 내가 바다처럼 노
인의 허물을 다 싸안지는 못하지만, 가슴이 바다처럼 조금씩 넓어지
고 푸르러진다. 나는 바짓가랑이를 무릎까지 동동 걷어 올리고 어
느새 미역을 따고 있다. 간간이 부는 바람이 내 어깨를 살짝 쳐주고
가볍게 지나간다.

운동장: 달밤의 체조

달리기 피니시 라인인듯 한 걸음 깡총 뛰어 운동장 대문에 들어
선다. 나뭇가지에 나붓이 앉아 있던 둥근 달이 어느새 저만치 걸어
가고 있다. 방금 전 약간 경사진 길목을 오를 때 손에 잡힐 듯해
설렜다. 갖고 싶었던 것을 갖지 못했을 때의 애가 탔던 그 심정으로
멀어진 달을 멀거니 바라본다. 운동장에는 은은한 달빛이 차고 넘
친다. 운동장 모롱이에 장승처럼 서 있는 조명대의 가로등은 달에
게 응석을 부리며 선잠을 잔다.

가끔씩 해거름에 우리 가게 앞 학교 운동장에서 가벼운 운동을
한다. 시끌벅적 뛰노는 아이들을 보면 잠시나마 동심으로 돌아갈
수 있어 좋다. 단조롭던 내 생활에 농구대에서 통통 튀어 오르는
공이 활기를 준다. 내가 할 운동 목표는 네댓 가지의 맨손체조를
나름대로 순서를 정해서 하고, 운동장을 몇 바퀴 뛰는 것이 전부다.
체조라고 해봤자 팔과 다리를 앞으로 옆으로 뒤로, 흔들고 돌리고
밀고 당기는 정도랄까.

운동장에는 야산의 나무 밑으로 주름치마를 닮은 층층돌계단이
높게 기역자로 이어져 있다. 무겁게 침묵하는 계단에서 삶의 철학

을 엿본다. 우거진 수목이 달빛에 푹 잠겨 혼곤히 잠들었다. 학교 뒤쪽으로 봉긋봉긋한 산 능선과 회색의 하늘에 쏙 안긴 동네가 화평하다. 모든 것이 들떠보이던 낮보다 잠잠하고 포근한 밤, 그윽한 풍경에 젖어든다. 그 재미가 제법 마뜩하다. 내가 울든 웃든 아무도 의식하지 않는다는 게 이토록 즐거울 줄이야. 덜 다듬어져 꺼칠하던 것도, 모난 마음도, 고르지 못해 불공평하던 것도 두루뭉술하게 덮어 주는 것이 밤이다. 밤은 만물을 어루만져 주는 따뜻한 약손인 것이다.

저쪽 산 밑의 높은 아파트 창 칸칸마다 불빛이 별처럼 빛난다. 하늘에 떠 있어야 할 수많은 별을 저마다 따다가 마치 창문에다 걸어 놓은 것 같다. 저 별은 나의 별, 너의 별 하는 식으로 별을 다 따 가버렸을까. 빈 하늘은 할 말을 잃고 아파트만 내려다본다. 별들이 하늘 품으로 돌아오기만을 기다리나 보다.

운동장 삼면을 울창한 나무들이 감싸 아늑하다. 낮에 놀다 간 부지런한 햇볕과 싱그러운 숲이 나눈 이야기들을, 살랑한 바람의 춤과 노래를, 학생들의 의기 충만함을 고스란히 간직하고 있다. 그 기운 모두를 내게 건네준다. 내가 마치 운동장의 주인이 된 듯 한없이 부유해진다. 낮이든 밤이든 운동장과 벗할 수 있는 것도 행운이라 생각한다.

불현듯 딸아이가 생각난다. 오래전에 아이의 수능시험을 며칠 앞둔 날이었다. 긴장과 초조로 잠이 오지 않는다는 아이를 데리고 한밤중에 이 운동장을 찾았다. 우리는 손을 꼭 잡고 운동장을 돌고 돌았다. 소슬바람을 안고 크고 작은 원을 가슴에다 수없이 그렸다. 탄탄한 운동장처럼 마음 또한 다져졌다. 모녀간에 새긴 사랑도 운동장 크기만큼 부풀었다.

계단에 나란히 앉은 우리에게 낙엽은 푹신한 방석이 돼 주었다. 때마침 하늘에 떠 있는 보름달과 운동장이 단짝마냥 정다웠다. 딸과의 대화도 자연스레 달을 따라 흘렀다. 나는 입시를 치러야 하는 과정이 삶의 계단 중 하나라고, 운동장처럼 넓기를, 달처럼 밝기를 바란다는 말로 아이를 다독였다. 보름달과 운동장은 튼실한 끈이 되어 흔들리는 아이 마음을 단단하게 묶어 주었다. 그 덕에 우리는 보름달이 됐다가 운동장이 되기도 했다.

삶의 계단은 어디까지일까. 그땐 딸에게 입시보다 힘겹게 올라야 할 계단은 없을 거라고 했다. 하나 딸애는 때때로 좌절하고 힘겨워하면서 삶의 끝없는 계단을 올라가야 한다. 계단을 오르는 일이 삶 그 자체인지도 모른다. 하긴 단숨에 오르는 에스컬레이터가 있긴 하다. 에스컬레이터는 승승장구와 궁합이 맞다.

채우고 비워내는 운동장이 양은냄비와 같다. 사람들의 열기가 끓어올랐다 식었다 하기 때문이다. 하교 때는 여학생들이 무더기로 떠밀리듯 내리막길을 층층으로 내려온다. 동시다발적인 재잘거림은 그야말로 냄비의 끓는 물소리처럼 들린다. 언젠가 여섯 살 난 조카가 이층 거실 창문에서 까치발을 하고 우르르 쏟아져 내려오는 여학생들을 보며 "이모, 이모, 누나들이 보글보글 보글거려요."라고 했다. "그래, 우리 훈이 표현력 좋다. 나중에 작가 되겠네."라며 아이의 등을 두드려주며 한참을 웃었다. 수많은 얼굴이 둥글둥글 포개져 내려오는 모습이 정말 팥죽 끓을 때처럼 보글댄다.

운동장은 낮의 그 소란스러움을 미련 없이 비우고 지금 편히 쉬고 있다. 후끈하게 달아올랐던 열정도 없다. 날마다 수많은 사람들에게 밟히면서도 아파하지 않고 사람들의 발길을 기다린다. 저마다 부려 놓고 간 고단함이나 푸념이 아무리 많아도 넘치지 않는다. 가장 깊고 넓은 그릇이리라. 그 너그러움이 좋아 운동장을 자주 찾게 된다. 모두를 잠재우고 운동장을 휴식에 들게 하는 것은 밤이다. 운동장이 받은 최상의 선물이 아닐까.

운동장은 부모와도 같다. 자식은 온갖 투정에다 걱정거리까지 부모의 가슴에다 안겨 놓는다. 그것을 다 감싸 안는 부모들의 가슴이야말로 운동장이 아니겠는가. 그 희생과 사랑을 어찌 운동장에다 비하랴. 대천지 한바다임에야. 날마다 안달복달하는 내 가슴은 운동장은커녕 늘 대야만 하게 머물고 있다.

어떤 사람은 부부 싸움을 운동장에서 한다. 큰 소리로 싸울 것을 염두에 두어서다. 그런데 심하게 다투는 중에 그들도 어느새 운동장이 되더라는 것이다. 운동장의 포용력에 힘입어서였을까. 속이 좁은 게 민망하여 한바탕 웃고 말았을까. 마음껏 소리치다 보면 치밀던 울화가 숙지근해지는 것일까. 아무튼 운동장은 껄끄럽던 부부 사이를 무두질해 주는 화합의 장이다. 그래서인지 포용하는 힘을 가진 운동장과 더 많이 친하고 싶다.

맨손체조를 한다. 누군가 '아닌 달밤에 무슨 운동?'이냐고 하는

것 같다. 머쓱하지만 운동장을 몇 바퀴 돌아야 할 차례다. 다시 운동
화 끈을 단단히 조여 맨다. 갑자기 운동장이 좁아 보인다.

모과나무 애가哀歌

온 마당이 낙엽 천지다. 낙엽들은 짝지어 굴러다니며 서러워한다. 사람도 시험에 실패했을 때, 자존심이 구겨졌을 때, 열정이 식었을 때, 신뢰가 무너졌을 때, 경기에 패했을 때, 돈이 떨어졌을 때 나뒹구는 이 낙엽처럼 마음이 서걱거린다.

남편이 모과를 따고 있다. 긴 막대기에 철사를 동그랗게 달아 빨간 양파자루를 뒤집어 씌워 만든 기구가 잠자리채 같다. 모양은 우스꽝스러워도 두 팔로 쭉 뻗어 올린 그 그물망이 모과나무 우듬지까지 닿는다. 그물망에 잠자리가 걸려들듯 모과도 망태기 속으로 별 투정 없이 쏙쏙 들어간다. 모과는 고이 따주는 것이 좋은가 보다. 하긴 나도 한뎃거리는 모과가 작은 바람에도 떨어질까 애를 태웠다. 남편은 어릴 때 이리저리 뛰어 다니며 잠자리를 잡았던 그 추억에 젖었을까. 얼굴이 노란 모과처럼 해맑다.

모과는 잎을 다 떨군 나뭇가지에서 파란 하늘을 이고 아슬아슬하게 매달려 있었다. 그 처지에도 그윽한 향을 이웃집 담장 너머로 넉넉하게 보내 주었다. 아마도 견고하게 받쳐주는 아름다운 배경에 힘입었을 것이다. 모과를 덜렁덜렁 따고 난 나무가 쌀랑하다. 감나무에 까치밥마냥 인정의 모과를 몇 개 남겨 두었어야 했는데. 내 인색함과 민망함이 바람을 머금은 빈 가지에 걸려 대롱거린다. 이제 모과와 놀아준 바람과 해와 달이 재미없다고 할지 모르겠다. 모과나무도 딸을 시집보낸 어머니 마음처럼 허전할 게다.

노랗게 익은 모과가 큰 함지에 가득하다. 가을걷이를 한 농부마냥 풍요롭다. 이만한 결실을 얻게 한 것은 뿌리를 튼튼하게 보듬어준 흙과 나무를 지켜준 하늘, 햇볕, 비의 공덕이다. 짙으면서도 순한 모과의 독특한 내음이 거실에 흥건하다. 집안이 한결 환하다. 향기와 색깔이 꽃이나 과일에 있듯이 예술엔 작가의 개성이 색깔과 향기를 나타낸다.

해마다 이맘 때 모과를 서너 개씩 작은 바구니에 담아 자동차 안에 놓았다. 모과의 은은한 향이 코끝을 간질이는 것은 잠시고 이내 섣달 부채와 같은 신세가 돼 버렸다. 모과는 처음에 검은 반점이 몇 개 생기고 차츰 검은색이 잠식해 볼썽사나웠다. 하지만 스러지는 마지막까지 온몸을 바쳐 향기를 뿜어냈다. 그 웅숭깊은 속정이 모과가 지닌 아름다움이 아니겠는가. 제 몸 활활 태워서 사람들에게 불을 주고 재로 남는 연탄재와 비슷하다. 모과를 자르면 탄탄한 살 속 한가운데에 여러 개의 까만 씨앗이 구공탄 모양이다. 그러고 보니 연탄을 닮은 게 신기하다.

모과는 감기 몸살과 관절염, 치매 예방에 효능이 있다고 한다. 몸에 좋은 만큼 그저 얻어지는 것이 아니다. 모과가 아기 주먹만 할 때 드센 바람에 떨어지는 게 더 많다. 열매를 알맞은 숫자를 남게 하여 튼실하게 자라라는 자연의 섭리일까. 태풍은 열매가 견뎌내야 하는 통과 시험을 치르게 한다. 열매를 꼭 껴안아 주는 것은 모과나무의 몫이다. 그 과정을 이겨낸 모과는 순전히 인내 덩이고 자연이 빚어낸 귀한 산물産物이다.

모과나무 둥치의 홍갈색 얼룩무늬가 더 선명할 때 연녹색 새 움이 트고 봉긋봉긋한 당홍색 꽃이 핀다. 아기가 배냇짓을 할 때처럼 가슴에 사랑이 차오르게 한다. 더운 날 매미들의 합창에 활기를 얻고, 가을엔 샛노란 단풍이 집을 때깔 나게 해준다. 튼실한 열매는 미담의 주인공같이 돋보인다.

모과는 생김새보다 향이 더 좋고 떫은맛이 몸에 좋다고 한다. 모과가 참외만큼 곱지는 않지만 울퉁불퉁 못나지는 않다. 의구심이 인다. 해가 갈수록 모과가 점점 매끈해지는 것이. 마음을 풍성하게 하고 몸을 보호해 주는 모과, 이처럼 덕을 베푸니까 고와질 테다. 머지않아 모과가 미과美果라는 이름으로 바뀌는 건 아닌지. 기실 참외처럼 고와진다 해도 속만큼은 변하지 않을 것이라 믿는다.

내게 모과를 닮은 결곡한 친구가 있다. ○○엄마는 버릴 것 하나 없는 모과처럼 나무랄 데 없다. 육질이 탄탄한 모과같이 건강하고, 살림 꾸리는 것 또한 야무지다. 속과 겉이 똑같은 모과만큼 그도 진국이다. 모과 향기가 진한 것처럼 도량이 깊다. 모과가 건강에 이로움을 주듯 따뜻한 정이 마음을 살찌게 한다. 모과는 친구처럼 되지 못한 나를 위로한다며 향을 더 많이 토해준다.

해마다 모과가 많이 열리기를 바랐다. 모과 향을 이웃들과 나누고 싶은 욕심이 앞서서다. 모과나무는 내 마음을 알고 열매를 하나도 안 주는 해도 있었다. 몹쓸 내 심보에 화가 난 것 같아 모과나무에 무안했다. 그래 놓고 해가 바뀌면 또 과욕이 일어났다. 못난 내가 모과 향 덕을 보고 싶었던 게 이유다.

그런데 모과나무에 진집을 내게 생겼다. 우리 집 앞 빈터에 높은 건물을 짓고 있다. 화단을 비쳐 주었던 햇빛은 자연스레 그 건물이 다 빼앗아 갈 것이다. 이쯤 되면 모과나무의 무결실이 뻔하다. 어찌 모과나무에만 국한될 것인가. 우리 집 일조권의 혜택도 줄어들지 않겠는가. 열매를 맺지 못할 모과나무의 애가哀歌를 차차로 듣게 될 바람과 해와 달은 그래도 모과나무를 위로해 줄 테다. 다만 간사한 것이 사람이라고 내가 그전처럼 모과나무를 아끼게 될지는 장담 못하겠다.

모과나무가 설사 제 구실을 못해도 모과 덕을 보겠다던 그 욕심 한 덩어리를 덜어 주었다고 생각해야 하리라. 모과나무의 애동대동한 꽃은 찬연한 봄날을 알려주었고, 파란 이파리가 팔랑대는 숲 그늘은 여름을 시원하게 해 주지 않았던가. 모과나무는 뺑짜가 될 수 없다고 굳센 의지를 보인다. 키를 쑥쑥 키워 햇빛을 스스로 찾아 나서겠다며. 변덕스럽고 강단이 없는 내가 언제쯤 모과나무의 굳은 심지를 닮을 수 있을까.

모과나무는 근심을 내색하지 않고 나를 반긴다. 마치 나를 달래 주겠다는 듯 밝은 얼굴로 쳐다본다. 나뭇잎을 살살 흔드는 것이 내 생각에 동조하는 것 같다. 그리고는 머리를 끄덕이며 힘을 실어준다.

꼬리에 꼬리를 물고

　잡생각이란 형체도 색깔도 없다. 아무런 실체도 근거도 없는 사소할 만치 무용한 생각이 우리의 일상을 만들고 있다. 어떤 물리적인 것보다 더 무서운 게 생각이 아닌가. 옳고 바른 생각을 하는 것은 지당하다. 하나 나는 온갖 잡동사니 생각에 휘둘린다. 그림자에 속지 말고 환영에 휘말리지 말라고 하더라만 생각에도 속임수가 있다. 강물에나 띄워 보내야 할 잡다하고 부질없는, 나를 지배하려 드는 생각들의 그 긴 꼬리는 가위로 노끈 자르듯 삭둑 끊어지지 않는다. 물을 칼로 베는 것과 같다. 어쨌든 흔들리지 않는 부동심이 내겐 한참 미달인 것이다.

　꼬리에 꼬리를 무는 것 중 하나가 가끔 밤잠을 송두리째 앗아가는 잡생각들이다. 뇌리에 화석처럼 박혀 있는 잊고만 싶었던 아픈 일들이, 허황된 상상이 파일을 열듯 밤새껏 하나하나 풀어진다. 이제 해작질을 그만하라고 안아주고 등을 도닥거려도 심술을 부린다. 그 파일을 휴지통에 다 비워내야 슬며시 꼬리를 내린다. 그제야 반송반송하던 잡념이 사라진다.

　철학자, 예술가, 발명가들의 빛나는 업적들도 모두 창조적이며 기발한 생각이 낳은 유산이다. 경이로운 그 에너지를, 이끌고 받쳐 주는 것은 가슴에 지닌 부동심의 공이 가장 클 것이다. 내게 부동심이 약하다는 것을 증명해 주는 게 있다. 명상을 할 때다. 가부좌를 틀고 아무리 당조짐을 해도 망상과 번뇌들이 순서도 없이 널뛰듯 들어왔다 나갔다 한다. 언제쯤이면 나도 정염에 들어 일심정진一心精進할 수 있을는지.

그런데 글을 쓸 때는 생각의 길이 막힐 때가 많다. 특히 단락의 전환 때 생각이 아예 땅바닥에 드러누워 일어나질 않는다. 아무리 애원해도 모른 체한다. 내가 싫다고 도리질을 해도 꼬리를 물고 늘어지더니 그야말로 정체 구역이다. 내가 원할 때 속을 바짝바짝 태운다. 잔망스러운 미운 일곱 살의 아이 같다.

그러다 불쑥 솟아나는 생각이 갑자기 삼천포행으로 갈아탄다. 그럴 때 너무 얄밉다. 결코 원치 않는 길이다. 내가 이 변덕스러운 생각의 노예가 되어 끌려가다 보면 글은 일관성을 잃고 만다. 그것을 수습하려면 생각의 주인이 철저히 지배하고 통제해야 된다. 양쪽의 기로에 서서 우왕좌왕할 때 최대한 발휘되는 능력 또한 부동심이다. 그 평수가 좁디좁은 것에 절로 한탄한다. 가끔씩 차오르는 울분과 솟구치는 욕심, 삐죽이 돋아나는 모난 감정은 자제가 된다. 생각이란 자제와도 별개다.

꼬리를 무는 것은 무한의 연결고리와도 같다. 인맥, 학연, 지연에 힘입어 삶이 한결 윤택해지는 사람도 있다. 이 연결고리는 아주 요긴하게 쓰이는 열쇠고리와도 같은 맥락이다. 열쇠는 쇠자물통도 열어젖히는 마력을 가졌다. 연결고리도 열쇠처럼 앞이 막힌 길도 단박에 뚫어줄 능력이 한정 없이 잠재해 있다. 개인의 수단과 실력이 특별한 사람 말고는 한번쯤 등을 기댈 출세가도의 그 만능열쇠가 부럽지 않을까. 마음을 턱 맡길 데가 있을 때 든든해지는 것은 인지상정이다.

낭패를 보는 연결고리도 적지 않다. 이 고리는 동질감이나 친밀감과는 동떨어진다. 자동차 수십 대의 연쇄 추돌 사고는 원인 제공을 한 사람 빼고는 본인들 의지와 아무 상관없다. 몽땅 무더기 값으로 똑같은 사고로 넘어간다. 거기에 운명이니 숙명이니 하면 얼마나 분통터지고 억울할 것인가. 연쇄란 말의 어감이 쇠뜨기풀같이 억세게 들리는 것도 마음에 쐐기를 깊게 박은 것처럼 느껴지기 때문일 성싶다.

한때 미궁에 빠졌던 연쇄 살인 사건이 사회 불안을 크게 조성했다. 그 뉴스를 접할 때마다 연쇄의 모진 끈을 누군가가 뚝 끊어주길 바랐다. 연쇄는 언제고 같은 일이 일어날 것이라는 예감은 하지만 그 일이 불쑥 불거질 때와 그 대상은 예측 불허다. 가끔 고래 심줄보다 더 끈질긴 끈을 본다. 사회 저변에서 심심찮게 일어나는 부정부패 비리의 연결고리다. 그 고리가 강할수록 끌어당기고 놓지 않으려는 악착스러운 힘이 상관관계를 이루는 모양이다. 누구도 쉽게 허물 수도 떼어 놓을 수도 없는 것을 보면. 사회 구조 자체가 서로를 얽어매는 고리인지도 모른다.

고리의 연속성에서 눈덩이처럼 커지는 것이 또 있다. 사람 입에서 입으로 일파만파 퍼지는 소문이다. 입소문은 언제 어디서 누가 그러더라고 하는 풍문에서 시작된다. 이 불확실한 말 속에는 아무런 믿음이나 책임감이 없다. 진실이 왜곡되는 것은 뻔하다. 마치 소문이 진실인 양 버젓이 산불 번지듯 급속도로 이곳저곳으로 번져간다. 바람의 속성이 그렇지 않은가.

인터넷의 댓글의 꼬리도 입이다. 꼬리를 문 악성 루머의 댓글을 오죽해서 악플이라고 할까. 무방비 상태에서 일방적으로 당하는 쪽에서는 속수무책이다. 그 모멸감에 죽음에까지 이르는 안타까운 일이 가끔 생기는 것을 각종 매스컴을 통해 접한다.

우리네 삶이 연결고리와 무관할 수 없다면 일에 따라 적당한 시기에 끊을 단斷자가 꼭 필요하다. 쉼이 없다면 자성의 계기도 얻지 못한다. 쉼표에는 삶을 뒤돌아 볼 수 있는 여유가 부여된다. 그런데도 나는 쉼표 찍는 것에 익숙하지 않다. 크게는 잘못된 인연과, 작게는 타성에 젖은 습관이나 고루한 생각 탓으로 악순환을 거듭한다. 해식은 성격과 경쟁의식이 없었던 내 삶의 자세 때문이다. 그로 인해 발전 없이 살아왔음을 이제야 후회하지만 그 깨달음이 늦어도 한참 늦다.

이제부터라도 끊을 것은 단호하게 끊어야 되겠다는 의지를 굵은 철사로 꽁꽁 동여맨다. 하나 마음처럼 쉽지는 않을 것이다. 무 자르듯 담방담방 자른다는 것은 그만한 아픔이 수반되고 대가가 따르므로. 차도에서 꼬리를 무는 자동차들은 신호등이 쉼표를 찍어준다. 사람들 가슴에도 일정한 시기에 차도의 신호등같이 제어 장치가 절로 발동하면 생각의 운행이 순조로워지겠다. 전광석화같이 반짝이는 생각으로 정사유가 듬뿍 담긴 수필 한 편 건지는 것도 소망이다.

　꼬리에 꼬리를 무는 망상은 뒷말 이어가기다. 언어가 언어를 물고 쫓고 쫓아온다. 정신이 퍼뜩 든다. 새벽이다.

폐가

오래전부터 도시계획에 묶인 동네다. 허름한 기와집과 움막 같은 슬레이트집들이 많다. 천막으로 덮어놓은 지붕 위에는 자동차의 헌 타이어와 넓적한 돌이 군데군데 놓였다. 빗물이 스며들지 않게 꼼꼼하게 잡도리를 해 놓은 모양이다. 그 모두를 따뜻한 햇살이 꼭 껴안고 있으나 재개발로 집들을 철거 중에 있다.

띄엄띄엄 철제가 방치되어 바리케이드를 쳐 놓긴 했지만 위험천만이다. 뜯다 만 집은 문짝이 흉측하게 대롱거린다. 반쯤 동강 난 벽이 금방이라도 스르르 넘어질 것 같다. 안간힘으로 버티고 섰다. 빛바랜 벽지에는 붉고 푸른 원색의 글씨가 어지럽다. 철거에 시위를 하는지 웅성댄다. 반들거리던 마루에는 켜켜이 쌓인 먼지가 폐가의 적적함을 숨김없이 보여 준다. 먼지들은 최고의 전성기를 누리는 듯하다.

이미 헐린 집이나 곧 허물 집도 흉물스럽기는 마찬가지다. 담벼락의 마른 넝쿨은 몸부림쳐도 소용없다는 것을 아는지 축 늘어졌다. 이곳을 떠난 사람들도 철거라는 이름 앞에 담담하기만 했을까. 바지랑대로 하늘 재기라 속이 타고 숱한 날을 숫잠에 시달렸을 테다. 가난의 상흔은 폐가에 흘어 놓았겠지만 가슴에 안고 간 폐가는 아직 떨쳐내지 못했는지도 모른다.

집이 조금 더 크고 마당이 있는 집에는 삼사 대가 모여 오순도순 살았음직하다. 그 집에는 봄이면 입춘대길立春大吉, 만사형통萬事亨通이란 글자를 반쯤 열린 나무 대문에 브이자로 붙여놓고 새봄맞이를 했다. 그랬던 대문이 무표정한 채 굳게 닫혀 을씨년스럽기 짝이 없다. 바람만이 대문을 들락거린다. 방 한 칸에 부엌이 딸린 총총 붙은 셋방도 많았다. 그들은 내 집 마련의 꿈을 키우며 남달리 열심히 살았을 터. 지금쯤 그 꿈을 이루었을까.

허리가 잘리고 뿌리가 뭉텅 뽑힌 침엽수 몇 그루가 무심토록 푸른 하늘을 보고 있다. 느닷없이 당한 습격에 나무들의 비명 소리가 얼마나 컸겠는가. 이 나무들이 마을의 수문장으로 무수한 사람들의 울고 웃었을, 그 질퍽한 삶을 지켜보았으리라. 하필 한겨울과 맞물려서 이곳을 지날 때마다 심한 한기를 느끼게 된다. 낮은 울을 베개 삼은 하얀 목련과 줄줄이 핀 붉은 장미가 단장한 길이 환했다. 무화과나무의 넓적한 이파리가 사람들의 마음 평수를 넓혀 주었고, 철따라 울밑에 정겹게 피는 소담한 꽃들과 키 높은 나무에 붉은 감과 대추, 노란 모과가 탐스럽게 열려 시골 정취가 풍겼다.

이제 바람이 쉬어갈 나무도, 새들이 노래할 숲도, 무서리 내려앉을 지붕도 추적추적 비를 맞아줄 텃밭도 곧 사라질 테다. 골목 양지에서 옹기종기 앉아 뽑기 놀이하던 조무래기들의 재롱도, 담소를 나누던 노인들의 정겨운 모습도 멀어졌다. 맥없이 빈터를 지키고 있는 여러 개의 돌멩이와 철근 조각들이 패잔병마냥 여기저기 쓸쓸히 뒹굴고 있다. 떠난 이들이 남기고 간 천 근 무게의 마음을 대변하는 듯하다.

폐가를 볼 때마다 '새[新]'자와 '폐廢'자에 부여된 뜻을 다시금 생각하게 된다. '신' 자는 희망과 전진이다. 신선하다. 나라에 지도자가 바뀔 때마다 새 정부라 일컫는다. 집안에 며느리를 맞으면 새사람을 들인다고 한다. 또 수시로 바뀌는 유행을 새바람이 분다고 하고 새로 형성된 동네를 신도시라 부른다.

반면에 '폐'자로 시작되는 단어는 그늘이며 흔적이다. 몇 년 전에 우리 집 자동차를 폐차시켰다. 열여덟 해를 한 식구가 되어 희로애락을 함께했던 자동차였다. 폐차장으로 가는 차를 바라보던 남편이 눈시울을 붉히며 먼 하늘에 눈을 주었다. 오랫동안 피붙이처럼 아꼈던 자동차와의 이별에 착잡했겠지만 그 자동차만큼 폐물이 되어 가는 자신이 서글펐던 것이다.

영업이 잘되던 업소가 불황을 겪으면 폐업을 맞는다. 애지중지하던 오만 가지의 살림살이 또한 고물이 되면 폐기처분되고 우리가 마시는 물도 오염되면 폐수로 변한다. 인구 저밀도로 학교가 폐교되고 신문은 하루 만에 폐지가 된다. 그래도 구관이 명관이라는 말처럼 오래된 물건 중에서도 보물이 되는 것도 많다. 영원할 것 같은 것도 있지만 영원하지 않는 것이 자연의 이치다.

폐가는 밤마다 어둠의 두께만 더해진다. 어둠은 방해꾼이 없는 것에 쾌재를 부르며 진정한 자유를 만끽한다. 저만치에 있는 고층 아파트 불빛이 측은하다는 듯이 어둠을 넌지시 내려다보고 있다. 그 불빛처럼 새 아파트단지의 입주 시에는 각종 현수막의 퍼레이드가 빛난다. 입주자들은 현수막의 왈츠와 더불어 새 물결을 탄다. 폐가 동네에도 심심한 위로를 담은 현수막 하나쯤 바람에 나폴거리게 해주면 어떨까. 떠나보내는 것에 대한 예우라고 해도 될 것 같다.

한때 이농 현상이 산불처럼 번져 농촌에 빈집이 늘어났다. 경제 한파 뒤로 더러 귀농을 했다. 철저히 고독했을 앞마당의 기운 없던 꽃이 생기가 돌았을 것이다. 묵은 잡초와 뒤엉킨 거미줄을 걷어내고, 수북했을 먼지를 털어 내며 전등을 밝혔으리라. 빈집은 사람 소리와 맛있는 음식 냄새로 훈기가 넘쳤을 성싶다. 깊은 잠을 잤던 빈집은 다시 스르르 눈을 떴을 테다. 폐가의 쓰러짐은 한 시대를 접어야 하는 아픔이라면, 빈집의 귀소歸巢는 한 세대의 꿈이 영글어 갈 삶의 터전이지 않은가. 빈집은 기다림이다.

이곳에는 곧 동네를 흔들 굴착기의 진동 소리와 전통이 무너지는 신음으로 몸살을 할 테다. 무엇이든 새로워지는 것은 전통을 깎아 먹는 일이다. 하나 산고 끝에 얻어지는 아파트가 턱 버티고 서서 높은 키만큼 새 기운을 불러들일 것이다.

폐가는 그날을 기대해도 될 것이라며 스러지면서까지 후하게 인심을 쓴다.

만년설

텔레비전은 채널마다 다른 프로그램을 제공해 준다. 사진을 무한정 보관해 놓은 큰 창고다. 과거와 현재를 바탕으로 해서 미래를 연다. 과거가 현재로, 현재는 미래가 될 상상을 담아낸다. 그것이 모태가 되는 텔레비전을 통해 지구 곳곳을 볼 수 있다. 사진은 종합예술이자 문화의 지킴이다.

나는 특히 초원의 다큐멘터리를 즐겨 본다. 초록색 물이 뚝뚝 떨어질 듯한 화면에서, 청보리밭의 풋풋한 내음에 취한다. 동심에 흠뻑 젖어 뛰놀던 뒷동산, 멱을 감으며 물장구치던 맑은 시냇물, 그 장면들이 화면에 오버랩된다. 사진은 그리움을 낳아주는 기계인가 보다. 흐르는 물처럼 한없이 여유로웠던 그때의 추억이 내 가슴에 고평원의 만년설처럼 사진으로 자리하고 있다.

사람들은 아름다운 풍광이나 아끼는 물건, 공연장에서나 전시장에서 사진을 많이 찍는다. 정작 눈으로 즐기고, 가슴에 담아야 하는데도 카메라 렌즈가 대신 그 몫을 차지한다. 사진을 잘 찍는 친구는 사물에 대한 관찰을, 글 쓰는 것처럼 깊이 한다. 한 장의 피사체를 찾기 위해, 새벽이든 밤중이든 수백 리 길을 마다 않는다. 그러고는 한 물상에 수십 번, 각도를 달리하여 셔터를 눌러댄다. 글에서 소재와 구성이 중요한 것처럼, 사진도 빛의 강도와 구도에 따라 작품 수준이 결정될 것이다. 추억이 될 찰나를 놓치지 않고 내면을 성찰하는 그가 돋보인다.

나는 사진 찍는 것에 특기가 없고 사진을 보는 깊이 또한 없다. 사진작가는 찍을 대상에 사랑과 진실을 먼저 보낼 테다. 시각적으로 느껴질 때 그 대상은 비로소 렌즈 속으로 들어갈 것이고, 셔터를 누르게 될 때 사물은 가슴속으로 안기리라. 사진 찍기는 빛도 중요하지만, 녹아 있는 감정 따라 사진의 완성도가 달라질 게다. 생방송으로 생생한 사실만을 담는 그릇이 아닌가. 그래서 사진은 어떤 사건의 실마리에 결정적인 단서가 되고, 사라져간 것에 대한 증명서가 되기도 한다.

사진은 삶의 기록장이다. 꼬깃꼬깃 구기면 한낱 휴지보다 못하나 간수를 잘하면 빛은 바랠 수 있어도 제 모습이다. 종이에 불과하지만 바위보다 더 큰 무게가 실려 있다. 백 마디 말보다 사진 한 장에 담긴 힘이 더 강할 때도 있다. 개인이나 사회, 나라의 역사가 숨 쉬고 있기 때문이다.

작년에 지도와 사진으로 본 부산의 근대역사 강의를 중앙도서관에서 들었다. 매주 한 번 여덟 달을 할 동안 몇 번의 현장답사도 겸해 그 흔적들을 만나기도 했다. 부산의 근대도시가 형성되는 과정의 역사와 문화, 임진왜란과 조선통신사, 외교와 무역, 왜관, 교류, 건축, 통신, 교통수단으로 전차운행 발자취, 관무연락선과 경부

철도까지 총망라한 강의였다. 연대를 찾아내는 것 중에는 벽보와 전봇대에 붙은 포스터의 사진이 큰 몫을 했다고 한다. 판자촌의 무속인이 자리 잡아 앉은 곳이 사찰이 되기도 했고, 좌판 장사가 번성하다 시장이 만들어졌는가 하면, 바다를 매립하여 도심 중심지가 형성되고, 수영만의 퇴적층에 오늘의 센텀시티로 탈바꿈했다는 것도 사진이 증명해 주었다.

그 강좌는 사진을 통해 부산 고유의 재산을 잃어버린 것이 무엇인지, 얻은 것은 무엇인지, 주위 환경과 너무나 동떨어진 건물 중 오대악이라고 불리는 건물이 어느 것인지를 수업하며 알게 되었다. 사진의 소중함을 좀 더 깊이 생각해 보는 계기가 됐다.

카메라로 찍는 사진은 한정돼 있다. 어떻게 구도를 잡을 것인가를 세밀히 선정해서 그 부분만 찍는다. 이를테면 쓰레기 더미에 핀 꽃의 슬픔까지는 사진에 담아 내지 못한다. 반면에 가슴으로 찍는 사진은 앵글이야 없지만 무한정이다. 신종의 포토샵 기술처럼 내가 어릴 때 지겹도록 신은 검정 고무신 대신 신고 싶었던 빨강 코고무신으로, 슬픈 것을 웃는 것으로, 회색 톤을 밝게, 그러니까 온갖 색을 배경으로 하여 내 마음대로 편집한다.

하나 그 이면에 깔린 진실은 배제할 수 없다. 악취든, 못 볼 것이든. 인생이란 힘들고 아픈 것이나, 잊어야 할 나쁜 것도 가슴에 사진으로 인화되어 있기 때문이다. 삶의 연륜에 따라 다르겠지만 기억하기 싫은 것을 다 털어내기는 너무 어렵다. 아픔은 모래에 새기고, 기쁨은 바위에 새기라는 말이 있지만, 아픈 기억들은 새싹처럼 또

돋아난다.

내 마음속 앨범에 가장 멋진 장면을 꼽으라면 장엄한 망망대해의 동이 틀 때다. 끝없는 수평선 위에 한 점, 새날을 알리는 힘차고 붉은 해가 바다 위에 불쑥 솟아오를 때 차디찬 내 가슴이 뜨거운 햇덩이가 됐다. 해를 생산하느라 산고에 요동치는 바다처럼 내 마음도 한차례 옴팡지게 흔들렸다. 해의 탄생을 위한 서곡은 숨마저 죽이게 하고, 진통 끝에 얻어지는 찬란한 아침 해의 방대한 꿈이 심연에 가라앉은 내 삶을 일깨운다.

그리고 내가 자주 꺼내 보는 사진은 어릴 때 형제자매가 둘러앉아 할머니께 옛 이야기를 듣던 장면들이다. 설화 속 장화홍련과 심청이가 실제같이 느껴졌다. 그것은 할머니의 끈끈한 정과 구수한 입담 덕이리라. 시청률이 최고로 올라간 프로그램이라 해도 할머니 이야기엔 한참 못 미친다.

딸아이 유치원 때 찍은 가족사진을 큰방 벽에 걸어 두었다. 두 아이가 미운 짓을 할 때 은연중 앳된 모습의 사진에 시선이 머문다. 사진 속의 남편과 나도 두 뺨이 도톰하고 머리숱이 많다. 지금보다 그때가 밉지 않았다는 것을 이 사진이 말해 준다. 사진은 행복의 채널을, 온도를 조절할 수 있는 조력자다. 자꾸 보고 싶어지는 부모님과 함께 찍은 가족사진 한 장 없는 것이 못내 아쉽다. 명암이 뚜렷한 사진 한 컷이면 그리움이 감성적으로 소통될 것을.

나는 날마다 사진을 찍는다. 거리 조절을 안 해도 되고 돈이 한 푼도 안 든다. 간편해서 좋다. 내 눈은 렌즈의 소임을 한다. 순간순간 감각의 포착을 눈으로 부지런히 한다. 그리고 마음속에 저장하고 이렇게 출력한다. 아름답고 수수한 것, 활기차고 애잔한 것을 원 없이 찍어댄다. 만든 사진이 아닌, 취한 사진으로. 멋진 풍경과 마음이 따뜻해질 사진을 가슴의 앨범에 모아둔다. 내 삶의 근원인 추억을 사진으로 보기 위해서다.

내 마음의 아름다운 고원지대, 그 추억의 만년설이 오늘도 반짝인다.

모든 것은 지나간다

아무것도 하지 않아도 시간은 저절로 지나간다. 무슨 일이든 해도 시간은 물처럼 유유히 흐른다. 그렇게 보면 시간은 무엇을 하면서 고이 보내 드리는 것을 좋아하겠다. 시간을 살리는 것이기 때문이다. 누구나 장시간 무의미하게 가만히 있어야 할 상황에 처한다면 그것은 형벌이라는 것을 깨닫게 한 사고이다. 나는 달포가량을 먹고 자고, 먹고 자고 하는 병원 생활을 하고 있다. 말 잘 듣는 어진 순둥이가 따로 없다.

결혼 후 몇 십 년을 늘 분주하게 살아왔다. 날마다 사는 것이 바빠 종종걸음 쳤다. 그래 온 것이 크게 힘들었거나 지겹지만은 않았다. 몇 십 리 밖의 일터로 오갈 때에 반겨 주는 사계절의 변화 덕분이다. 자연이 무한대로 그려내는 다양하고 풍성한 볼거리와 매번 색다른 느낌이 감성을 일깨워 주고, 심신이 노곤한 날은 왠지 어루만져 주었다. 자연에 담긴 심오한 철학과 값진 진리가 삶의 원천이 돼 준 것이다.

어찌 보면 늘 그날이 그날 같았지만 그 속에는 희망도 있었고 좌절도 있었다. 얻은 것과 잃은 것은 비례할 것 같다. 얻은 것에 특별히 기뻐하지 않았고, 잃은 것에 그다지 애달파하지 않았다. 그저 무심히 흘러가는 구름처럼 생활 속 희로애락을 덤덤하게 받아들였다. 그 지표가 무너진 것은 너무나 잠깐이었다.

기약이나 예견, 예측이라는 단어들과 무관한 찰나에 일어나는 사고는 그야말로 청천벽력이나 다름없다. 누구나 이런 일을 느닷없이 당하면 이유 없이 몰매를 맞은 기분이 들 것이고, 아픔은 제쳐 두어도 억울함이 용광로처럼 끓어오를 테다. 냉혹한 현실에 몸부림쳐도 불가항력일 것이다. 지금 내 처지가 이 경우에 봉착해 있다.

얼마 전 오른발 복사뼈가 골절상을 입었다. 계단을 내려오다 실수로 발을 헛디뎌 한순간에 낙상했다. 그 바람에 졸지에 병원 신세를 지는 형편이다. 깁스한 발 때문에 불편한 것을 넘어 갑갑한 마음이 도무지 주체가 안 된다. 그동안 휴가도 보너스도 못 받은 것을 한꺼번에 챙겨야겠다고 마음을 먹는다. 남편도 아이들도 푹 쉴 기회가 행운으로 주어진 것이라며 위로해 준다.

그러나 진종일 병실에서 초점 없는 눈으로 멍청히 앉았다가 맥없이 누워 시간을 죽이고 있자니 절망뿐이다. 시간 맞춰 차려주는 밥 먹고 약 먹고, 주사 맞고, 목발 짚고 허리 물리치료 받으러 가고, 화장실 갔다 왔다 하는 것이 일과의 전부다. 책을 읽으려고 애써 봐도 두 쪽이 안 넘어 간다. 사각 콘크리트 벽 안에 갇히고부터 아무리 공글려도 잡념들에 밀려난 잠이 제자리에 돌아오지 않는다. 그루잠이라도 반길 텐데 말이다.

온전하게 내 시간인 이 절호의 기회에 명상과 성찰이나 하자고 좋은 말만 골라 주문을 왼다. 그럴수록 더 허무룩하다. 마음에 뾰족 뾰족 가시가 돋친다. 가끔 발등의 통증이 가슴에다 치명타를 날린다. 골절된 뼈와 마음의 날이 자꾸 꼿꼿이 선다. 내 못남이 병실에 안개처럼 자욱하다. 이래봐야 퇴원하고도 깁스 풀러 병원에 와야 하고, 물리치료를 여러 날 받으러 다녀야 한다.

창문 너머에는 높고 푸른 가을 하늘을 배경으로 한 은행나무 가로수가 즐비하다. 때마침 황금 옷을 갈아입은 예쁜 잎들이 햇볕을 안고 내 심정을 아는지 방긋거리며 손을 흔든다. 까칠한 마음이 잠시 풀린다. 불현듯 나뭇잎 위로 가을산 풍경이 삼삼하게 오버랩된다. 득달같이 달려가 산길에 수북하게 쌓인 푹신한 낙엽을 저벅저벅 밟고 싶어진다. 오색 단풍이 쏴아쏴아 쏟아 내는 파도 소리도 그립다. 다디단 산바람도 원껏 들이켜고 싶다.

한 도로에서도 상행선과 하행선을 달리는 자동차들의 속도가 천지 차이다. 내달리는 차가 바람처럼 빠르게 휙휙 스쳐 지나간다. 그나마 줄을 잘 섰다고 해야 할까. 속도가 빠른 중에도 어떤 차는 차선 바꾸는 것이 예사다. 요리조리 잽싸게 차선을 넘나드는 게 미꾸라지가 헤엄치듯 날쌔다. 오싹하지만 약삭빨라 보여 답답하지만은 않다. 마치 우리네 인생길을 보는 것 같다. 발빠른 사람들도 대체로 앞날이 순조롭다. 어쩌다 앞을 가로 막는 장애물 때문에 번번이 시행착오를 겪는 사람들은 느려 터진 저 자동차들마냥 인생행로도 늦어지고 만다.

세상사 마음먹기 달렸다고 했다. 발을 다친 것은 내게 인생 공부를 더 시키기 위한 것일 테다. 아픈 체험을 통해 몸이 불편한 사람들의 애로를 헤아려 보라는, 골절된 마음을 제자리에 갖다 놓으라는 것인지도 모른다. '모든 것은 지나간다'고 하지 않던가. 미망의 근심들도 영화 장면처럼 지나가리라. 창밖에 반짝거리는 네온사인도, 상가에 내걸린 색색의 간판의 현란한 불빛도 따사롭다. 그 지긋지긋했던 자동차 경적도, 잠이 든 옆 환자의 거칠게 코고는 소리도 한결 정겹다. 내 발이 이 정도만 다친 것도, 나 없이도 집안이 잘 돌아가는 것도 다 고마울 뿐이다.

지금껏 발 덕으로 사방팔방을 헐렁헐렁 잘도 다녔다. 유난히 약한 내 발목을 받쳐주고 버팀목이 되어준 것이 발이다. 그럼에도 늘 발을 푸대접했다. 발이 가기 싫어하는 곳도, 가지 말아야 할 곳도 억지로 발을 들여놓게 강요했다. 농사철에 소 부리듯 부려 먹었던 것이다. 발이 반란을 일으킬 만도 하다. 내 휴가가 아닌 발의 휴가라고 해야 옳다. 원님 덕에 나팔 분다고 발 덕분으로 나도 덩달아 쉬고 있지 않은가.

허공에 떠다니느라 지친 둥근 달도 신발을 벗어놓고 잠시 은행나무 가지에 앉아 편히 쉬고 있다.

새 달력

십이월이다. 창밖 뜨락에 모과나무 잎이 몇 안 남았다. 나뭇잎이 다 떨어지는 날 한 장 남은 달력도 한 해의 제 할 일을 마무리하는 셈이다. 나무는 잎을 떨치면서 한 시절을 접고, 사람은 새 달력을 달면서 나이를 먹는다. 그러고 보면 새 잎과 새 달력은 세월의 마중물이다. 그리고 뫼비우스의 띠다.

길 하나에 이쪽과 저쪽으로 나눠지는 경계선도 한 지역의 끝인 반면 또 다른 지역의 시작이다. 한 해의 연말은 새해와 맞물려 있다. 마지막은 시작의 연장이다. 시작은 희망적이며 거창하고, 끝은 결실이 있지만 흐지부지해진다. 일출은 장대하고 떨림이 있다. 온 누리를 비추는 거대한 빛을 눈이 부셔 바로 쳐다볼 수가 없다. 너무 멀게 느껴진다. 일몰은 태양의 스러짐이다. 바라볼수록 황금빛에 반한다. 제 한 몸 불태운 태양의 뒷모습이 노을이다. 아름다운 노을은 가슴으로 오롯이 들어와 긴 여운을 남긴다. 인생의 마지막 뒷모습이 노을과 닮으면 얼마나 좋을까.

달력은 생각을 묶어 두려는 암시가 있다. 반면 강요하거나 포기하라는 지시는 없다. 순전히 달력에 의지하고 매달리는 것은 사람이다. 일이월은 거창한 계획이라는 족쇄에 감금된다. 외양간의 고삐에 묶인 송아지처럼. 내가 해마다 일이월에 뭔가를 새롭게 설계해야 한다는 고정관념이 발동한 것일까. 일월에 이사를 몇 번이나 했다. 달력은 일월이 가장 무거울 수밖에 없겠다. 일 년의 모든 꿈과 계획을 주렁주렁 매단 작심이란 이파리가 무성하기 때문이다.

연중에 마음이 가장 바쁠 때가 삼사월이다. 가슴에 품었던 일을 실천해 보겠다는 오기가 생긴다. 매년 봄병이 도진다고나 할까. 지난해 삼월에는 강산이 네 번 넘게 바뀐 세월 만에 만나지 못한 고향 친구들을 만났다. 친구들 얼굴 볼 날짜를 기다리는 달력에는 옛 추억이 온갖 색깔의 무수한 꽃으로 피어났다.

어릴 때 조근조근 정을 나눴던 터라 만났을 때 몇 시간 만에 헤어지는 게 아쉬움으로 남았다. 그동안 흘려보낸 세월의 숫자를 헤아리는 것만도 한참이었다. 수도 없이 떼 낸 달력의 숫자만큼 차곡차곡 쌓인, 나누고 들어 주어야 할 이야기도 많았다. 달력에 담긴 뜻이 변함이 없듯 우리의 우정도 그대로였다. 밥집에 앉아 왁자하게 떠드는 수다가 끝이 없었다. 박꽃같이 웃으며 풋풋했던 옛 모습은 간곳없고, 큰 입의 헤픈 웃음과 해묵은 세월만이 얼굴에 주름살을 새기고 있었다. 달력 속에 묻혀 있는, 그때의 아름다운 추억 보따리를 푸는 것이 마냥 즐거웠다. 그러나 순간순간 아릿함이 가슴을 에웠다.

오뉴월은 좋은 일이 있을 것 같은 예감이 든다. 새처럼 훨훨 날고 싶은 꿈도 꾼다. 더불어 특별한 일이 생길 것 같은 기대와 설렘이

인다. 아마도 청량한 계절이 주는 선물일 것이다. 달력은 제일 먼저 계절을 알려주는 전령사가 아닌가.

지나치게 욕심을 부렸다는 자성의 마음이 생길 때는 칠팔월이다. 장마와 더불어 찜부럭한 날이 많다. 팔월이란 글자가 무겁다. 돌을 포개 놓은 것 같은 모양이 8자다. 팔자소관이라는 말도 8에서 나왔을까. 그래서 8자는 열고 잠그는 열쇠 같기도 하다. 엉킨 일들을 그 열쇠가 다 열어줄 것 같은 거창한 희망도 보인다. 옆으로 눕히면 무한대의 표이기도 하다. 하지만 잠겨 있어 결박해 놓은 글자 모양이다. 그래서 뜨거운 한여름이 8월인 듯하다. 거기에, 올해 중 이미 흘러간 달보다 남은 달이 적다는 생각을 하면 마음이 날씨만큼 후텁지근해 온다.

구시월은 계절 중 가장 쾌적한 날씨임에도 연중 계획이 뜬구름 같아 허허롭다. 반둥반둥하다가 달력만 넘어간다. 세상사 마음먹은 대로 이루어진다면 인생길이 고행이라는 말이 왜 생겨났을까만. 그래도 열 달 동안 한두 가지라도 좋은 일이 없으면 왠지 서글퍼지는 것도 아이러니다. 보람에서 얻는 게 활력소일 텐데. 무단히 개운치 않는 것이 자명할 테다.

한 해를 갈무리하는 십일 · 십이월에는 짐짓 마음의 자유를 찾는다. 지난 시간들에 송구함도 있고, 새해를 맞이해야 할 새로운 희망이 교차하는 시기이지만 마음은 가볍다. 더 바랄 것도 기다릴 것도 없는 데서 되레 여유가 생긴다. 가득했던 꿈이 체념으로 바뀌는 편안함이다. 감사와 반성을 함께하게 되니, 어른으로 성숙시켜 주는 것이 십이월이다. 그 즈음에서 달력은 아주 가벼워진다.

달력은 역사다. 매년 무심히 떨어져 나간 달력 속에는 그냥 숫자로 보이지만 그리움이 사무친 날도 있었고 괴로워 눈물을 펑펑 쏟은 날도 있었으며 기쁨에 가슴 벅찬 날도 있었다. 세상의 흐름과 집안 내력을, 면면히 걸어온 발자취를 억척스럽게 끌어안고 있다. 오만 가지를, 아니 우주를 다 품은 달력이야말로 욕심쟁이가 아닌가.

달력은 세월을 낳고, 세월은 달력을 쌓는다. 계란과 닭이 뭐가 먼저일까 하는 생각의 고리까지는 아니어도 잠시 쉼표를 찍어주고 싶다. 누구나 새 달력을 한눈에 보이는 벽에 내걸 때마다 새 꿈으로 부풀 것이다. 그러나 유달리 한 해가 길기도 하고, 어영부영하는 사이 한 해가 저물 때도 있다. 지난날을 통틀어 보면 세월이 정말 빠르다는 것을 실감한다. 내 경우 성취감보다 상실감이 크다. 허투루 보내버린 그 시간들이 내린 엄벌인지도 모른다.

달력은 냉엄하고 정확하다. 시간의 늪에서 허우적거리게 한다. 반면 가끔은 오늘보다 내일이, 이달보다 다음 달이, 올해보다 내년이라는 전도유망의 속임수로 유인한다. 그 덕에 행여나 하는 기대를 가질 수 있고, 미리 좋은 일을 상상해 볼 수 있지 않던가. 하나 설상가상, 우여곡절, 산 넘어 산이라는 말도 달력과 뗄 수없는 불가분의 관계다. 어쨌든 달마다 새 힘을 실어 준다고 믿고 싶다. 사람은 누구나 '그래도'라고 하는 섬을 하나씩 가슴에 품고 있다. 달력이 '그래도' 섬을 만들어 준 것은 아닐까.

달력은 그 무엇도 거부하지 않는다. 건망증의 해결사처럼 실수를 막아주는 방패도 되어 준다. 한 친구는 며칠 달력을 안 본 사이에 자기 시어머니의 기일이 지나가 버렸다고 했다. 거기에 따른 자책과 실망이 한동안 감당이 안 됐으리라. 부지런히 달력을 쳐다보는 것만이 자신에 대한 실망을 줄이게 될 것 같다. 달력은 잔정이 많은 어머니다. 날마다 봐 달라, 달마다 넘겨 달라는 잔소리를 하면서도 일일이 챙겨 주지 않는가. 그리고 어머니처럼 좋은 일만 주렁주렁 달리는 포도밭이 되기를 바라기도 할 것이다.

누군가 '달력은 종합 선물상자'라고 했다. 삶의 쓴맛이든 단맛이든 새해의 선물 상자를 잔뜩 기대한다.

엄마는 복덩이

당신은 무심코 호박을 본 적이 있는가?

시어머니가 수확한 누렁호박 한 덩이가 주방 진열대 옆에 참하게 앉아 있다. 햇빛이 베란다 창문을 비집고 들어와 호박을 부드럽게 감싸 안는다. 호박이라는 커다란 보석을 보는 것 같다. 어머님이 종일 맨손으로 밭일을 하다 허리를 펴며 지는 해를 바라보던 그 순한 햇살이다. 왠지 입이 심심해 아이스 커피를 타느라 내 손이 분주한 중이다. 긴 스푼을 유리컵에 넣어 달그락거리는데 정물화처럼 고요하던 호박이 나를 부른다.

'주인아주머니, 나는 지금이 딱 먹기 좋아요.'라며 애교를 부린다. '이 귀염둥이 내 마음을 어떻게 알았지.' 커피를 한 모금 머금고 마치 옆에 누가 있는 것처럼 중얼거린다. 노을을 등에 업고 나를 위한 호박요리를 하기로 마음먹는다. 그동안 아내로 엄마로 살아오면서 나를 위해 뭔가를 손수해서 먹어 본 적이 거의 없는 것 같다. 그렇다면 지금부터는 오직 나만을 위한 요리시간이다. 호박을 번쩍 들어 흐뭇한 마음으로 잠시 바라본다. 호박은 탄탄하고 큼지막하지만 수분이 줄어들어 덩치보다 해깝다.

어릴 때 겨울이면 할머니와 어머니는 물에 불린 쌀을 절구통에 빻았다. 고운 채로 친 쌀가루로 빚은 새알심과 붉은 양대콩을 넣고 호박죽을 쑤었다. 그 맛은 단연 별미였다. 또 모지랑숟가락으로 반달 모양인 호박 속을 쓱쓱 긁어 밀가루와 버무려서, 뒤란 아궁이에 뒤집어 놓고 쓰는 무쇠 솥뚜껑에다 보름달만 한 부침개를 만들었다. 호박 한 덩이가 참으로 푸졌다. 달작지근하고 고소한 부침개도 호박죽 맛에 버금갔다. 그 맛이 할머니와 어머니의 사랑이었다는 것도, 어머니가 자식들 거둬 먹인다고 별미를 드시지 않았던 이유도 내가 엄마가 되고 나서야 알게 됐다.

호박농사만큼 수월한 농사도 별로 없다. 시골이든 도시든 자투리 땅이면 족하다. 굳이 자기네 밭이 없는 사람도 호박을 심을 수 있다. 시골에선 주로 토담 밑이나 밭어귀와 언덕배기가 호박밭이 된다. 둥그런 구덩을 만들어 호박 씨앗을 포실포실한 흙에 묻어 놓으면 죄다 싹을 틔운다. 병충해에 강해 어느 작물보다 사람의 손길이나 정성이 적게 든다. 그래도 불평 없이 쑥쑥 자라주는 게 말썽 없이 잘 커가는 자식 같다고나 할까.

담쟁이 덩굴마냥 줄기가 쭉쭉 뻗어나가 온 담장에 어른 손보다 넓고 큰 호박잎이 너풀너풀 무성해지면 여름이다. 밋밋한 담벼락을 온통 푸르게 덮어 준다. 한결 시원한 느낌이 들고 반찬 걱정도 덜게 된다. 호박잎은 쌈으로, 추어탕의 재료에도 빼놓을 수 없다. 호박이 야들야들할 때는 전도 부치고, 자잘하게 채 썰어 볶아서 나물도 하고 국수의 고명도 맛깔나게 얹어 내기 때문이다.

호박을 보며 이런저런 생각에 잠겨 있는데 '그래서 주인아주머니는 당신을 위해서 어떤 요리를 할 거예요?' 하고 재차 물어 온다. '그래 맞다. 지금 당장 호박을 반으로 뚝 잘라 한 쪽은 보글보글 죽을 끓이고, 한 쪽은 쫀득쫀득한 부침개를 하려고 해.' 이 얼마만인가. 나는 잠시 흥분을 감추지 못한다. 심호흡을 하며 호박을 칼로 자르려는데 느닷없이 시어머니의 얼굴이 눈앞을 스친다. 사나운 폭풍우를 견뎌낸 이 호박덩이에서 산전수전 다 겪으면서 둥글둥글 살아온 나이 드신 어머님 모습이 겹쳐진다. 거무스레한 검버섯과 굵게 파인 주름살이 이 호박과 쏙 빼닮았다.

싱그럽던 호박잎도 한낮의 불볕더위에는 시들어 축 늘어진다. 그러다 밤사이 이슬을 먹고 아침이면 언제 그랬냐는 듯 생동감에 차 있다. 그처럼 어머님도 대농가의 고된 농사로 몸이 파김치가 될 때가 많으셨다. 하지만 밤새 고된 몸을 단잠으로 달래고 다음날 호박잎처럼 새 기운을 찾곤 하셨다.

이슬 머금고 방긋거리던 청초한 호박꽃, 담벼락에 아슬아슬하게 매달려 있던 풋호박, 노란 초가지붕을 폭신한 방석인 양 깔고 팔자 좋게 누워 있던 둥그런 호박이, 아름다운 풍경으로 내 가슴에 자리하고 있다. 어머님의 꽃같이 젊은 시절도, 마흔에 홀몸이 되어 많은 자식들 뒷바라지하느라 억척스러웠던 때도, 여장부라 할 만큼 위풍당당했던 인생의 황금기도 덧없이 흘러가 버렸다. 언제부턴지 어머님도 너끈한 마음으로 세월을 보내신다. 하나 몸은 가벼워진 이 호박같이 쇠잔하시다. 호박을 살살 어루만져 준다. 평생 농사를 지으신 어머님의 수고에 보내는 위로라고 해도 될까. 내 마음이 촉촉이 젖어든다.

흔히 못난 사람을 호박에다 비유한다. 그러나 내 생각은 좀 다르다. 아낌없이 다 내어 주는 것이, 버릴 것 하나 없는 것이 가장 큰 이유다. 오래될수록 곰삭아서 깊은 맛이 나는 포도주처럼, 늙을수록 고운 빛깔에 묵묵히 단맛을 내지 않은가. 이런 호박이 얼마나 잘나고 대견한가.

해마다 어머님의 정성이 깃든 네댓 덩이의 누렁 호박을 몇 년간 남편에게 즙을 해 주었다. 술을 좋아하는 남편이 십이지장궤양으로 약물치료를 오랫동안 할 때였다. 군말 없이 그 즙을 꾸준히 먹은 남편의 마음을 나는 잘 안다. 어머님께 드리는 사랑의 보답이었다는 것을. 놀랍게도 거짓말처럼 십이지장궤양이 완쾌됐다. 꼭 호박 때문만은 아니겠지만 웰빙이나 힐링을 넘어선 더 높은 치료 효과를 가지고 있다고 봐진다. 이쯤 되니까 누렁호박이 행운의 열매라는 명칭을 얻었나 보다.

한 덩굴에 덩실덩실 열리는 여러 개의 호박을 생각하면 절로 마음이 푸근해진다. 호박을 단단히 지켜 주는 그 덩굴이야말로 할머니와 어머니, 나와 딸에게 이어지는 튼튼하고 질긴 끈이 아니겠는가. 여러 자식을 위해 기꺼이 당신 한 몸 헌신하면서 식구들 수발을 담당한 우리의 할머니와 어머니는, 호박처럼 옹골차고도 넉넉한 심성으로 고달픈 삶을 살아냈다. 호박처럼 수더분하고 모나는 데 없이 너른 집안의 화목을 위해 무슨 일이든 지청구 없이 품어 안았다.

또 호박처럼 배풂을 미덕으로 여겼다. 그리고 동시대에 살고 있는 엄마라는 이름을 가진 오늘의 여인들, 옛 여인들만큼 한 고생과 희생은 아니더라도 같은 길을 걷는다.

덩굴에 매달린 열매가 떨어지랴 작은 바람에도 호박덩굴은 가슴 졸인다. 진한 모성애가 보인다, 혈육의 끈이란 덩굴과 같은 것이리라. 그 끈이 튼실하도록 불끈불끈 힘을 내야 하는 게 엄마의 자리다. 그런 맥락에서 볼 때 엄마는 식구들 중에서도 복을 불러들이는 첫 번째가 아닌가. 호박덩이를 껴안고 큰소리로 외쳐본다. "호박은 복덩이, 엄마들도 복덩이."라고 말이다.

언제 내 옆에 왔는지 딸아이가 "그래 엄마는 덩굴째 굴러온 복덩이야."라며 활짝 웃고 있다.

숟가락을 들고

　발아래 돌이 하나 보였다. 나는 얼른 주워 던졌다. 어디로 숨었는지 보이지 않았다. 또 몇 발자국 걸어가는데 쫄쫄 따라오는 소리가 들렸다. 또 시야에 보이는 대로 작은 돌멩이라도 주워 들고서는 휙 돌아보았다. 이번에는 딱 걸렸다. 당황했는지 일어나 엉거주춤 저만치 서 있는 내 여동생이었다.

"왜 내 따라 오노?"

　망설이다가 이번에는 작은 돌멩이를 직구로 세게 던졌다. 나는 막내 여동생을 업고 엄마가 품앗이로 모내기를 하고 있는 들판으로 가는 중이었다. 엄마에게 무사히 막냇동생을 배달시키려고, 그 수고로 점심을 배부르도록 먹을 꿈에 차있었다. 흥얼흥얼 노래까지 나왔다. 그런데 저만치 가다가 뒤돌아보면 여동생이 졸졸 따라오고, 한참 가다가 돌아보면 아직 따라오고 있는 게 보였다. 그때마다 돌 하나 던지고 또 가다가 돌멩이를 보이는 대로 주워 던졌다. 나중에는 돌아보는 것도 지쳤다. 나는 어디까지 따라오나, 누가 이기나 보자 하는 오기가 생겼다. '그래 따라오든지 말든지 어디 한번 해봐라.' 하면서 다시 엄마에게 막냇동생을 배달하기 위해 걸음을 빨리 뗐다.

그래도 뒤돌아보면 또 따라오고 때론 숨었다가 엎드렸다가 엉거
주춤 돌을 피하다가 어느새 엄마가 일하는 논 근처까지 따라와 있
었다. 내 등에는 땀까지 났다. "빨리 돌아가라." 하고 더 크게 소리쳤
다. 어머니가 뒤따라오는 동생을 보기 전에 되돌려 보내려고 다그
치기도 하고 때론 타일러도 보았지만 동생은 이리저리 둘러보며 딴
청만 피웠다. 제발 돌아가라고 한 번 더 사정해도 안 간다고 생떼를
부렸다. 둘이서 아드등거리다가 결국 방울만 한 동생의 그 고집에
내가 지고 말았다.

예전에 모내기하는 날은 일꾼들이 많은지라 점심시간에 객식구
들은 각자의 숟가락을 챙겨 가야 했다. 나는 아기 포대기 속 내 가슴
쪽에 숟가락을 넣어 갔다. 그런데 동생도 언제 숟가락을 챙겼는지
제 치마 뒤로 숨긴 숟가락 끝이 보였다. 그걸 보자 어린 나도 실소가
터져 나왔다. 그랬지만 객식구가 한명 더 늘면 어머니의 체면이 난
처해질까봐 이내 얼굴이 화끈거리고 가슴이 콩닥거렸다. 많은 사람
들 앞에서 미안해질 엄마가 떠올라서였다.

모내기가 한창인 들녘은 푸르렀다. 무논에는 논두렁까지 물이 찰
랑거렸다. 물에 일렁거리며 얼비친 내 얼굴이 분에 못 이겨 울상이
었다. 동생을 따돌리지 못해 화가 잔뜩 났던 것이다. 엄마를 보자
막냇동생을 업고 온 것을 칭찬받고 싶어 한껏 들떠 있었던 마음은
저 멀리 도망갔다. 동생이 제멋대로 따라왔다며 볼멘소리를 늘어놓
았다. 엄마는 뜻밖에도 잘했다며 오히려 내 등을 감싸주었다. 너만

그런 것이 아니고 여럿 식구가 따라온 사람도 많으니 너무 마음 쓰지 말라는 것이었다.

엄마는 막냇동생을 포대기째 품어 안았다. 그때야 마음이 놓여 안도의 한숨을 쉬었다. 포근히 안겨 엄마 젖을 물고 있는 아기는 초롱초롱한 눈으로 방글거렸다. 예쁜 아가 얼굴이 어머니의 고단함을 눈 녹이듯 녹여주었다. 사람들이 대여섯 명씩 둘레둘레 앉은 들길에는 하얀 쌀밥이 양푼에 그득하고, 부추겉절이, 오이무침, 콩나물, 갈치조림, 미역국이 크고 작은 그릇그릇에 푸짐하게 담겨 있었다. 나는 가지고온 숟가락으로 쉴 사이 없이 밥과 반찬을 맛있게 먹었다. 꿀맛이었다.

밥 먹는 동안 동생의 얼굴을 옆 눈으로 슬며시 살펴보았다. 동생도 자기가 챙겨온 숟가락으로 밥을 아주 야무지게 잘 먹고 있었다. 얼떨결에 동생과 눈이 마주치자 내 눈치를 보고 있다는 것을 느꼈다. 작은 볼이 터질듯 밥을 맛나게 먹고 있는 모습에 나는 또 다시 웃음을 참지 못했다. 그러나 제발 많이 먹으라고 무언의 눈빛으로 마음을 전달했다. 밥을 잔뜩 담은 동생의 볼록한 볼을 톡톡 두드려 주었다. 쏴아 불어오는 바람에 날리는 머리카락을 걷어 올리며 마주 보고 웃었다. 푸른 들녘의 모내기 하는 풍경도 정겨웠고 옹기종기 모여 점심을 먹는 모습도 정말 다정다감했다. 잠깐 큰 대야에 뉘어 놓은 막냇동생까지 잘 놀아 주었고 나도 배가 불러 푸근한 점심시간이었다.

어느새 엄마의 이마에 송글송글 맺힌 땀방울이 다 말랐다. 그것은 다시 오후 일을 해야 하는 시간이 왔음을 의미하는 것이었다. 일해야 하는 엄마를 제치고 밥을 많이 먹어 힘이 솟은 내가 막냇동생을 번쩍 들어 업었다. 엄마와 헤어지는 것이 참으로 아쉬웠지만 엄마를 뒤로하고 여동생을 앞세워 집으로 돌아가야 했다. 한참을 앞만 보고 걷다가 뒤돌아보니 엄마가 하얀 머릿수건을 벗어 손에 들고 흔들고 있었다. 또 돌아봐도 그 자리에 그냥 서 있었다. 우리의 시야에서 엄마가 가물가물 안 보일 때까지 동생과 나도 돌아보고 또 돌아봤다.

배가 고파 칭얼거렸던 막냇동생도 내 등에서 새근새근 잠이 들고, 동생과 나는 재미있는 이야기를 하면서 들판이 떠나갈듯 웃었다. 동생은 신이 나서 들에 핀 노란 유채꽃을 꺾어 주기도 하고 노래도 크게 불렀다. 무용시간에 나올 법한 희한한 동작으로 양팔을 벌리고 스텝을 밟았다. 호핑 스텝을 하다가 스키핑 스텝을 하다가 저만치 혼자 갔다가 다시 나와 발걸음을 맞추기도 했다. 언제 내 숟가락을 들고 제 숟가락과 부딪쳐 박자를 맞추면서 함께 노래를 부르자며 아기 포대기를 잡고 응석까지 부렸다. "언니, 언니야 으응." 하고 온몸을 귀엽게 흔들었다. 자드락거리며 내 말을 안 들었을 땐 그렇게 얄밉던 동생이 금방 핀 빨간 장미보다 더 어여뻤다.

내가 초등학교 오륙학년 때쯤의 일이다. 아득한 세월 너머의 추억이 어제 일처럼 선명하다. 가끔 바람이 창을 두드릴 때나 유채꽃을 볼 때마다 어린 시절의 그 모내기 날이 몹시 그립기만 하다.

골목 단상

온 집을 울려대는 요란한 대문 벨소리에 밖으로 나갔다. 일면식도 없는 웬 아주머니가 나를 보자 대뜸 "○○○번입니까."라고 물어왔다. 얼떨결에 "대문에 주소가 붙어있네요." 했더니 "누가 집 번지 말입니까?" 하고 반문해 온다.

하필이면 골목에 있는 낯선 자동차 번호가 우리 집 번지와 비슷하다. 그는 하수구 공사를 하기 위해서 차를 빼내야 한다며 오히려 역정을 낸다. 아주머니와 나의 첫 대면은 그렇게 시작됐다. 그의 집이 우리 골목에 있는 것도 아니고, 내가 우리 집에 하숙집 드나들듯한 탓도 있다. 하지만 한 방의 대포를 쏘듯 퉁명스럽게 말하고 휑하니 돌아서는 그의 뒷모습에서 맵찬 바람이 쌩쌩 분다. 얼떨결에 맛본 황당함이다. 잔뜩 흐린 날씨로 우중충한 길목이 더욱 썰렁해진다.

두 살 난 아이가 죽은 엄마 옆에서 열흘간이나 굶어서 탈진 상태라는 뉴스 보도가 있었다. 한 지붕 밑의 사람들도 몰랐다는 데서 더욱 놀랍다. 우리 골목에서도 사람 만나기가 가뭄에 빗방울을 보는 만큼 뜸하다. 골목에서 뛰노는 아이가 없다. 학교 파하기 무섭게 무슨무슨 학원을 다닌다 하여 몸을 빼앗긴다. 골목은 도심 속의 섬이다.

어릴 때 골목은 아이들의 놀이터였다. 고무줄넘기, 공기놀이, 딱지치기, 구슬치기, 땅따먹기 등 신나는 놀이에 빠져 해 지는 줄도 몰랐다. 좁은 골목은 놀이 공간으로 넓은 운동장이 돼 주었다. 시끌벅적했다가 어둠과 함께 잠을 잤다. 어둑어둑 땅거미가 지면 할머니께서 내 이름을 다정하게 불러 주셨다. 할머니가 손자손녀를 학교에 보내는 곳도, 또 반갑게 맞이하는 곳도 골목이었다. 어머니가 집에 다녀가는 손님에게 여비를 슬며시 건네 주는 곳 또한 골목이었다. 기쁨과 아쉬움 뒤에는 그만큼 끈끈한 정이 남아 있었다. 늦은 밤 골목에서 들리는 식구들의 발소리가 귀가를 넌지시 알려 주는 초인종이었다.

반면에 슬픔과 원망이 깃든 곳이기도 하다. 어린 자식을 두고 떠나야 하는 어미의 무거운 발걸음이 골목에서 떨어지지 않을 것이다. 수없이 망설이다가 그 애잔함을 골목에다 꼭꼭 묻어두고 갈 듯하다. 골목은 서성대고 기웃거리며 남의 집을 침범하는 범법자의 통로가 되기도 한다. 관객을 웃기고 울리는 공연장의 무대와도 같다. 무대 위 주인공들은 무시로 바뀐다. 영원한 관객으로 언제나 새 주인공을 기다린다.

한적한 이 골목에도 한 나절 동안은 소리들이 쌓인다. 야채나 과일 생선 등을 싣고 다니면서 파는 장사치들의 외침이다. 그 소리들이 냉랭한 기운 대신 들내음과 갯내음을 잔뜩 쌓아 놓고, 그 향기가 사람을 불러 모은다. 옥시글옥시글해진 골목은 그때야 비로소 사람 냄새를 풍긴다. 이웃 간의 소통이 시작된다.

계란장수의 외침은 웃기고 특이하다. "S농장에서 노른자가 똥실 똥실한 계란이 왔습니다. 굵직하고 동글동글하면서 싱싱하고 고소합니다. 계란이 딸랑딸랑 떨어지려 하는 집은 빨리 나오십시오."라고 하는 다소 우스꽝스럽고 감각적인 노랫말은 운율과 라임을 갖추고, 음정과 박자에 맞추어 고음 저음으로 부른다. 의태어가 조합된 재미나는 가락 속에 계란을 보지 않아도 크기가 상상되고, 먹어보지 않아도 그 맛이 가늠된다. 고소한 계란맛이 입안에서 철철 넘친다. 그 덕에 삶은 계란으로 자주 포식을 한다. 계란을 사러 나온, 일전에 우리 대문 앞에서 만난 그 아주머니와 어색하지만 풋인사를 하게 된 것도 순전히 계란장수 공이 크다.

봄비가 잦은 요즈음 그 소리들이 건너뛰는 날이 많다. 불쑥 계란장수의 노래가 듣고 싶다. 추적추적 내리는 빗방울이 애꿎은 담벼락과 골목만 때릴 뿐이다. 외로운 골목은 함께 비를 맞아주었던, 사라져버린 쓰레기통이 그리울 것이고, 담 너머로 웃음을 날리던 검붉은 장미꽃이 어서 피어 환호성을 내질러 주길 기다릴 테다. 집집의 빨랫줄에서 형형색색의 옷이 한들한들 춤추는 것도 보고 싶을 것이다.

한동안 잊고 지냈던, 새벽을 알리는 소리가 다시 들린다. 재첩국장수다. 가끔 재첩국을 산다. 그러나 예전의 그 맛이 안 난다. "재첩국 사이소."라고 하는 낯익은 아줌마 목소리도 실제는 녹음된 음성이다. 비닐봉지에 미리 담아 놓은 재첩국을 아저씨가 판다. 호젓한 골목에서만이 아줌마와 둘이서 은밀하게 거래가 이루어졌던, 한 국 자씩 덤을 주었던 그 후덕한 맛이 없다.

큰길에 나갈 때 일부러 호젓한 골목길로 간다. 아기자기한 길이 지름길이기도 하고, 씽씽 달리는 자동차가 없는 게 장점이다. 대부 분 대문이 열려 있어 호감이 간다. 담을 뛰어넘은 키 큰 나무들과 수돗가에 키 작은 꽃들이 보내는 눈웃음에 마음이 따뜻해진다. 무 엇이든 작은 것에서부터 싹트는 것이 정이 아니던가. 사람과의 관 계도 자연과의 교감도 그렇다. 도심에서 노점이나 상가가 형성된 곳은 골목과 연결된다. 그러고 보면 골목골목이 모여 큰길을 번화 가로 만드는 셈이다.

골목은 많은 사연을 품고 있는 만큼 속이 깊다. 가가호호마다의 복잡하고 다양한 삶을 다 보고도 그저 묵묵할 뿐이다. 집을 나설 때 식구들을 배웅해 주고, 집에 돌아올 때 제일 먼저 반겨 준다. 언제든 골목이 할머니처럼 기다리고 있다고나 할까. 사립문에 들어 서는 기분이 든다. 골목에 발을 들여놓는 순간 훈기가 느껴지는 것 도 그 때문이다.

밤이면 골목의 가로등이 대낮처럼 환하게 불을 밝혀 준다. 골목 이 등불 같다. 가로등은 밤새도록 뜬눈으로 골목의 파수꾼 역할을 해주고, 아침을 불러 놓은 후 슬그머니 잠을 청한다.

금단추

헌 옷을 버릴 때 단추를 떼어 놓는다. 아니 정을 모아 둔다. 반짇고리의 빨간 복주머니 속에 든 단추들은 저들끼리 이마를 맞대고, 손을 잡고 살을 비비며 도탑게 논다. 식구가 늘어날수록 더 좋아하는 것 같다. 나 역시 온기가 느껴져 살갑기만 하다.

아들이 예닐곱 살 때 입었던 한복 마고자의 큰 사기단추는 주황색에 검은 꽃문양이 새겨져 있다. 세월이 지나도 여전히 곱고 선명하다. 딸아이가 여남은 살 때 입었던 스웨터의 단추는 분홍 털실로 짠 솔방울 모양이다. 단연 돋보인다. 어린 아들 녀석이 한복을 입고 재롱떨던 모습과 진달래색 스웨터가 잘 어울렸던 귀여운 꼬맹이 딸이 떠오른다. 그걸 추억삼아 반짇고리를 자주 열어 본다.

단추에도 품격이 있다. 사람들이 며느리에게 금반지를 해 주듯이 사위를 볼 때 사위의 한복 마고자 단추를 금으로 해주는 걸 많이 본다. 그런 관습이 있는 것은 사랑스러운 사위가 금으로 보이고, 금처럼 귀하다는, 금이 지닌 무게나 가치만큼 정이 깊다는 뜻도 되리라. 나는 오래전 IMF 환란 때 '금 모으기 운동'에 동참하면서 가지고 있던 꽤 많은 양의 금을 다 팔았다. 지금 생각하면 많이 아쉽고 허전하다. 내 몫으로 있을 때는 금에 대한 별다른 애착을 갖지 않았다. 하지만 금값이 천정부지로 오르자 금단추가 달린 옷을 입으면 왠지 어깨가 으쓱해지면서 얼굴이 금처럼 광채가 날 것만 같다. 사람 마음을 제멋대로 흔드는 요상한 물건이 금인가 보다. 이럴 때 확고하게 여며 줄 마음의 금단추가 그립다.

사람들은 금을 많이 소장하고 싶어 한다. 그것이 가지는 효용 가치가 높고 환금성이 좋기 때문이다. 누런 쇠붙이인 금이 권력의 상징인 시대가 있었다. 어느 역사 학자는 인간이 금을 얻기 위해 싸운 피의 역사라고도 했다. 그 옛날 이집트에서는 금 특유의 희소성 덕분으로 권력자의 절대적인 사랑을 독차지했다. 금을 사용하는 것은 파라오의 특권이자 태양신의 장식물이었다. 우리나라의 고대 금관이나 요대에서도 그 화려한 황금빛이 우리의 발걸음을 멈추게 하지 않던가.

언제부턴가 호주에서도 금으로 온몸을 마사지하는 유행 바람이 크게 불고 있다고 한다. 금화장품, 심지어 금가루 요리까지 한다. 금이 몸속에 든 독소를 제거해 주고 금같이 빛나는 피부를 만들어 준다는 것이 이유다. 그러고 보면 아름다움을 추구하는 여인들은 그것이 주는 달콤한 유혹에 빠질 법도 하다. 금단추 하나에 실렸을 설렘이 어느 정도일지 가늠된다.

단추의 역사는 고대 로마시대부터 시작된 것으로 알고 있다. 서양 복식 문화에서 직사각형의 천을 몸에 걸치면서 휘두르고 피불라와 핀으로 어깨에 고정시키는 의복이 많았다. 또 어깨에 걸친 끈

하나가, 허리를 두른 벨트가 단추 구실을 했다. 단추의 의미는 옷을 여미고 고정시키는, 또 장식하는 효과일 테다. 고대부터 현대까지 의복의 변천사에 따라 단추의 기능도 다분히 세분화되어 왔다. 단추를 만든 재료와 다양한 모양, 색상, 크기까지 실로 엄청난 변화를 거쳐 온 것이다.

도매시장에서 단추의 크기, 모양, 색깔을 구분하여 진열해 놓은 것을 넋 놓고 본 적이 있다. 평범하면서도 독특한 단추가 삼천여 가지나 된다는 사실에 입을 다물지 못했다. 오색 빛을 내는 화려한 것, 은은하면서 수수한 것, 작고 앙증맞은 것, 크고 묵직하게 보이는 것들이 눈을 한껏 호강시켰다. 그 단추들이 양장의 조화미와 균형미를 강조한다는 것을 한 번 더 되짚게 됐다.

견물생심見物生心이라고 했던가. 그때 단추를 몇 가지 사고 싶었다. 단추를 고르는 게 쉽지가 않았다. 어디 단추뿐이겠는가. 내 짧은 식견識見이 사물이나 사람의 진면목을 몰라보는 어리석음을 종종 범한다. 때로는 훌륭한 유산이 될 물건을 미련 없이 내다 버리기도 하고, 상대의 진심을 똑바로 읽어내지 못하고 가까이 다가서지 못할 때가 참으로 많다. 그럴 때는 단추보다 더 작고 옹졸한 내 마음을 탓할 수밖에 없다.

사람의 선택에 의해 제자리를 잡는 것이 단추다. 단추도 사람처럼 팔자소관이 제각각인 것이다. 제때 팔리지 않아 재고정리되는 것도 있고, 반짇고리에서 긴 잠만 자는 것도 있으며, 이목을 받으며 바깥바람 신나게 쐬는 호사를 누리는 보석 단추도 있다. 인생사 새

옹지마라 하듯이, 반짇고리만 지키던 단추도 어느 날 요긴하게 쓰일 때도 있고, 옷장 구석으로 밀려나 있던 옷이 오랜만에 나들이를 할 때도 있다. 묵은 단추와 옷에서 진득함을 배우기도 한다.

옷을 입고 벗을 때 지퍼가 편리하다. 번거롭다 하여 우리 옷의 저고리나 두루마기에 지퍼를 단다면 한복으로서의 기능은 끝난 셈이다. 저고리와 두루마기의 상징은 고름에 있지 않을까. 고름은 한복의 얼굴이라고 해도 무리는 아닐 터. 한복의 우아한 맵시는 정성 들여 매는 고름에서부터 시작된다. 고름을 맬 때 헐거운 마음이 다잡아진다. 그래서 옛 아낙들이 더 굳셌는지 모른다.

외출 중에 옷의 단추가 자신도 모르는 사이에 떨어져 도망가고 없을 때가 있다. 그 단추는 길에서 천덕꾸러기가 되고, 나는 없어진 단추 하나로 인해 체면이 구겨지고 좌불안석이 된다. 그뿐이랴. 정작 남아 있는 단추들도 새 단추한테 졸지에 제자리를 내어주고 반짇고리 속에 갇히는 신세가 되는 것은 잃어버린 그 단추 하나 탓이다. 이처럼 사람 사는 세상도 한 사람의 민폐로 여럿이 피해를 입는 일이 허다하게 일어난다.

첫 단추의 중요성은 속담에도 있다. 그 만큼 첫 단추를 잘못 채우면 옷맵시가 볼품사납다. 단추를 끼울 때 단추보다 단춧구멍이 작아 끼우기가 상그러운 것도 있지만 자칫 단춧구멍의 위치를 벗어나 헛끼울 때도 가끔 있다. 정신을 다른 데다 둘 때면 우리네 마음도 더러 헛된 욕심과 시기심 등으로 채우고 만다. 아무리 탐나는 단추도 내 옷의 단춧구멍에 맞지 않으면 소용이 없다. 세상사 쉽지 않은

것도 제 밥그릇 챙겨야 할 일자리가 적은 것이 문제이고, 또 이가
맞지 않은 지퍼처럼 삶도 서로 삐걱거려서이리라.

　나는 작은 일에도 나무의 잔가지처럼 잘 흔들린다. 여태껏 나를
단단히 채워 줄 튼실하고 묵직한 금단추 하나 가슴에 지니지 못한
것이 못내 아쉽다. 뜰에 선 태산목 가지 사이로 들어찬 둥근달이
내 마음의 단추처럼 허공을 껴안는다.

칼슘제를 삼키다

대문 우편함에 우편물이 꽂혀 있었다. 건강검진을 하라는 통지서였다. 날짜를 체크하고 시간 날 때 한번 가보자 하며 쭉 미루다가 가벼운 마음으로 검진을 받았다. 골다공증 증세가 조금 나타났고, 다른 몇 가지가 좋지 않았다. 무엇보다 운동을 꾸준히 하라는 의사의 소견까지 있었다.

일터로 가는 길엔 육교가 있다. 반드시 육교를 건너야 버스 정류장이 나오고 그곳에 내가 탈 버스가 정차한다. 그런데 길에서 몇 번 넘어져 무릎에 이상이 생기고부터 육교를 오를 때나 내려갈 때 적잖이 심적 부담을 느낀다. 딱딱한 철 구조물에 첫발을 떼어 놓기가 멈칫거려진다. 뒤따라오던 내 또래의 사람이 나를 앞질러 계단을 총총 올라간다. 젊은이는 두 계단씩 덤벙덤벙 건넌다. 나도 지나간 세월을 비디오테이프처럼 감아서 되돌려 놓고 싶다. 그 테이프 속에는 건강했던 내 다리가 계단을 가뿐하게 오르고 있을 것 같아서다.

힘들게 계단을 오르는 노인이 많다. 그 앞을 지날 때는 연민의 정이 솟는다. 훗날의 자화상 같아 쓸쓸하다. 이런 마음을 젊은이들은 모를 것이다. 누구나 그랬듯이. 세월은 흐르는 것이 아닌, 사람의 뼛속으로 숨어드는 모양이다.

가끔 사골을 끓인다. 처음에는 뼈의 조직이 단단하고 빈틈이 없다. 네댓 번 푹 삶아내고 나면 앙상한 뼈에 구멍이 숭숭 나 벌집 같다. 그 뼈에서 우러난 진국은 사람들에게 원기를 북돋아 준다. 사람도 혈기 왕성할 때 다른 사람에게 기쁨을 줄 수 있는 기회가 많다. 어쩌다 뼈다귀탕이라는 음식점의 간판을 본다. 어감이 좋지 않다. 집에서 사골은 끓이면서 새삼스레 무슨 소리를 하느냐고 반문하겠지만, 닳아버린 연골이 생각나는 까닭이다.

인체 표본 전시회에서 본 신체는 물론이고 미세하면서 다양한 표정이 산 사람 모습과 닮아 놀라웠다. 더 충격적인 것은 근육질의 신경 하나하나와 뼈의 구조며 장기들이 세부적이면서 질서가 있었다. 전부를 드러낸 몸속을 보니 마음이 이상했다. 몸의 구성 중에 상당부분 차지하고 있는 것이 뼈라는 사실이 한동안 뇌리를 떠나지 않았다. 임산부의 생소한 태아까지 보았는데 어째서 뼈에 대한 기억이 가장 오래 남을까. 아마도 내 몸의 뼈를 은연중에 의식하고 있었나 보다.

인체 표본을 관람할 때 경주에 있는 골굴사가 퍼뜩 떠올랐다. 바위 속 동굴이 품어 안은 암석巖石들이 늙고 지친 사람의 몸속에 든 뼈와 비슷한 느낌이 들어서였다. 서로를 벽 삼아 누워 있거나 기대앉은 골굴사는 자연 석굴 열두 개가 한데 어우러져 암자를 이루고 있다. 해발 몇 백 미터 고지, 제일 상단의 암벽을 차지하고 있는 근엄한 마애불과 동굴 안의 법당을 참견하기 위해 층층 계단을 올라갔다. 무릎뼈의 통증도 눈치 없이 계단을 따라왔다.

석굴은 긴 세월 풍화작용으로 군데군데 파인 자국이 송송 드러나 있었다. 암석 위의 바싹 야윈 돌부처가 노인의 신체 부위로 상상되었다. 울퉁불퉁한 데는 손과 다리의 뼈에 푸른 심줄이 불거진 것으로, 옴폭한 데는 합죽해진 볼로, 까칠까칠한 것은 깡마른 피부로, 푸르고 거무튀튀한 이끼는 검버섯으로 보였다.

수명이 짧았던 사람이 세상 구경 더 하려고 돌 속에서 사람 형상을 하고 있나 보다. 그래봐야 해와 달과 별처럼 만고불멸해지는 것은 아니지만. 망자들은 이승에서의 그 미련을 떨치지 못하고 영생을 꿈꾸고 있는지도 모른다는 엉뚱한 생각마저 든다. 돌에 새겨진 선사시대의 문자나 동물의 그림, 유명한 다보탑과 석가탑, 첨성대 등은 고유한 이름표를 달고 있다. 돌의 역사이기 전에 사람의 역사가 된다. 심혈을 다 쏟아 만든 그 돌에는 석공과 돌이 하나 된 호흡이 들린다. 혼이 담긴 돌은 영원히 살아 있다. 그것이 돌에 튼튼한 뼈대가 되는 것은 당연지사다. 주술성을 가진 돌 앞에 마음을 낮춰 경배하는 것도 그 때문이리라.

나무와 꽃과 풀도 제각기 이름이 있다. 사람들은 이름 없는 돌을 수집해서 나름대로 이름을 달아 부각시켜 준다. 누군가의 투박한 손으로 조각한 돌에 새 이름을 달아줄 때 생명력을 가진다. 그때부터 그럴싸해 보인다. 이처럼 가치를 부여 받아 돋보이면 행운의 돌로 변신한다. 그런 후 돌에다 사랑과 관심을 쏟아 붓는다. 그 애정이야말로 돌에는 칼슘제가 된다. 그것을 단박에 알아차린 돌은 제 이름값을 하느라 더욱 의젓해진다.

나는 삶이 고달플 때나 허무룩할 때 지인을 만나 격의 없이 속엣말을 털어 놓는다. 문제는 풀어야 답이 나온다고 하듯이 어지러운 마음의 갈피가 정리되는 것 같아서다. 그와 함께하는 한 끼의 식사도, 따끈한 한잔의 차도, 바깥바람을 마시는 것도 칼슘제로 충분한지도 모른다. 그런 날은 육교 오르기도 힘들지 않다. 그와의 만남이 약속되면 며칠이 즐겁다. 안색이 밝아지고 마음이 홀가분해지면서 몸속 아드레날린이 분비된다. 그의 웃는 얼굴이 미리 내게로 반응해 온다. 괴로움과 슬픔을 기쁨으로 승화시키는 것은 웃음의 힘이 크지 않던가. 그가 가진 웃음, 그 약효가 내게 전달 물질로 오기에 뼈마디는 피로하거나 무겁지 않다.

싱싱 달리는 자동차, 질주하는 오토바이, 바삐 오가는 사람들의 발걸음에서 활기가 넘친다. 젊은이들은 튼튼한 다리가 큰 재산이다. 아직 그들은 다리의 소중함을 모를 것이다. 돌에 이름을 붙여 주듯 내 다리도 이름표를 달아 주면 뼈가 예전과 같아질까. 오뚝이라고 해야겠다.

힘들게 올라 온 육교 위가 사방이 툭 트여 좋다. 빌딩 창문에 부서지는 햇빛, 푸른 가로수와 파란 하늘이 한층 더 가깝게 느껴진다. 가슴을 쓸어내려 주는 해맑은 바람의 칼슘제를 꿀꺽 삼킨다.

돋보기가 내 친구가 되기까지

　글을 읽고 쓸 때 돋보기를 쓴 지 오래다. 돋보기 쓰는 것이 처음에는 무척 쑥스러웠지만 이제 돋보기는 내 동반자이다. 그전에는 마음의 돋보기를 지니고 다녔다. 그 돋보기는 무슨 사물이든 마음을 활짝 열고 세밀히 보라고 채근했다. 그것도 노안老眼이 오기 전의 행복한 고민이었다. 언제부턴지 돋보기에만 의존하려 든다. 휴대폰에 문자 찍는 것도, 읽는 것도 돋보기 없이는 안 된다는 생각을 먼저 한다. 자연스레 사물에 다가가고픈 마음이 점점 줄어든다.

　돋보기는 노인이 쓴다는 선입견이 있고, 안경은 인텔리 여자나 신사가 멋으로 쓴다는 인식이 있었다. 어릴 때 영화 속에서 본, 돋보기를 낀 노인의 근엄함과 반짝거리는 은테안경을 쓴 멋진 젊은 주인공이 인상 깊었기 때문이다.

　'눈은 보배다. 마음의 창이다.'라고들 한다. 나는 점점 보배를 잃어 가는 느낌이다. 마음속의 때도 덧보태지는 것 같다. 그만큼 눈이 소중하다는 뜻이다. 돋보기만 쓰면 잘 보이던 잔글씨들이 얼마 전부터 영 흐리면서 어른거린다. 도수가 높은 걸로 바꿔야 되나 하며 눈을 동그랗게 떠 본다. 동공을 크게 여는 것보다 눈을 게슴츠레

뜨고 머슴거리며 얼굴을 찡그려야 덜 수리수리하다. 그로 인해 미간에 생긴 주름이 점점 골이 깊어진다. 이 주름은 미운 계곡이지만 감출 마음도 없다. 삶의 길이자 연륜이 아닌가.

오래전에 안과에 갔을 때, 노안이 왔다는 의사의 말이 큰 충격이었다. 그런데 이제는 시력 감퇴에 맞는 안경을 써야 된다고 할 것 같아 지레 겁이 난다. 나이 듦에는 건강에 관한 모든 것이 위축되는 심리다. 잠깐씩도 아니고 장시간 동안 안경을 써야 한다면 참으로 거추장스럽겠다. 안경을 쓴 내 모양새가 머쓱하고 어정쩡해질지도 모른다. 설멍한 옷을 입었을 때처럼 부자연스러워 촌발을 날릴 것만 같다. 그만큼 익숙하지 않는 것을 받아들이는 게 쉽지 않다는 얘기다. 안경을 쓰는 일은 비오는 날 우산을 챙기듯 성가신 일일 게다.

돋보기는 세월이다. 내가 처음 돋보기를 썼을 때 딸아이는 마음이 짠하다며 침울한 표정을 지었다. 유달리 좋았던 엄마의 시력이 노안이라니 믿어지지 않는 모양이었다. 그러나 어쩌랴. 세월이 주는 선물인 것을. 세월은 반갑지 않는 노안이라는 명패를 일방적으로 안겼다. 받기 싫다는 내게, 오히려 혹부리를 몇 가지 덜렁 더 붙여 주었다. 얼굴에는 주름살을, 머리에는 흰머리카락을. 거기에 허리, 무릎, 다리의 통증이 수시로 방문한다. 이것들은 눈치도 없는지 싫다 해도 따라다닌다. 하지만 이것 또한 정녕 미워할 수 없다. 살아온 흔적이므로. 이처럼 세월은 혼자 가지 않는다. 함께 데리고 가는 것이 참으로 많다.

'한 손에 가시 들고 또 한 손에 막대 들고/ 늙는 길 덩굴로 막고/ 오는 백발 막대기로 쳐도/ 백발이 제 먼저 알고 지름길로 오더라'는 고려시대 우탁의 〈탄로가〉다. 빠른 세월을 무엇으로도 막을 재간이 없는 것이다.

사람마다 이 반갑지 않은 선물을 받는 시기가 다르다. 젊을 때 시력이 나빠지는 것이 푸른 나뭇잎이 떨어지는 것과 같다면, 노후까지 좋은 시력을 유지하는 것은 십이월 끝자락에 매달려 있는 청청한 나뭇잎 같다. 누구나 세월이 주는 선물은 늦게 받기를 바랄 것이다. 부러운 꼴찌가 있다는 것을 이제 알게 됐다.

할머니는 여든이 훨씬 넘어서까지도 눈이 밝으셨다. 바늘귀를 별 무리 없이 쏙쏙 꿰었다. 부모님도 안과와 거리가 멀었다. 그러기에 시력은 유전이고 선천적인 것이라고 믿었다. 돋보기를 쓰리라는 생각은 못했다. 내가 돋보기를 사용하지 않았더라면 안경 쓰는 사람들의 고충을 헤아리지 못할 뻔했다. 잠깐씩 다녀가는 손님이 짧은 시간 쓰는 돋보기 같다면, 긴 시간 동안 쓰는 안경은 늘 함께 사는 식구와 같은 것이리라. 손님보다야 식구가 더 가깝고 미덥지 않은가. 그렇지만 종일 안경을 쓰는 일은 내 사전에 없기를 바란다. 돋보기를 쓰는 일만도 충분히 번거롭기에. 안경이 눈을 더욱 보호해 주고, 밝게 해준다고 해도 안경을 쓸 자신이 없다.

돋보기를 쓰는 것은 눈 하나를 더 가지는 일이라고 생각하기로 했다. 나도 세상의 흐름을 두 배로 꿰뚫어 볼 수 있으리라는 희망에서다. 돋보기는 내게 사물을 있는 그대로만 보고 글로 옮기지 말고,

면밀히 관찰하여 먼저 내면을 깊이 보라고 일러 준다. 정견에 든 사람들은 얼마나 많은 노력을 했을까.

그 사이 늘어난 돋보기가 거실에도, 외출 가방 안에도, 책상 위에도, 일터에도, 하나씩 자리를 차지한다. 유리알의 크기와 테의 색깔이 약간씩 다르지만 이것들은 다 똑같은 내 눈이다. 계절의 순환을 느끼게 해 주고, 넓은 세상도 볼 수 있게 해 준다. 놓치기 쉬운 미세한 것까지 챙겨서 보이게 해 주고, 글을 읽고 쓰는 것 또한 돋보기 덕분이다. 하나의 빛이 수십 개의 그림자를 만들 듯 이 모두 돋보기로 얻어진 수확이랄까. 돋보기는 내 길잡이고 든든한 친구이다. 노안은 반갑지 않지만 돋보기는 반가운 선물이다. 그동안 사랑땜을 치른 값이다.

작은 것을 크게, 흐린 것을 밝게 하는 마력을 가진 돋보기, 이왕이면 추한 것, 보기 싫은 것도 아름답게 보이도록 하는 기능까지 겸비하면 정말 좋겠다. 남의 사주가 한눈에 보인다는 무속인, 인상을 보고 운명론을 펼치는 관상가, 물건의 진품을 가려내는 감정가의 눈은 도수가 높은 마음의 돋보기를 지녔을 것만 같다. 그 돋보기에는 보이지 않는 힘이 무한정 들어 있을 테다. 그들만이 가질 수 있는 특별한 것임에 틀림없으리라.

책상 위의 돋보기가 일과를 끝내고 선잠을 잔다. 언뜻 깨어 친구야 하고 나를 부르는 것 같다. 내일을 보다 더 밝게 열어 주려는 꿈을 꾸고 일어났나 보다.

트라우마

　어릴 적에 얼굴을 다친 적이 있다. 냇가에서 오빠와 오빠 친구가 물장난을 하다 던진 돌이 내 얼굴에 날아들었다. 아픈 통증보다 철철 흐르는 빨간 피가 더 무서워 얼마나 크게 울었는지 모른다. 잔물결로 일렁이던 냇물도 어찌할 바 몰라 수군거리는 듯했다. 지금 생각해보니 그 울음에는 손자를 표나게 편애하는 할머니께 손녀도 똑같이 사랑해 달라는 간절함이 숨어 있었다. 그 사고로 오른쪽 입술 위에 열두 바늘을 꿰매는 큰 상처가 났다.

　이 흉터는 내게 지울 수 없는 상흔이다. 아직도 몹시 피곤하거나 심한 몸살을 할 때면 작은 경련이 인다. 아마도 흉터 속에 그때의 울음이 잠자고 있을까. 그럴 때마다 눈물을 바가지로 흘렸던 기억이 생생하다. 좋은 기억은 세월 따라 희미해지지만. 이 흉터를 머플러로 은근슬쩍 가릴 수 없는 것 또한 상처다. 여기에 세상이 할퀴고 간 상처, 삶의 쓴맛이 남긴 상처, 선입견, 열등감, 자격지심 등을 껴안고 산다.

　상처와 대항하고 이겨내는 방법은 몇 단계를 거친다. 태어날 때의 고통은 힘찬 울음으로, 유아기는 재잘거리는 말로, 청년기에는 넘치는 힘으로, 어른이 되어서는 지혜로 표현한다. 사물은 사람과 달리 만들어지기까지 잘리고, 깎이고, 달구어져야 제대로 된 이름을 얻는다. 견고하면서 온전한 물건일수록 상처의 부피가 큰 편이다. 많은 쇠붙이 연장들은 불꽃을 감내한 만큼 품질의 우수성을 좌우한다. 어찌 보면 글쓰기도 이와 같다. 다 쓴 글을 읽고 또 읽고, 군더더기를 솎아내고 가지를 쳐내는 퇴고 과정을 수없이 거쳐야 문장이 매끄러워지지 않던가.

글과 말은 남에게 뜻을 전달한다. 하나 말은 한 번 내뱉으면 다시금 돌이킬 수가 없다. 무심코 던진 말이 날카로운 창과 가시가 될 수도 있고, 상처에 바를 부드러운 연고도 될 수 있다. 말에도 계급이 있다. 말을 글 다듬듯 하면 옥이요, 마음에 날을 세워 쓰면 칼이다. 말을 할 때는 상대가 받을 위안이나 상처의 부피를 알지 못한다. 그래서 우는 가슴에 말뚝 박는 일을 저지르게 된다. 말에서 받는 위무는 보약이 되고, 말로 생긴 상처는 박힌 못을 빼낸 자국처럼 가슴에 남는다. 언제 주고받고 할지 모르는 것이 상처다. 그 예방 차원으로 핀셋과 소독약, 약솜을 준비해야 되리라. 생채기가 나면 염증을 닦아내고, 곪지 않도록 소독을 해야 되지 않겠는가.

언제가부터 인권 침해가 빈번하게 일어난다. 무인 카메라가 밤낮 사람을 감시하느라 두 눈을 부릅뜨고 있다. 어쩌다 무인 카메라와 눈이 마주치면 무언가 모를 묘한 감정이 인다. 탐지기이지만 어쩐지 그 눈빛이 곱지만은 않다. 인생이란 상처 속을 걷는 것 같다. 이처럼 개인의 사생활이 노출되는 데다, 도처에 도사리고 있는 이런

저런 사고의 위험성이 늘 뒤따라 다니기 때문이다. 상처가 될 많은 요소들을 미연에 따돌릴 수 없는 게 현실이다. 하지만 상처도 때로 삶의 주축이 된다니 아이러니하다.

이슬비도 상처를 받는다고 한다. 무엇이든 상처를 받는다는 말이다. 조용하고 가녀린 이슬비의 상처는 무엇일까. 여린 빗줄기를 흔드는 바람일까. 그러고 보면 햇빛엔 구름이, 구름엔 비가 상처가 되겠다. 잔잔한 호수에 돌을 던지면 파문이 인다. 호수에 상처를 준 것은 돌이다. 하지만 상처를 준 돌보다 그 돌을 던진 사람이 먼저다.

아들이 첫돌을 막 지났을 때 공중목욕탕에서 미끄러졌다. 보드랍고 보송보송한 이마를 다쳤다. 피투성이가 된 아이를 급한 대로 포대기에 싸안고 내 옷은 입는 둥 마는 둥 병원부터 찾았다. 가슴은 요동쳤고 다리가 후들거려 발걸음이 자꾸 뒤처졌다. 젖은 머리에서 흘러내리는 물과 눈물이 범벅이 됐다. 터진 살을 꿰맬 때 아이가 악을 쓰며 운 울음이 내 가슴에 파편처럼 박혔다. 지금도 불쑥불쑥 그날의 통증이 찾아온다. 내 잘못으로 돌이킬 수 없는 일을 당했는데 목욕탕 바닥이 너무 미끄럽다고 불평을 해댔다.

어디 그뿐인가. 어제는 내가 자동차가 오가는 대로 옆 인도에서 사정없이 앞으로 넘어졌다. 양 손바닥과 팔꿈치에는 피멍이 들었고, 면바지가 뚫어진 만큼 무릎도 까졌다. 보도블록의 벌어진 틈보다 내 가슴이 더 휑했다. 길을 새로 포장한 지 얼마나 된다고, 왜 아귀가 어긋났느냐고, 넘어진 것은 순전히 내 탓이건만 애꿎은 길에다 대고 생트집을 부렸다. 철없었던 그때의 아기 엄마 수준을 삼십 수 년이 지난 지금까지도 넘지 못한 것이다.

예전에 할머니가 어린 손자손녀가 문에 부딪히면 문에다 "뗐지, 뗐지." 땅에 넘어지면 땅에다 "뗐지."라고 했다. 그 말이 아픈 아이한 테는 위로가 됐겠지만 그 '뗐지' 문화가 낳은 것이 내 잘못을, 남 탓하는 버릇을 만들지는 않았을까. 이 또한 내가 할머니 탓을 하고 있다. 타성에 젖어 낡은 인식을 깨지 못한 내 스스로가 민망스럽다.

"내 탓이오."라는 문구에는 상당한 의미가 담겨 있다. 원망과 미 움이 없다. 대다수 사람들은 좋은 일, 잘한 일은 본인 덕이고, 나쁜 일 못한 일은 남 탓을 하지 않는가. 내 탓은 온전히 마음을 비운 뒤에야 할 수 있으니 자신을 탓하는 게 어찌 쉽겠는가.

'한쪽 눈을 잃어도 그나마 다행'이란 말처럼 무슨 일이든 아래로 견주면 마음이 편하다. 내 얼굴의 흉터는 시냇가의 옛 추억이라고 하고 싶다. 그때 내가 아침마다 오빠와 동생들을 쭉 거느리고, 면경 같이 맑은 냇물에 가서 세수를 하고 걸레를 씻었다. 두레상에서 옹 기종기 앉아 아침밥을 먹고서 나란히 학교 가는 것이 마냥 즐거웠 다. 길에서 무단히 넘어져 무릎을 다친 일도 젊었을 때는 없었던 일이니 내가 나이가 든 탓이리라.

추억엔 정이 묻어난다면, 상처는 불청객이다. 그리고 흔적은 인 생길에 남기고 싶은 것이리라. 상처, 그 이름 앞에서 나는 언제나 다소곳해진다.

무쇠 칼

'칼 가시오, 칼.'이라고 하는 소리가 참으로 오랫만에 들린다. 걸걸한 목소리를 보아 칼을 갈 사람은 노인인 듯하다. 도마질을 할 때 칼이 무디다고 느낀 터라 신문지에 부엌칼 두 개를 돌돌 말아 대문을 나섰다. 노인은 그사이 안 보인다. 어느 집으로 들어간 모양이다. 이왕 칼을 들고 나왔으니 그 집을 찾아 가면 된다. 하나 그 집의 낯선 사람과 뜨악해질까봐 선뜻 내키지 않는다. 내가 몽총한 탓이 클 것이다.

예전에는 우산 수리공이나 양은냄비 때우는 사람이 연장을 넣은 작고 허름한 짙은 나무색의 통을 메고 "우산 고쳐요. 냄비 때워요." 라며 거의 매일 동네를 누비고 다녔다. 그 소리는 언제 들어도 정겨웠다. 물건을 수리할 동안 추울 때는 뜨끈한 김치국밥을, 더울 때는 시원한 미숫가루를 되직하게 타서 대접했다. 따스웠던 그 정경과 느긋하게 자리 잡고 앉아서 칼이나 낫을 숫돌에다 가는 모습을 못 본 지가 가물가물할 정도로 꽤 오래됐다.

어릴 때 아버지는 보리와 벼를 거둘 철에는 일삼아 숫돌에 낫을 갈았다. 정성 들여 낫을 갈 때 사뭇 비장했다. 번뜩번뜩 윤이 나는 낫날처럼 자식들의 앞날도 그렇게 빛나기를 간절히 소망했을 테다. 좋은 직업이란 무엇일까. 사회적으로 권위가 높고 명성을 떨치면 더 좋으리라. 자식이 그런 길을 간다면 어느 부모도 마다하지 않을 일이다.

나도 내친김에 아버지처럼 마당에 퍼더앉아 새소리 바람소리와 벗하여 큰 숫돌에 물을 손으로 찔금찔금 끼얹으며 부엌칼을 싹싹 갈아 보고 싶다. 그 날선 칼로 허망한 과욕을 잘라내면 좋겠다. 내 마음을 견제해 줄 무쇠칼 하나 가슴에 품어야겠다. 칼은 대장장이 손으로 수백 도의 뜨거운 불에 달구어 무거운 쇠망치로 수십 번을 두들겨 맞고나야 견고한 칼로 탄생된다. 칼이 감수한 모진 담금질만으로도 마음이 절로 다스려질 것만 같기는 하다만.

남편은 아예 칼을 갈아주지 않는다. 한 번도 안 해 봤다는 것을 내세운다. 그것을 불평만 하다가 내 손으로 해결할 방도를 찾았다. 부엌칼을 장독에다 쓱쓱 문지르는 것이었다. 어머니도 가끔 그렇게 하셨다. 아버지도 낫은 갈면서도 부엌칼은 갈지 않으셨고, 제사 때와 명절 때는 숙부가 칼을 갈아 주었다.

내가 독에 칼 가는 것도 오래가지 못했다. 마당 장독대까지 가야 하는 것이 번거로웠기에. 다시 야무지고 작은 돌 한 개를 구해 싱크대에 두고 칼을 갈았다. 그러던 중 참한 숫돌 하나를 구입했다. 제자리에서 밀려난 그 돌은 제 몫을 다 하느라 살점이 닳아 떨어져 나갔는데. 하루아침에 쓸모없게 된 셈이다. 요긴할 때 부려 먹고 내친 격이다. 이 숫돌은 부엌에서 내가 아끼는 물건 중에 속한다. 후줄근해진 조강지처를 버리고 '여시' 짓을 하는 젊은 후처를 좋아하는 꼴이 됐다. 바람피운 남자가 본처를 가끔 생각하는 것처럼 나도 그 돌에 미련이 남아 부엌 구석에다 슬쩍 두었다. 어쩌다 마주치면 눈인사를 보낸다. 돌은 샐쭉한다.

오늘 굳이 돈을 지불하고 부엌칼을 갈겠다고 한 것은 진지하게 칼 가는 방법을 배워 보고 싶고, 잘 드는 부엌칼로 요리를 하고 싶어서다. 어떨 때는 칼이 내 덕을 보겠다고 떼를 썼으니까. 또 사근사근해진 칼처럼 나도 쌈박해질지도 모르지 않는가. 부엌칼이 잘 들면 위험할 거라고만 생각했다. 잘 드는 칼이 맺고 끊는 정확함이 있는데도. 흔히 일 처리를 정확하게 하는 사람을 칼 같다고 한다. 우유부단하면 남에게 피해를 주기도 하고 자신도 손해 보는 일이 많다. 칼도 잘 들지 않으면 갑갑하다. 무쇠칼은 부엌일의 도구가 아닌가. 칼로써 일의 효율로 따진다면 무딘 칼은 곰처럼 굼뜨고, 잘 드는 칼은 여우같이 날렵하다.

푸줏간이나 생선가게의 주인과 조각가는 칼 덕을 특별히 본다. 조각가의 작품은 거의 조각칼로 완성한다. 예리한 칼끝에서 장인정신과 땀의 대가가 나온다. 또 요리사의 환상적인 칼질은 어떤 예술이 그만큼 현장감이 있겠는가. 음식이 먹음직스러운 것도, 입맛을 당기게 하는 것도 칼날에 달린 것도 많다. 칼날이 연출하는 놀라운 기술은 도마 위에서 이루어진다. 수없는 칼질과 도끼질을 묵묵히 다 받아 안는 도마와 모탕은 그 아픔이 같으리라. 도마와 칼의 사이, 모탕과 도끼 사이를 천생연분이라고 해야 할지 악연이라 해야 할지 모르겠다.

　때론 칼이 몹쓸 흉기가 되기도 한다. 엊그제 버스 안에서 지갑을 날치기당했다. 가방을 찢은 그 칼은 사람의 양심을 동강 내는 데 일조를 했다. 그가 앗아간 것은 아꼈던 새 지갑과 돈, 중요한 소지품이었으나 내가 잃게 된 믿음은 박살이 나고 말았다. 가슴에 남을 씁쓰레한 기분은 쉽게 지워지지 않는다. 나만의 소중한 것들을 누군가가 훔쳐봤다는 사실 때문에 오랫동안 꺼림직한 마음을 털어내지 못할 것 같다.

　칼은 쓰임에 따라 의미가 다르다. 옛 여인이 지녔던 은장도는 절개를 지키겠다는 자신과의 약속이었다. 굿판에서는 무속인의 칼춤으로 잡귀를 몰아낸다. 전쟁터의 군도는 적군을 물리치는 무기인 반면에 자신을 보호해 주는 방패막이가 되어 준다. 당나라 가도의 〈검객〉이란 시에서 '십 년 동안 칼 한 자루를 갈았지만 서릿발 같은 칼날을 아직 쓰지 않았다.'라고 했다. 그만큼 칼을 뽑을 땐 신중하고, 쓸 땐 단호히 쓸 것이라는 뜻이리라.

　칼은 날카로움과 섬뜩함이 있다. 잘 드는 칼일수록 강한 이미지는 더 깊다. 칼과 아무리 한올진 사이라 해도 거리를 두고 경계해야 할 물건이다. 비상도 때로는 약藥이 될 수 있고 약도 독毒이 될 수 있다. 그처럼 칼도 잘 쓰면 선善이요, 잘 못쓰면 악惡이다. 양날의 칼인 것이다. 분별력과 책임도 따른다. 어쨌거나 부엌칼 가는 일을 뒤로 미루련다. 무디어서 만만한 칼이 좋을지, 잘 들어서 부담스러운 칼이 좋을지는 꼼꼼하게 선택해야겠다.

쑥 잔치

작은 논에는 못자리를 만드는지 농부가 바삐 움직이고 있다. 무슨 마술쇼를 준비하듯 봄을 앞당기느라 여념이 없다. 그들의 마음이 논두렁 밭두렁에 연두색 물감을 살살 풀어 놓는 모양이다. 한 달 양식이 며느리 손끝에 달렸다는 말처럼 계절은 농부의 손끝에서 오고 가는 것일까. 축지법을 써서 먼 데에 있는 봄을 데리고 왔을까. 그 기운에 굳었던 흙이 스르르 뭉개지는 소리가 들린다. 빈 밭이랑 군데군데 노란 유채꽃이 무더기로 피었다. 실바람 타고 오는 싱그러운 꽃향기가 들판을 가득 메운다.

나지막한 산기슭과 논두렁, 밭 어귀에 아낙들이 그사이 노란 꽃물이 들어 삼삼오오 앉아 봄을 캐고 있다. 서로 얼굴을 맞대고 봄맞이에 들떠 있는 쑥에 나도 무심코 손을 들이댄다. 세상구경하겠다고 온 힘을 다해 겨우 디밀고 나온 쑥이 웬 날벼락이냐고 하는 듯하다. 부신 태양과 간질거리는 바람도 고리눈으로 쏘아본다.

그러거나 말거나 나와 이웃사람 서너 명은 완전 봄바람이 났다. 올봄에는 전에 없이 쑥을 캐러 세 번째 원정을 나왔기 때문이다. 산과 푸른 바다의 배경과 어우러진 아늑한 들녘에 이끌려 여기까지 온 것이다. 물새가 나는 쪽빛 바다는 햇빛에 물비늘이 반짝거린다. 한 폭의 수채화 같은 멋진 경치도 보고 갯내음을 맡으며 쑥을 캐니 도랑 치고 가재 잡는 격이라 마음이 어찌 동하지 않으랴.

들판은 먹거리의 본 고장이다. 생명이 숨 쉬는 영원한 밭이다. 진득한 흙은 욕심이 없다. 풀이 나면 나는 대로, 씨를 뿌리면 뿌리는 대로, 결실을 거두면 거두는 대로 묵묵히 지켜만 본다. 온갖 식물을 산출해 내는 흙이 경이롭다. 촉촉이 내린 비를 따라온 봄을 잔뜩 머금은 냉이와 쑥, 잔풀들이 제법 푸른빛을 이룬다. 파릇한 봄나물 은 겨우내 땅 밑에서도 쉼 없이 생명력을 키워온 강인함의 표적이 자, 더디게 오는 봄을 기다린 인내의 결실이다. 그만큼 귀한 토종나 물은 보약이다. 첫물 부추는 사촌과도 나눠 먹지 않는다는 말도 이 때문에 생겼을 성싶다.

며칠 전의 그 돌미나리가 어느새 키를 세우고 있다. 그날은 냉이 도 미나리도 땅에 드러누워 손에 잡힐 듯 말 듯해 이 잡듯이 풀 속을 뒤적여서 캤다. 얼마나 애를 썼던지 냉이와 미나리가 불로초라 여 겨졌다. 초고추장에 설탕 조금 넣은, 달곰삼삼한 미나리 겉절이가 상큼한 봄맛을 선사했다. 봄나물의 쌉싸름한 향이 입안 가득 돌았 다. 달래, 냉이무침과 쑥국이 식탁을 차지하면 봄이 그만큼 깊어가 는 것이다.

어릴 때 할머니는 봄부터 팔월까지 손수 쑥을 뜯으셨다. 막돌로 쿵쿵 찧어서 삼베 수건에 담아 온 힘을 다해 두 손으로 움켜쥐고 꼭꼭 짰다. 할머니의 꼭다문 입이 한쪽으로 기울어질 만큼 용을 썼다. 그 쑥즙을 사발에 담아 장독 위에 두고 밤잠을 재웠다. 새벽이슬을 맞혀 당신 아들에게 먹게 했다. 그래야 효험이 더 높다면서. 뜯고 또 뜯어도 다시 올라오는 진득한 쑥처럼 할머니의 자식 사랑도 끝없이 솟았다. 아버지는 쑥즙을 아니 할머니의 성심성의를 달갑게 들이켰다. 할머니께 드리는 효도였다.

쑥의 종류가 삼십여 가지나 된다고 한다. 저마다 식용과 약용에 두루 쓰이는 것이 공통점이다. 만 가지 효력을 지녔다는 쑥, 그 쑥이 힘겨운 살림살이에 휜 허리를 펴도록 보태준 힘이 얼마나 컸겠는가. 단군 신화에 쑥이 등장한 것만 봐도 쑥의 역사는 오천 년이다. 쑥에 든 위력이 대단하다는 것은 미루어 짐작이 가고도 남는다. 여인들의 쑥 캐는 일도 그때부터 지금까지 이어온 셈이다. 이것도 소중한 연례행사 중 하나다.

오늘은 쑥 캐는 게 많이 느긋해졌다. 첫 번째 캔 쑥으로 국을 끓였고, 그 다음엔 쫀득한 찹쌀 쑥떡을 해 이웃에도 몇 집 봄맛을 전했다. 쑥 잔치를 해서인지 쑥 캐는 일이 시들해진다. 무슨 일이든 목적이 신바람을 불어 일으킨다고 할까. 첫날은 쑥을 조금이라도 더 캐려는 일념으로 쉴 사이도 없었다. 쑥을 캘 때도 성격이 나타났다. 한군데에서 진득하니 앉아서 큰 것이든 작은 것이든 차근차근 캐는 사람, 여기저기 앞지르며 큰 것만 골라 캐는 사람, 나는 괜히 이 사람 저 사람을 비교해 가며 재미 삼아 이렇게도 해보고 저렇게도 해봤다. 사실 재미는 핑계였고 남보다 쑥을 더 많이 캐겠다는 욕심이 앞섰다고 해야 옳다. 온전한 자연에 안겨서까지 욕심을 버리지 못한 것이다.

오늘은 숫제 소풍 나온 기분이다. 쑥을 조금 적게 캐면 어떤가. 어릴 때 쑥 캐러 갔을 때처럼 양이 많게 보이려고 쑥에다 물을 흩뿌려서 부풀리지 않아도 되고, 유달리 적게 캔 친구에게 덜어 주었던 그 인심을 쓰지 않아도 된다. 불어오는 봄바람 마시며 터져 나오는 새순과 색색으로 피어날 꽃을 상상하고 정답게 우짖는 까치와 함께 봄 잔치를 즐기면 그만이다.

새순과 꽃의 향연에 먹을 것이 빠지면 무슨 재미랴. 여럿이 각자 싸온 도시락을 펼쳐 놓으니 진수성찬이 따로 없다. 그중 풋고추와 상추쌈이 가장 잘 팔린다. 들과 바다를 싸서 볼이 터질 듯 푸짐하게 먹은 점심 덕에 금세 포만감에 젖는다. 언덕의 마른 풀덤불 위에 기우듬히 누워 눈을 감는다. 누군가가 느닷없이 우스개를 한다. 여럿의 포복절도에 쑥도 즐거워 더 많이 쑥쑥 올라오고 꽃샘추위도 놀라서 멀리 달아난다. 넓은 들판 사방에 웃음꽃이 만발한다. 얼쑤, 얼쑤 추임새를 넣으면 흥이 나는 봄 잔치가 아주 질펀하게 벌어질 것만 같다. 쑥국과 쑥떡, 봄나물을 먹은 덕에 솟아나는 기운일 테다. 옛 여인들이 들이나 산기슭에서 펼친 그 화전놀이가 얼마나 즐거웠을까.

쑥은 흙이 있는 데서 쑥쑥 잘 자라서 쑥이라고 한다. 겨우내 칼바람을 견뎌내고 가장 먼저 새봄의 마술쇼를 알리는 신호탄 역할을 한다. 그 무엇도 의식하지 않고 매년 제자리만을 고집하는 지조가 있다. 당찬 쑥의 뚝심이 부럽기만 하다.

그릇이 빙긋 웃다

음식물이 묻은 냄비와 크고 작은 그릇, 물컵, 수저가 개수대에 그득하다. 모두 울상이다. 어서 가심해 달라며 나만 쳐다본다. 반드시 설거지라는 과정을 거쳐야 새로울 수 있다며 떼를 쓰는 듯하다. 찬장에 그릇들이 싱크대와 나를 번갈아 멀건이 바라본다. 구경하는 것을 즐기는 것일까.

그릇도 등급이 있다. 주방가구에 신주처럼 모셔 놓고 특별한 날만 쓰는 것과 막 잡아 쓰는 허드레그릇으로 나누어진다. 등급 높은 그릇들은 밥상에 자주 오르는 그릇이 부럽지 않을까. 하긴 날마다 쓰이는 그릇은 설거지를 할 때마다 서로 옥신각신 부딪치며 멍들고 깨진다. 이리저리 골병이 드는 것이다. 그 나름의 전쟁을 치른다고 할까. 거기에 세제 범벅인데다 까칠한 수세미에 긁히며 뜨거운 물과 구정물을 덮어쓴다. 사람도 쓰고 짠 일을 두루 경험해야 굴곡진 삶을 무난히 이겨낸다. 막그릇도 호강하는 그릇이 부러울지언정 좌충우돌쯤은 두렵지 않다는 표정이다.

설거지는 요긴하게 쓴 그릇에 대한 고마움이고, 매번 시달리는 데에 보내는 위로랄까. 설거지를 할 때 그릇이 달그락거리는 소리가 식구들의 대화 같아 듣기 좋다. 내가 설거지를 할 땐 몰랐다. 누군가 해주는 그릇 달그락거리는 설거지 소리를 듣고 있으면 이보다 더 가정적인 소리는 없다. 또닥거리는 도마 소리도, 보글보글 찌개 끓는 소리도, 쏴쏴 쏟아지는 수돗물 소리도 부엌일의 능률을 쑥쑥 올려 주는 데 한몫한다.

세제가 묻은 수세미로 닦으면 윤이 나는 게 냄비요, 물로 씻으면 빛이 나는 것이 유리컵이다. 미처 씻어내지 못한 내 마음은 그릇만도 못하다는 생각이 든다. 단 한 번이라도 내 마음의 때를 냄비 닦을 때만큼 힘주어 싹싹 닦았던가. 밥솥에 눌어 붙은 누룽지 같은 닥작닥작한 때를 말이다. 매일 깨끗한 물에 내 마음 대신 애먼 그릇만 아프도록 씻어 댔다. 그것도 모르는 그릇은 말끔하게 헹구어 주면 그냥 방실거린다.

시가에서 살 때 집채만 한 짚더미가 한 해의 땔감이었다. 짚불을 때는 부엌에는 그을음이 많았다. 그래도 까만 무쇠솥은 늘 기름이 자르르 흘러 반지라웠고, 나무살강 위에 줄지어 지그재그로 포개 놓은 스텐리스그릇들이 질서정연했다. 깨끗하게 보기 좋게 해주니까 그릇들도 부셨다. 가슴에서 맑은 물 흐르는 소리가 들렸다. 마음의 때도 설렁설렁 씻겼다. 그 설거지는 서러운 시집살이를 융합시키는 작업이었다. 그때는 순수했던 것 같다.

음식을 만들 때는 창조의 재미가 있지만 설거지를 할 때는 짐을 떠맡은 기분이다. 몇 십 년의 설거지 이력이 무색하다. 일사천리로 일이 되는 날은 내 손이 마치 기계 같다. 정리정돈을 반듯반듯하게 되고 낡은 살림 하나하나에도 애착이 실린다. 마음도 사과식초 맛처럼 상큼하다.

설거지를 세제 없이도 할 수 있는 것, 음식이 덜 묻은 것, 작은 그릇부터 선별해서 먼저 한다. 덜 아끼는 것은 예사로 취급하고, 귀히 여기는 것은 조심조심 하게 된다. 빨래를 할 때도 부드러운 것은 손으로 살살 비벼서 정성을 들이고, 두껍고 질긴 것은 거친 솔로 빡빡 문지르고 발로 꾹꾹 눌러 잘금잘금 밟는다. 그러나 인간 관계는 대부분의 사람들이 그렇지가 않다. 약한 자에겐 강하고, 강한 자에겐 약하다.

순서대로 하면 별 무리가 없는 설거지와 빨래마냥 우리네 삶도 탁월한 능력과 뛰어난 재주, 특별한 기술과 수완 없이도 노력한 만큼 얻어지면 좋겠다. 또 새끼줄처럼 꼬여드는 가정사도 실타래의 실같이 술술 풀어내는, 우울한 기분을 씻어 내는, 오염된 환경을 정화해 주는, 사회의 부조리를 닦아낼 특별한 세제를 만들 수는 없을까.

우리 집에서 설거지에 관한 내 권한은 막강하다. 설거지를 미루는 것도, 그릇을 퇴출시키는 것도, 그릇을 아끼는 것도 순전히 내 손에 달렸다. 그릇들도 그것을 잘 아는지 나더러 일을 쉬엄쉬엄 하라며 너스레를 떤다. 음식은 내 입맛을 떠나 식구들 위주로 만들어야 하고, 집안 대청소도 내 임의대로 못 한다. 흔한 물건에도 주인이 있지 않은가. 나는 옷가지나 신발, 생활용품들을 새것으로 사 들이는 만큼 헌 것은 버리자는 쪽이다. 그래서 내 눈밖에 난 것들을 치워

버리지 못해 안달이 난다.

온갖 먹거리를 담는 게 그릇이다. 흔히들 온 세상을 다 품고 있는 광범위한 그릇에다 사람의 국량을 비교한다. '대기만성'이라는 것도 큰 그릇은 늦게 만들어진다는 뜻으로 그릇을 비유한 것이다. 나는 중간치의 나물접시 정도만 돼도 괜찮겠다. 하나 간장 종지라 해도 어쩌랴. 어차피 밥주발과 국대접이 종지보다 훨씬 크다고 밥상에 모두 그것들만 쓸 수는 없지 않은가. 인생도 마찬가지다. 내 궁색한 변명에 그릇들이 빙긋 웃는다.

깔끔한 그릇에 음식을 담아 저녁 밥상을 차린다. 빈 그릇은 무엇을 담도록 언제나 자리를 넉넉하게 내어 준다. 내 가슴은 부질없는 것으로 가득 채워져 새것을 선뜻 받아들일 공간이 없다. 동그란 밥그릇, 국대접, 네모난 찬접시와 긴 생선접시, 간장종지, 수저, 찌개 냄비가 얌전히 앉아 있는 식탁이 오순도순하다. 쓰임새와 생김새가 달라도 가족처럼 잘 지낸다. 사람은 그릇처럼 비우며 채우고 금방 친해지는 게 잘 안 된다.

사람이니까 그럴 것이라고 애써 외면해 본다. 그래도 빈 그릇에 가득히 담긴 못난 내 마음이 자꾸 보인다.

3부
오버 더 레인보우
(over the rainbow)

봄 마중 나가는 개구리에게

새싹이 억만 톤의 무게를 디밀고 삐죽삐죽 올라오고 있어요. 용을 쓰는 게 보이네요. 커다란 고무 함지와 큰 화분예요. 꽃이 정말 예쁜 금낭화 집이랍니다. 머지않아 연분홍의 꽃 타래가 치렁치렁 매달릴 것을 떠올리니 벌써부터 가슴이 설레는군요. 줄줄이 매달린 꽃 모양이 일렬로 달아 놓은 연등 같아 참으로 보기 좋았거든요. 우리 집에서는 금낭화가 가장 먼저 봄소식을 안고 오는 셈이지요.

봄을 재촉하는 비가 두어 차례 내렸어요. 그래도 이렇게 빨리 화답이 올 줄은 몰랐답니다. 비가 오기 전에는 새싹이 틀 것 같은 기미가 없었으니까요. 꽁꽁 얼어 있던 화단에도 따지기를 해 봄기운이 감돌고 흙냄새가 풍겨오네요. 보리밭과 논두렁의 그 냄새와는 사뭇 다르게 봄 향기가 확실하군요. 모과나무도 연녹색의 싹을 틔우려는지 깡마른 가지를 힘차게 뚫고 봄 기척을 내고 있으니까요.

겨우내 어깨가 무거웠지요. 가슴을 쫙 펴보았지만 마음도 몸도 자꾸 움츠러들었어요. 내가 겨울을 싫어하는 것도 이 때문이에요. 그밖에도 여러 가지 이유가 있긴 해요. 자고새고 쳐다봐야 하는 우리 가게 앞의 야산에 앙상한 나무들이 삭풍에 떨고 있는 것도 을씨년스러웠고, 숲을 헤치며 쪼르르 달려오던 청설모가 사라진 것도 왠지 싱겁기만 하더군요. 그래도 겨울 산은 진달래꽃, 벚꽃, 아까시 꽃, 찔레꽃을 차례로 피워 주는 봄 산을 근사하게 선물해 주고 물러 가지요. 겨울 산의 인내가 아름다운 배려의 산물인가 보네요. 나는 그것을 위안 삼아 긴 겨울을 견뎌내는 힘을 얻기도 하지요.

까치도 추위를 타나 봐요. 겨우내 정겹던 까치 소리가 둔탁하게 들리던데요. 하늘도 그렇더군요. 희부연 연회색의 하늘을 보면 마음이 절로 추워지더군요. 군데군데 떠 있는 구름마저도 얼음뭉치 같아 보였어요. 계절의 변화에 구름도 함께하나 봐요. 굳었던 구름이 연방 솜방망이처럼 부드러워지네요. 머잖아 화풍난양이 골목골목 그득해질 것 같군요.

산길도 쓸쓸했답니다. 구슬픈 산비둘기 울음도 들리지 않아 적막강산이었어요. 잡목이 우거지면서 풀도 무성하고, 매미와 풀벌레가 노래하는 여름 산길이 마음을 훨씬 푸근하게 해주거든요. 반면에 황량한 겨울 산길은 건조한 날씨 탓에 먼지가 많아요. 흙먼지들이 폴폴 날려 정이 안 가더라고요. 아니 날씨 때문만은 아니에요. 공공근로란 이름 아래 산길이 옆으로 두세 갈래로 늘어났지요. 옛길엔 소나무를 잘라서 말뚝을 박고 계단을 만들어 놓았어요. 길은 오히려 낯설고 오르내리기에 불편하기 짝이 없더군요. 다리를 더 아프게 하니 말이죠.

이리저리 돌멩이가 구르고 낙엽 덤불이 밟혀야 산길이 아닌가요. 오가다 돌멩이와 솔방울이 발에 차이거나 툭 차 보는 것도 산길을 걷는 재미지요. 솔가비와 낙엽이 깔려 있으면 산길의 멋이 더해지더군요. 그런데 이것저것을 걷어내고 흙길로 만들어 놨어요. 계단 길이 마음에 들지 않는 사람이 많은지 대부분 옆으로 난 샛길로 다니더군요. 인적 드문 계단길은 마치 민심이 돌아서 버린 설렁한 정치판 같다는 생각이 드네요. 인위적으로 다듬고 꾸민 것이 어찌 산길만이겠어요. 그림을 그리듯 자로 잰 듯 여기도 저기도 똑같아져 버린 것들이 얼마나 많은가요. 그로 인해 무엇인가를 잃어버린 것 같은 아쉬움만 더하네요.

동네 골목에도 사람 구경하기가 가뭄에 비였지요. 찬바람만 골목 가득히 서성댔답니다. 담장너머로 철따라 피어나던 꽃들도 없고, 아이들도 없는 골목이 냉랭할 수밖에요. 뜰을 내다보는 창가도 답답할 뿐이었지요. 굳게 닫힌 창문에 길게 드리워진 커튼이 바깥 풍경을 가리고, 바깥 소리까지 다 삼키면서 시침을 뚝 뗐으니까요.

어제 또 봄비가 내렸어요. 온 힘을 다해 세상구경 나온 새싹이 행여 다칠까봐 살금살금 오더군요. 그토록 갈망했던 봄이 슬그머니 왔나 봐요. 아직 소소리바람이 부는 골목에서 아이들 떠드는 소리가 들려오는데요. 정녕 봄은 소리에서 시작되는 건가요. 그러고 보니 들판에 쑥이 올라오는 소리, 먼 산의 계곡에 얼음이 녹는 소리가 살살 부는 봄바람을 타고 들려오는 것 같아요.

며칠 후면 사방에 있는 꽃나무에서 너도나도 꽃망울을 터뜨리겠죠. 맑은 하늘 아래 아기자기 피어날 새 생명의 향연에 박수를 보내게 될 테지요. 하나 힘들게 꽃을 피우느라 앓는 신음에 마음이 뭉클

거리겠지요. 꽃의 피고 짐이 녹록지 않다는 것을 조금은 알기 때문이라고 할까요. 고통과 소멸이 동반되는 식물의 세계도 인생살이와 비슷한 점이 참으로 많잖아요. 어쩌면 봄을 기다리는 마음이 우리보다 더 절실할지도 모르겠네요. 맨몸으로 혹한을 견뎌내야 하는, 영원한 숙제를 떠안고 있지 않은가요.

내일은 집안 대청소부터 하려고 합니다. 장독대의 묵은 단지들도 말끔하게 씻어 햇볕을 쪼여 간장 담글 준비를 한 가지씩 하려고요. 구석구석 쌓인 겨울 먼지도 털어내고 창문도 열어 윤이 나도록 닦아 새봄맞이를 해야 되니까요. 투명해진 유리창을 보면 마음의 때가 씻긴 듯 얼굴이 환해질 테지요.

봄이 오는 길목엔 햇볕도, 바람도 상큼하군요. 소생하는 만물 따라 내 꿈도 꿈틀거리네요. 무엇이든 해보고 싶은 욕망이 생기는군요. 닫혀 있는 마음 또한 창문처럼 활짝 열어젖힐 거예요. 자연히 움츠린 어깨가 기지개를 켜지 않겠어요. 마음밭에도 빨강 노랑의 봄꽃이 화사하게 피겠지요. 하여 엉켜 있는 일들도 꽃잎 벙글듯이 하나하나 풀어지리라는 믿음이 가네요. 근심 대신에 웃음이 꽃마냥 만발할 것도요. 그래서 봄을 기다리고 또 기다렸나 봐요.

봄이 서붓서붓 오고 있어요. 경쾌한 새소리와 살랑거리는 바람이 봄을 왕창 데리고 오려나 봐요. 봄 마중 나가는 개구리에게 이 편지를 띄우렵니다.

오 버 더 레인보우(over the rainbow)

호젓한 산길에 자잘한 개미들이 줄을 섰다. 기약 없는 피난행렬 같다. 양철인이나 허수아비 친구도 사자도 아닌, 하 많은 것 중에 개미들이 첫 길동무가 되겠다며 바지런을 떤다. 개미처럼 아득바득하는 사람을 하늘도 내려다보며 동무 삼을까. 하긴 하늘은 사람이 보이기나 할까. 선현인 장자가 "인간은 들판에 풀을 뜯고 있는 소의 꼬리에 붙은 벌레알보다 작다."라고 한 것만 봐도 알 수 있다. 산길에서 갖가지의 풀과 나무, 곤충과 새, 그리고 바람과 구름, 하늘 아래의 모두가 내 길동무다.

산에서 가장 영역을 넓게 차지한 것은 나무다. 하늘을 막강한 배경으로 저마다의 멋이 더해진다는 것을 나무는 알까. 남의 자리를 탐하지 않고 한곳에서만 늘 초연하게 서 있으니 으레 알 것 같기도 하다. 구름도 하늘에 버금가는 배경을 나무에 받쳐 주겠다며 시샘을 한다. 약간 흐린 하늘의 매지구름들은 바삐 흘러간다. 융통성이 있다. 바람에 흔들리는 나무와 잘 어울린다. 파란 하늘은 여러 가지 자연을 닮은 구름을 요리조리 만들어내는 요술쟁이다. 하지만 때로는 구름을 못 가게 꽉 붙드는 고집이 보인다. 미동도 없는 구름은 무양무양해서 경직이란 단어와 걸맞다.

　이번엔 날고 있는 검은 나비가 구름은 그만 보고 절 보라며 손짓한다. 검은 나비는 싱겁고 멋쩍지만 덜 연약해 보인다. 검은색의 강한 선입견 때문이다. 하늘하늘 나는 나비 떼가 보기 좋은 것은 검은 나비, 노랑나비, 흰나비의 절묘한 조화로움이다. 나비들도 당파가 있을까. 검은 나비 천지다. 그중 한 마리가 길잡이를 하겠다며 내 앞에서 폴폴 난다. 나비는 내 발걸음에 속도를 맞추며 호흡을 같이한다. 손을 잡아 주기도 하고 어깨를 나란하게 맞춘다. 나비와의 여행이 즐거워 산길 오르는 발걸음이 한결 가볍다.

　풀숲에 살포시 내려앉았다가 포르르 나는 나비의 몸짓이 참으로 자유스럽다. 나비는 날갯짓이 유연할 때 가장 나비답다. 반면 나비가 앉을 자리를 모르고 지향 없이 날 때는 허공에 내리는 이슬비로 연상된다. 나비가 '나는 비라오.'라고 하는 것 같다. 그래도 나비처럼 훨훨 날고 싶다. 종착역 없이 산을 넘고 내를 건너 들녘의 새파란 보리밭에도, 마을의 노란 초가지붕에도, 황갈색의 나직한 토담에도, 평화로운 빨랫줄에도 앉아보면 좋겠다. 검은 나비는 내 마음을 모른 채 야생화와 놀다 가자며 꽃잎에 사르르 안긴다.

　다소곳한 야생화는 스스로를 낮추는 순박함이 있다. 사람도 들꽃을 볼 때는 자세를 낮춰야 된다. 고개를 들고 어깨에 힘을 주면 들꽃은 눈을 안 맞춰 준다. 노란 원추리, 주황의 산나리, 연보라의 초롱꽃이 내 마음을 화평한 봄날로 이끈다. 척박한 땅에서도 군말 없이 햇발 머금고 조신하게 앉아 있다. 앙증맞으면서도 의젓하다. 작지만 더 크려고 욕심 부리지 않고, 수수하지만 더 돋보이려고 하지 않는다. 꽃들은 나더러 서두를 것도 바쁠 것도 없지 않느냐며 저희들과 놀자고 한다. 아마 다음 길동무가 바통을 받으려고 기다린다는 걸 모르나 보다.

새들이 여기저기서 맑고 고운 시를 읊어댄다. 듣고 또 듣고 탁한 귀를 씻어내라고 한다. 이번의 길동무는 예쁜 까치다. 까치는 우는 소리만 들어도 강중거리는 모습이 떠오른다. 까치를 자주 보았기에. 모습을 드러내지 않는 새는 그 음색으로 생김새를 감지한다. 여운도 남는다. 새의 노래에 걸맞게 이름을 지었다면 뻐꾸기는 아주 깜찍할 것 같다. 한 번이라도 뻐꾸기를 보았다면 이다지 맑고 깨끗한 소리로 들릴까. 다른 새의 둥지에서 살짝 알을 부화시켜 놓고 떠난다는 데서 높은 점수를 줄 수가 없다. 뻐꾸기한테 그만한 사정이 있다는 것은 알지만.

구전 설화에 전해지는 산비둘기의 울음이 무지 구슬프다. 하얀 옷을 입고 눈에 눈물이 그렁그렁한 채 퍼질러 앉아 홀로 울고 있을 테다. 하나 결코 외롭지는 않을 것이다. 다른 새들이 저마다 부르던 노래를 멈추고 애조 띤 울음에 귀를 기울여 주지 않은가. 상대의 말에 경청률이 낮은 사람의 습성과는 차이가 많다.

새소리를 들을 때 라디오의 드라마를 듣듯이 한다. 잔잔하게 흐르는 음악에 출연자의 의상이며 머리 모양을, 열정적인 연기를 내 나름대로 상상하면서 감정 이입을 시켜 본다. 라디오를 듣는 재미가 여기에 있다고나 할까. 듣는 것에 무한한 상상이 따른다면 보는 것에는 그 상상이 지극히 제한적이다. 새들도 제각기 다른 특징이 있을 것이다. 생긴 모습이며 울음소리며. 사람에게도 각자 다른 장점이 있다. 외모가 뛰어난 사람, 마음이 넉넉한 사람, 원만한 성격인 이도 있다.

어딜 가나 따분하고 지루함을 덜어 주는 것은 길동무다. 도심 빌딩 위로 조금씩 걸쳐진 파란 하늘도 벗이고, 밤하늘에 무리 지은 초롱별도 친구이며, 어두운 길을 열어주는 은은한 달빛도 길동무다. 봄을 선사해 주는 화사한 꽃들은 어떤가. 민들레, 할미꽃, 제비꽃, 매화, 진달래, 벚꽃, 복사꽃, 사과꽃. 무더운 여름날 땀을 씻어주는 시원한 바람, 대로변의 청량한 가로수, 풍성한 가을 들녘도 길동무이다. 이것들은 내 허물을 눈감아 주고, 변덕을 부려도 그냥 이해해준다. 생트집에도 이유와 잘못을 묻지 않는다. 못남을 탓하지 않으며 언제나 너그럽고 긍정적으로 나를 반사해 준다.

저쪽 파란 풀밭 위의 나른한 햇볕이 어서 오란 듯 손짓한다. 그게 부러울까. 지나가는 바람이 풀섶을 휘적거리며 내 앞에 다가온다. 나무 뒤에서 얼굴 삐죽 내미는 청설모, 크고 작은 나무들도 일렬로 서서 일제히 내게 기립 박수를 보내 준다. 마음이 얼싸절싸한다. 나비와의 여행이 이렇게 재미있을 줄이야. 이제 나비는 제 둥지를 향해 훨훨 날아간다. 그 너머 하늘가에는 내 마음의 무지개가 재를 넘는 구름 사이에 찬란하게 펼쳐져 있다.

언제나 길동무들의 끈끈하고 도타운 정이 내 가슴에 개울이 되어 흐른다.

채마밭 풍경

　채마밭의 식물은 소박하고 부지런한 주인을 닮았다. 울이라야 중치 돌멩이나, 나무 잔가지로 얼기설기 엮어 놓았다. 마음과 마음이 이어졌을까. 어설프나 정겨워 보인다. 바둑판처럼 다닥다닥 붙은 채마밭이 오히려 풍성하다. 보슬보슬한 흙이 각양각색의 작물을 품고 있으므로. 식물들끼리 주고받는 정이, 주인의 정성스러운 손길이 밭이랑을 나붓이 살찌운다.

　채마밭 귀퉁이에는 크고 작은 플라스틱 통이 몇 개씩 나란하게 서 있다. 진한 밤색과 짙은 하늘색이 대조를 이루지만 서로 마음이 맞는 것 같다. 밭주인에 대한 칭찬도 불평도 하지 말자는 약속을 했을까. 모두 입을 꾹 다물고 먼 하늘만 바라보고 있다. 통에는 물을 저장해 놓거나, 연장이나 거름을 담아 놓았을 테다. 식물을 자식 돌보듯 하는 주인의 살가운 마음도 함께.

　채마밭의 식물은 빨리 자라지 않아도 주인이 따따부따 안 한다. 상품이 안 돼도 고만고만하면 된다. 그러니 식물들도 도태될까 마음 졸이지 않는다. 무시름의 채소에 무공해라는 덤까지 얻어 일거양득─擧兩得인 셈이다. 사랑으로 가꾸는 주인의 선한 마음을 먹고 자란 것만도 최고의 상품이 아니겠는가.

　남해 끝자락 하늘 아래 내려앉은 산비탈에 계단식 다랑논을 처음 보았을 때 참으로 신선하게 다가왔다. 다랑논은 전복 껍질을 앉혀 놓은 듯 아기자기했다. 탄탄하고 꼬불꼬불한 논두렁이 확연히 드러나 다소 매몰차 보였다. 하지만 아래 논이 위 논두렁을 받쳐 주었다. 천수답天水畓이라 가뭄을 잘 탄다. 그럼에도 위아래 논의 수확량이 별 차이가 없는 것은 위 논에서 물꼬를 터주는 후덕한 농심이 있기 때문일 것이다. 늘 해풍과 맞서느라 바다처럼 강하다. 파도를 닮은 논두렁과 굳은 논바닥이 그걸 말해 준다. 그 영향으로 억센 기질을 못 가진 식물은 한 식구가 못 된다. 벼나 마늘이 대부분을 차지하는 편이다.

　도심 속에서도 시골 정취가 풍기는 곳은 동네 앞뒤로 나지막한 산이 감싸고 있다. 노인들은 소일거리 삼아 산기슭에 채마밭을 일군다. 솔바람과 뭉실구름을 벗하여 갖가지 채소를 손수 가꾼다. 공을 들인 대가로 늦은 봄과 여름이면 녹색 물결이 낭창낭창 밭두렁을 훌쩍 넘는다. 호박, 오이, 가지, 고추 열매가 조랑조랑 열린다. 땅속에 오밀조밀 누워 있는 고구마와 감자가 사박사박 커가는 소리도 들린다. 노인들의 알뜰한 노력이 사랑의 알을 줄줄이 낳게 하는 것이다. 절로 눈이 즐겁고 마음이 풍성해질 터이다. 단단한 땅심과 무공해 채소가 기운을 보태 주는 데 힘입어, 가물 때 직접 물을 길어 날라 노익장을 과시하는가 보다.

　겨우내 채마밭은 그냥 잠만 잤을까. 씨앗을 움틔울, 희망을 담아

줄 봄을 꿈꾸었을 테다. 비어 있다는 것은 채워야겠다는 의지가 흙에 깔려있지 않겠는가. 배추가 속을 채우 듯 노인들도 꿈을 채운다. 빈 밭에서 당신들 품위 유지비를 해결할, 손자손녀에게 용돈을 쥐어 줄, 노전에서 상추 한 잎, 파 한 뿌리 덤으로 줄, 푸성귀를 이웃에 나눠줄 끈끈한 인정을 한껏 꿈꾼다. 노인들의 넉넉하고도 푸근한 마음이, 투박한 손이 피워낸 채마밭은 고향 인심처럼 훈훈한 기운이 언제나 가득하다.

이웃집 현이 할머니의 남편이 젊었을 때, 작은댁을 얻어 집을 나갔다. 훈이 할머니는 엎친 데 덮친 격으로 가장의 짐을 다 감당했다. 어떤 궂은일도 마다하지 않았고 틈틈이 채마밭에서 채소를 가꾸느라 해동갑을 할 때가 많았다. 때로는 별빛과 달빛에 잠겨서 오솔한 것도 잊고 늦은 저녁까지 채마밭을 떠나지 않았다. 십수 년이 지나고 작은댁이, 늙고 병든 남편을 할머니의 집 앞에 버리고 갔다. 칠남매 자식들은 아버지를 외면했어도 할머니는 시난고난한 남편 수발을 다 들었다. 그 너른 가슴이 채마밭이었다.

할머니를 사자어금니가 되게 해준 것 중 하나가 채마밭이 아니었을까. 할머니는 이른 아침 활짝 웃어 주는 호박꽃에서, 뙤약볕에서도 뻗어 나가는 질긴 고구마 순에서 희망을 얻었을 테다. 쌓인 울화를 산바람에 날려 보내고, 호미 끝으로 한을 꼭꼭 다져 놓지 않았을까. 산비둘기, 뻐꾸기 소리와 밭두렁을 폴짝폴짝, 사부랑 삽짝거리는 까치가 은결든 마음에 위안이 됐을 것이다.

내가 시집살이 할 때, 채마밭의 푸성귀들이 내 고단함을 덜어 주었다. 다복한 이랑에 키 낮은 실파와 자줏빛 상추, 쑥 자란 검푸른 쑥갓, 잎이 너풀너풀한 깻잎, 키 자랑하는 옥수수가 촉촉한 비를 먹고, 아롱다롱한 햇살을 안고 생글거렸다. 벌은 둘레춤을 추며 노란 유채꽃과 꽃잔디에 입을 맞추고, 나비도 나붓나붓 춤을 추었다. 밭고랑에 모여든 고양이들도 온갖 묘기를 부리며 내 만리수도 거둬갔다. 생명이 꿈틀대는 싱그러운 식물들과 눈을 맞추고, 삽상한 흙냄새, 산산한 바람, 좋은 볕이 내면을 키워 주었다.

어릴 적 어머니의 채마밭은 요술쟁이였다. 여러 가지 채소로 갑자기 온 손님의 밥상을 풍성하게 차렸다. 어머니의 두름손 또한 요술을 부렸다. 무 한 가지만으로도 열두 가지 찬을 만들어 냈다. 기름진 흙, 신선한 비, 해맑은 햇볕이 맛을 더해 주었으리라. 온갖 채소 중에 부추는 이른 봄부터 늦가을까지 베어 내도 자꾸 돋아났다. 마르지 않은 어머니의 깊고 깊은 사랑 같았다.

채마밭은 싱싱한 채소를 저장하는 대형 냉장고다. 유행도 타지 않고 전기료도 들지 않아 경제적이다. 더구나 고장조차 없다. 에프터 서비스도 필요 없으니 성가시지도 않다.

채마밭 풍경은 우리들의 수더분한 어머니의 모습이다. 나도 고향 냄새가 흠씬 나는 채마밭 한 때기 갖고 싶다.

어느 날 숲이 말을 걸어오다

빽빽하게 솟은 숲이 산을 지붕처럼 덮고 있다. 푸른 숲의 긴 행렬은 끝이 보이지 않는다. 에돌고 에돌아도 편백나무 숲이다. 하늘을 향해 일직선으로 쭉쭉 뻗어 오른 그 자태의 장엄함이 시원스럽다. 수백 개의 줄로 나뉜 나무 둥치의 질서정연함은 고대 그리스 신전의 기둥 같기도 하고, 미인 선발대회에서 일렬로 서 있는 미녀들의 늘씬한 다리 같기도 하다. 어쨌거나 땅 밑에서 나무의 생명을 지켜 내느라 밤낮 없이 분주한 뿌리 덕도 클 테다.

이 편백나무밭은 일제강점기 때 조성됐다고 한다. 수만 평의 땅에 나무를 심을 때 선조들의 강제 노역이 감행됐을 터, 민족 수난의 표적이 아닐 수 없다. 잃은 것이 있으면 얻는 것도 있다는 말이 이럴 때 쓰인다. 선조들의 땀과 눈물이 후손에겐 유산으로 남은 셈이다. 어떤 보석보다 더 소중한 것이 자연이지 않은가. 숲은 산의 얼굴이고, 그 뿌리는 세세만년 국토를 지켜 준다. 기둥 하나 없이 폭우와 태풍에도, 한겨울 서릿바람에도 많은 나무를 끌어안은 산의 힘은 참으로 크다. 그 무한한 에너지는 어느 것도 따라가지 못할 것이다.

편백나무 사이에 잡나무가 드문드문 끼어 있다. 잡나무는 격조 높은 편백나무의 군락지에서 주눅 들지 않고 어깨를 나란히 겨루며 헌걸차다. 잡나무의 몸집과 키 높이가 거의 편백나무와 대등하다. 잡나무는 편백나무들이 곤하게 잠을 잘 때도 졸음을 참아가며 몸을 불리고 키를 키우느라 무던히 애썼으리라. 무엇이든 어둠 속에서 쑥쑥 자란다고 하지 않던가.

편백나무는 이곳에 둥지를 틀기까지 결코 순탄치 않았을 테다. 고고하게 뻗은 편백나무와 태생부터 달랐을 것이고, 이미 편백나무의 터전이었을 테니까. 인간 세상이라면 왕따를 당할 법도 한데 서로를 아끼는 정이 나무 사이사이에 철철 흘러넘친다.

잡나무는 제 생김새와 품위가 편백나무보다 못하다는, 제자리가 아닌 더부살이를 한다는 생각을 할까. 둥치가 꺼무레하여 편백나무의 황갈색 몸체가 부럽기도 할까. 잔가지가 툭툭 불거져 질서를 흩트리는 것이 미안할까. 편백나무는 잡나무가 그럴 것이라고 믿는지 바람이 살랑 불면 잡나무에 몸을 비벼주고, 햇살을 담뿍 받은 날은 손을 맞잡고 입을 모아 수다를 떨어 준다. 작은 새들도 편백나무의 호의를 알고 뛰어다니며 부지런히 햇살을 물어 나른다.

매미들이 목청껏 까지른다. 지네들이 알 바 아니라는 듯. 목이 터져라 우는 사연이나 귀담아 들어 달라며 어린아이마냥 보챈다. 짧은 생이 아쉬워서 우는 것이 아니라고, 응어리진 한과 설움 때문이 아니라고, 단 며칠간이라도 행복하여 절창어로 표현하는 것이라고, 그리고 우리에게 남길 마지막 연서를 쓰는 것이라고. 그러나 사람들은 이토록 간절한 매미들의 발괄을 묵인한 채 그렇게 배고프고 억울하느냐는 식으로 간주해 버리기 십상이다.

풀벌레들의 애틋한 노래가 오케스트라의 하모니를 이룬다. 아름다운 화음이 되어 사람들을 숲 속의 관객으로 초대한다. 장쾌한 침엽수는 피톤치드를 반짝반짝 흩뿌리고, 실크처럼 부드러운 공기를 뿜어 준다. 나뭇잎들은 음표가 되고, 청량한 바람과 숲의 속삭임도, 여기에 어울린 사람들도 관악기가 된다. 각기 다른 소리로 어우러진 숲 속은 거대한 연주장이다.

산은 언뜻 보아 푸르기만 하다. 하나 숲 속에는 온갖 푸나무를 키워내는 각종 미네랄이 함유된 포슬포슬한 흙이 있고, 짐승, 새, 곤충, 야생종의 생명체들이 더불어 살아간다. 자연과 인간의 어울림도 있다. 여럿이 돈독한 정을 잇도록 동서남북으로 트인 산행길과 홀로 자연과 두런거리며 사색을 즐길 수 있는 오솔길도 있다. 그리고 지친 삶을 잠시 내려놓는 빈 의자와 갈증을 풀어주는 감로수 같은 샘물도 있다. 숲은 어울림이 아름답다며 내게 말을 슬그머니 걸어온다. 어울림의 백미는 서로의 아픔을 보듬어 주는 것이라고.

영화와 드라마도 주인공과 조연들의 빛나는 연기로, 음향의 조화로 만들어진다. 그림도 뛰어난 배경과 연하고 도드라지는 색채로 작품이 탄생된다. 음악도 고저와 강약의 조절로 아름다운 선율을 지닌다. 문학도 체험의 바탕에 적절한 상상력이 조합되어 마음을 풍성하게 해준다. 우리가 모든 예술에 감동하고 공감하는 것은 질펀하게 어우러지는 다양한 삶이 반영되기 때문이다.

자잘한 돌멩이 사이나, 큰 바위 틈에, 된비알에 뿌리내린 편백나무 노근들이 세월의 풍파에도 강인하게 버틴다. 비록 일제 강점기 때의 조림이지만, 굴하지 않았던 선조들의 올곧은 정신이 깃들어 있다. 그것이 자양분이 되어 편백나무들은 이렇듯 꿋꿋하고 다옥한 숲을 이루었으리라. 덕분에 도심의 삭막하기 그지없는 삶에 오아시스로, 수원지를 묵묵히 지키는 파수꾼으로, 부산의 큰 정원으로 우뚝 성장했을 듯하다.

오달진 편백나무 숲에도 다른 나무에 몸을 비스듬히 의지한 채 세파를 이겨내는 나무도 있고, 이미 고사목이 된 것도 있다. 편백나무밭의 슬픔이라 하겠다. 하지만 무엇이면 상처와 죽음이 없을까. 자연에 순응한 고사목이 안쓰럽고도 편안해 보인다. 곧게 선 편백나무들도 둥치의 묵은 수피를 한 겹씩 떨쳐내고 내공을 쌓는다. 겉으로 드러내 보이고 싶어하는, 더 가지려고만 하는 내가 부끄러워진다.

숲의 푸른 정기와 튼튼한 뿌리에서 끝없이 솟아나는 참샘의 시원한 물 한 바가지로 마음을 다진다. 오늘은 편백나무 밭에 담긴 삶의 철학을 기필코 배워가겠노라고 말이다.

담장과 담쟁이

　담쟁이라는 이름을 누가 지었을까. 담쟁이를 한참 바라보며 생각한다. 거칠고 딱딱한 블록 담벼락에 용케 붙어서 한 뼘 한 뼘 뻗어간다. 마치 구도求道의 길을 가는 것처럼. 서두름도 다툼도, 절망도 없다는 듯. 나 혼자가 아닌, 다 함께 잘살아보자며 벗들과 함께 손에 손을 잡고 높은 고개를 힘겹게 오른다. 그래도 묵묵히 올라간다.

　느긋하게 오르는 이유가 있긴 하다. 세상 담벼락은 죄다 자기들 영역이라고 생각하지 않겠는가. 사람은 홀로 최고가 되는 것을 원한다. 또 삶이 남보다 뒤처진다고 좌절하기도 한다. 여유롭고 의연한 담쟁이의 지혜를 닮아 보는 것도 괜찮겠다.

　우리 집 한쪽 담장에는 여름마다 담쟁이가 온통 초록빛으로 수를 놓는다. 담장은 푸르게 단장해 주는 담쟁이를 좋아한다. 담쟁이도 담장 덕에 산다는 듯 그 품에 매미처럼 찰싹 붙어 있다. 둘 다 행복해하는 표정으로 보아 둘은 보통 사이가 아닌 듯하다. 장독대에 장을 뜨러 가거나 빨래를 널 때 팔랑거리는 담쟁이 이파리에 자주 눈길이 간다. 그것들의 사랑을 염탐하는 것을 즐겨서다. 담쟁이도 내가 그러는 게 싫지 않다는 눈치다.

담쟁이의 넝쿨이 잘 정리된 레이스 장식 같다. 층층인 넝쿨들도 나름대로의 질서가 있다. 부는 바람 따라 이파리가 동시에 난출난출 댄다. 담쟁이가 춤바람이 단단히 났다. 담장 아래 앉아 있는 얌전한 장독도 설레는 듯하고 장도 그 흥에 젖어 옹알거리며 익어간다. 담쟁이도 갓 해온, 빨래의 새물내가 향기로워 이파리를 더욱 경쾌하게 흔든다.

맑은 하늘 아래 녹색 담쟁이와 새하얀 빨래가 한낮의 햇볕을 받아 조화를 이룬다. 화목한 가정을 엿볼 때처럼 마음이 환해진다. 하늘에 몽실구름과 빛나는 햇빛, 산들바람에 펄럭이는 빨래와 푸른 담쟁이, 그리고 이마를 맞대고 반들거리는 옹기종기한 장독들과 어우러진다. 수채화 같은 풍경이 내 마음을 채워 준다. 이른 아침 담쟁이 잎사귀에 송글송글 얹힌 영롱한 이슬을 살짝 건드려도 본다. 비오는 날이면 빗방울 소리도 청청하게 들린다. 공연히 손가락으로 빗물을 툭툭 털면 나도 덩달아 싱그럽다.

고향집 우물가에도 장독대가 있었다. 키 작은 봉숭아, 맨드라미, 분꽃이 차례로 붉은 꽃을 피워 장맛을 돋우었다. 낮은 토담의 담쟁이도 그 꽃들에 질세라 푸른색으로 절정을 이루었다.

나는 그 장독대의 정서와 비슷한 집에서 오래전부터 살고 있다. 그래도 가끔 키가 높아 툭 트인 따뜻한 아파트가 부럽다. 이 집을 살 때 아파트를 선택 못한 것이 내내 후회막급이었다. 하나 어쩌랴. 그나마 고향집을 조금 닮은 데가 있는 집에 사는 것을 운이 좋다고 스스로를 위로한다. 그러다 보니 부드럽고 낮은 바람과 정다운 새소리에 정이 폭 들었다.

그런데 오늘 담쟁이를 모두 삭둑삭둑 잘라 버렸다. 몇 시간 뒤에는 담쟁이의 넝쿨이 속절없이 시들어질 것이고, 며칠 지나면 깡그리 말라버릴 테다. 그러다 한 줌의 흙으로 돌아갈 것이다. 한창 잎이 무성한 넝쿨을 자를 수밖에 없었던 이유는 수분을 많이 머금으면 담쟁이넝쿨로 인해 담이 상하기 때문이었다. 그렇다 해도 왜 하필 이파리가 청청할 때냐고, 잘려 나간 넝쿨들의 쏟아내는 원성이 귓전을 때린다.

우리 집은 손을 봐야 할 곳이 많다. 그동안 대수리를 몇 번이나 했다. 수도관을 엑셀파이프로 전부 바꾸고, 옥상에 누수 자리를 찾아내느라 수년 동안 무진 애를 썼다. 또 기름보일러도 도시가스 보일러로 교체하고, 아래 위층의 마루에 다시 보온 공사를 했고, 하얀 새시로 이중창문을 넣었다. 그 밖에도 잔병치레로 소소하게 돈 들어갈 일이 끊임없었다. 그로 인해 득과 실을 따져 담쟁이를 잘랐다고 궁색한 변명을 안 할 수가 없다.

사람들은 경우에 따라 성형 수술을 한다. 우리 집도 성형 수술을 대폭 해 주고 싶다. 거실의 칙칙한 나무 벽면을 걷어내어 환한 벽지를 바르고, 마루는 은행나무 바닥재를 깔며, 외벽은 밝은 색의 조약돌을 붙이고. 주방의 싱크대와 붙박이 가구들은 자연스러운 월넛으로 해야겠다고 늘 마음먹는다. 하지만 생활에 매이다 보니 그 바람은 항상 뒷전으로 밀려난다. 사람도 성형 수술을 한 후 부작용이 발생하는 경우를 더러 본다. 우리 집도 지금 이대로가 집의 구조와 궁합이 더 맞을지도 모른다. 그래서 담쟁이가 더 잘 어울렸다고 해야 옳겠다.

담쟁이 하면 고궁이나, 고가의 높은 돌담과 시골의 낮은 울을 칭칭 감싸고 있는 것이 먼저 떠오른다. 그 운치가 고풍스럽다. 이파리끼리 서로 살을 비비는 소리도 듣기 좋고, 오순도순한 모습에서 살가운 동기애를 엿보게 된다. 부드러운 달빛에 하늘하늘해진 내 마음도 넝쿨 속에 감겨든다. 또 비에 젖은 함초롬함에 메마른 가슴이 촉촉해 온다.

우리 집 담장에도 혈관처럼 불거져 있던 담쟁이넝쿨에서 가녀린 새움이 터져 나오면 새봄이 왔다는 것을 알았다. 그 발그레한 색에서 넓은 잎의 짙은 초록 손으로 담장을 푸르게 채색해 가면 여름도 한복판에 와 있음을 느꼈다. 붉은색으로 단풍이 들 무렵이면 가을이 깊어가는 것을 감지했고, 앙상한 넝쿨만이 찬바람에 떨면 한겨울이구나 하고 마음을 다잡았다. 담쟁이는 계절을 알려주는 시계였다.

담장은 담쟁이의 스승이자 버팀목이었다. 서로 기대며 의지하게 해 주면서 함께 더불어 사는 법을 가르쳐 주었다. 담쟁이도 담장의 고립과 경계의 이미지를 멋과 순한 의미로 전환시켜주는 역할을 했다. 이렇듯 서로 의지하고 사랑하는 담장과 담쟁이 사이를 내 짧은 소견이 억지로 갈라놓은 셈이다. 남몰래 둘이서 새긴 정을 어쩌자고 모질게 찢어 놓고야 말았는지. 담쟁이는 생명이 끊어지는 고통에다 담장과 생이별을 한 이중의 아픔이 얼마나 컸을 것인가.

옷을 벗은 담장이 아쉽다는 듯 야속하다는 듯 나를 빤히 쳐다보다. 고개가 바닥에 처박혀 축 늘어져 있던 담쟁이넝쿨도 삭풍과 비바람에도 소곳이 엎드려 기도하듯이 살아왔다고 따져들 것만 같다. 넝쿨이 내 몸을 휘감아 오를 듯해 오소소 떨린다. 나는 생명줄이 땅에 떨어진 담쟁이에도, 먼 하늘에 눈을 주며 허전해하는 빈 담장에도 미안한 마음을 감출 길 없다.

이제는 장독대에 가는 것도 빨래를 너는 일도 신이 나지 않을 것이다. 초록 담장과 잘 어울렸던 그 장독대도 쉬이 잊을 수가 없겠다. 담쟁이 이파리에 앉아 쉬고 있던 아릿한 바람이 내 가슴을 헤집는다.

또 바다

파도를 누가 불렀을까. 한달음으로 달려온다. 파도가 쓸고 간 자리에는 바닷물이 불그스레하다. 허접한 부유물이 물결 따라 흔들거린다. 바다 언저리의 백사장은 흙빛으로 변하고 있다. '바다는 푸르게, 모래는 희게'라는 팻말이라도 있으면 바다를 함부로 여기지는 않을 것 같다. 마냥 푸르고 싶은 바다의 꿈을 짓뭉개는 게 사람이고 보면 이율배반二律背反이 아닐 수 없다.

짙은 안개가 수평선을 뭉싯뭉싯 덮어 온다. 점점이 떠 있던 배도, 허공을 날던 물새 떼도 일순간 간 곳이 없다. 바다는 무한한 자유를 안개에 파묻혀 누리고 있나 보다. 그것도 잠시다. 해마는 슬그머니 사라진다. 덩달아 바다의 호젓함도 아주 싱겁게 끝이 난다.

해마 속에서 잠시 눈을 붙였던 배들도 다시 기지개를 쭉 편다. 목새에는 물새들이 휴식을 취하는지 날개를 접고 삼삼오오 앉아 도란거린다. 겹겹이 낀 이끼가 방파제에 소복이 얹혀 있다. 바위의 나이가 된 이끼를 파도는 때리고 또 때려서 시퍼렇게 피멍을 들인다. 파도 앞의 이끼 모양새가 꿇어앉은 순둥이다. 아마도 이끼의 가슴을 풀어 헤쳐 보면 멍투성이일 것이다.

해풍이 폐부 깊숙하게 파고 든다. 부대끼는 속을 확 풀어주는 시원한 해장국 같다. 가슴속이 뻥 뚫린다. 오장육부도 즐거워한다. 비릿한 갯냄새에 취한 나도 바다가 되고 싶다. 뭇 사람들이 쏟아 놓고 간 걱정을 다 받아 안은 바다는 배가 볼록하다. 내 안의 시름도 슬며시 꺼내 바다에 던져 놓는다. 저 깊은 바다처럼 나도 언제쯤이면 이런저런 일을 다 받아 안을 수 있을까.

자우룩한 대기 속에서 또 빗방울이 떨어진다. 또 비다. 소낙비가 쏟아진다. 언제부턴지 기후가 산돌림이 심해졌다. 어느덧 찻집이 눈에 들어온다. 비오는 날 바닷가의 찻집 분위기가 아늑할 것 같다. 찻집에 발길이 절로 닿는다. 전망 좋은 창가에 앉자 잔잔하게 흐르는 음악에 젖어든다. 그 또한 잠깐이고 바다에 펼쳐진 이색 풍경에 온통 마음을 빼앗긴다.

굵은 빗방울은 금방 청구슬을 만들어 바다에 쏟아 들이붓는다. 동글동글한 왕구슬로 변하여 몇 겹씩 포개진다. 물 위에 구르는 수만 개의 구슬이 나를 시인으로 만든다. 내 가슴도 구슬처럼 송글거린다. 퍼붓던 비가 그치차 다시 바닷물은 잠잠하다. 구르는 구슬을 더 보고 싶지만 바다도 비도 요술부리는 그 구슬의 장관을 더 이상 연출하지 않는다. 빗방울처럼 뛰던 가슴은 편안해졌지만 행방이 묘연해진 청구슬에 자꾸 신경 쓰인다.

하마터면 오늘 바다가 순풍순풍 낳은 한순간의 이 진풍경을 놓칠 뻔했다. 아침나절 집을 나설 때만 해도 빗줄기가 점점 굵어졌다. 그래서 약속이 취소될까 초조해지기 시작했다. 바다 구경을 물 건너가게 할 굵어지는 비와 굼벵이처럼 느려 터진 버스가 야속하기만 했다. H 형님을 해변에서 만났을 때는 거짓말같이 비가 멎었다. 그도 개운한 얼굴로 반겨 주었다.

언젠가 산행 때였다. 그날도 오늘처럼 날씨가 변덕을 부렸다. 예닐곱 명이 우의를 입었다, 벗었다 하기를 수십 번이나 반복했다. "또 비다." 하는 소리를 산행 내내 입에 달고 다녔다. 그중에 한 사람이 '또비'라는 이름을 가진 친구 때문에 여러 가지 웃지 못할 이야기 보따리를 풀어 놓았다. 우리가 듣기엔 마냥 우습기만 해 파안대소를 하고 말았다. 비에 젖은 산도 울다가 웃는 표정을 지었다. 우리도 덩달아 신이 나서 비에 대한 시를 읊고, 비의 노래를 불렀다. 비가 노래에 곡을 만들어 주었고, 수굿해진 나무와 풀이 시를 만들어 주었다. 구슬픈 메아리가 비를 잠재웠다.

점점 잦아드는 비와 함께 노래도 끝나고 메아리도 떠났다. 그러나 또 다시 비가 내렸다. '또비'는 우리가 노래를 불러 주지 않으면 이젠 큰 비를 퍼붓겠다고 으름장을 놓았다. 우리는 그 엄포를 모르는 체하고 한참 동안 비를 피해 작고 얕은 동굴에 웅크리고 있었다. 생쥐 꼴로 젖은 모자를 푹 눌러 쓰고 손수건으로 입과 코를 가린 그 모양새가 피랍된 여인들 같았다. 서로의 몰골이 하도 가관이라 크게 웃었다. 그 큰 웃음소리에 동굴도 흔들거렸다. 무서움에 온몸이 바위처럼 굳고 동굴처럼 움찔했지만 즐거움은 하늘을 찔렀다. 웃음을 몰고 다닌 '또비'가 준 예상 밖의 선물이었다.

해변에는 어느새 낚시꾼이 낚싯대를 드리운다. 고운 한복을 입은 새댁과 새신랑도 보인다. H 형님은 "저들은 참 좋을 때다. 우리도 예전에 저런 날이 있었더냐."라고 한다. 하긴 한때 빛나던 젊음이 있었고 눈부신 꿈도 있었다. 저들에게도 삶의 파도가 몇 굽이나 밀려올지는 가늠할 수 없다. 하지만 저들은 높은 파도보다 더 높고 아름다운 꿈이 있기에 그 어떤 삶의 파도도 뛰어넘을 수 있을 것이다. 지금 앞날을 설계하며 무지개꿈에 젖어 있지 않겠는가. 바다처럼 늘 푸르게, 넓게 살자는 다짐도 하리라.

나는 분홍빛의 봄꿈을 설계해 보지 못했다. 그 아쉬움이 파도처럼 밀려와 가슴을 때린다. 젊었을 땐 내일을 꿈꿀 만큼 마음의 여유가 없었다. 삶에 부대낀 그 세월은 강물처럼 흘러갔다. 하나 유장한 흔적은 가슴에 온전히 들앉았다. 어차피 지난 시간은 되돌릴 수는 없다. 이젠 허투루 보낸 그 세월과 상처들을 미련 없이 바다에 다 떠나보내야 되겠다.

바다에는 사람들이 주고 간 온갖 사연들과 눈물이 녹아 있다. 그 때문에 바닷물이 짠가 보다. 바다 복판이나 가장자리에의 물맛이 한결같다. 상전벽해가 되어도 영원할 것이다. 그것은 만인을 시종일관 사랑해 주는 바다의 넓은 국량일 것이다.

태평한 H 형님도 한참을 창밖의 비 내리는 풍경을 내려다보며 오남매 자식들에게 물질적인 것을 다 못해준 것이 가슴의 응어리로 맺혔다고 한다. 그의 두 눈에 눈물이 설핏 비친다. 바다같이 언제나 넉넉해 보이는 그에게도 지난날 한스러웠던 일이 있었다는 것을 비로소 알았다. 바다가 그것을 알게 해 준 셈이다. 무수한 생명력을 길러 내는 바다의 품처럼 여러 자식들 뒷바라지한 그의 가슴 또한 너른 바다가 아니겠는가.

바다는 해가 부신 날은 쪽빛의 생동감으로 희망을 주고, 비가 오면 고즈넉한 운치에 젖게 한다. 그 많은 청구슬을 꿀꺽 삼키고 무겁게 침묵하고 있다. 바다도 나도 또 비를 기다린다.

풀밭에 눕다

알록달록한 모자를 눌러쓴 아낙들이 동산에 김을 매고 있다. 별의별 나무와 꽃이 있는 동산의 푸른 잔디를 더 돋보이게 하는 작업이다. 뽑혀 나간 풀이 아깝다는 생각을 나만 할까. 잔디에 잡풀이 조금 웃자라면 어떤가. 풀색이 많을수록 좋은 것이 도심의 환경일진대. 하찮은 풀 한 포기도 그 땅이 필요해서 자라는 것이라고 했다. 가끔 팔이 다 잘려 나간 가로수를 보면 마음이 졸아들고, 가지를 여러 갈래로 쭉쭉 뻗어 있으면 내 마음도 커진다.

겨우내 죽은 듯하던 풀이 봄이면 향긋한 봄 향기와 함께 되살아난다. 여름 내내 햇빛과 비와 바람만 먹고 그냥저냥 자잘한 꽃을 피운다. 풀꽃만큼 맵자한 것도 드물다. 저마다의 색깔로, 몸짓으로 시선을 고정시킨다. 비록 키 낮은 풀이지만 그 울림은 진하고 크다. 작아서 더욱 살갑다. 볼수록 정이 간다. 튀지 않음이 낮춤의 깨달음을 넌지시 일러 준다. 가벼울 것 같으면서 굳은 지조를 지녔다.

풀은 거센 비바람에도 쉽게 스러지지 않는다. 태풍에 키가 낮아서 덕을 보는 것 또한 풀이다. 큰 키로 뽐내는 나무, 귀염받는 나무를 풀은 많이 부러워할 것이다. 때론 제게도 나무처럼 좋은 일도 생긴다는 것을 알지 못하나 보다.

풀밭 속의 초록 공기가 상쾌하다. 풋풋한 기운이 감돈다. 상기한 생풀 냄새에 몸도 마음도 온통 풀물이 든다. 햇살 담뿍 안은 풀밭이 팔베개를 하고 눕게 한다. 비 갠 하늘이 더욱 청명하다. 옅은 구름 몇 점만 보인다. 강렬한 태양의 눈부심에 스르르 눈이 감긴다. 여유와 평안이 온몸을 감싼다. 내 마음은 어느새 예전에 소 풀 먹이러 다녔던 그 둔덕으로 달려간다.

여름방학 때 무더위가 한풀 꺾일 무렵 친구와 함께 소를 몰고 언덕배기로 갔다. 길게 누운 무논에는 검푸른 벼가 가득 출렁거리고, 밭에는 노란 참외가 향기를 뿜어내 코끝을 스쳤다. 푸른 언덕 보도록한 풀밭에 소는 소대로 뱃구레를 채우도록 고삐를 풀어 놓고, 친구와 나는 시냇물 졸졸거리는 소리 들으며 초원에 기우듬히 누워서 책도 읽고 노래도 불렀다. 시나브로 시간이 흘러가는 것도, 소의 워낭소리가 아득히 멀어져 가는 것도 몰랐다. 소가 없어진 한참 뒤에야 발을 동동 구르곤 했다.

우거진 숲과 어우러진 이 풀밭에 서니 소 몇 마리가 한가히 풀을 뜯는 그림이 내 앞에 펼쳐진다. 소 한 마리가 순한 눈망울을 굴리면서 내 앞으로 어슬렁거리며 다가오는 듯하다. 땡그랑땡그랑 워낭 흔들리는 소리가 들려 올 것만 같다. 이중섭의 소 그림을 볼 때마다 선한 소를 닮았을 화가의 마음이 전해진다. 그림에서 역동적이고 격렬한 움직임이 느껴지는 것은, 일제 강점기 때 적에게 대항하는 표현을 소를 통해 했기 때문이다.

소는 우직하나 영리하다. 얼핏 보아 무서울 정도로 체구가 크고 험상궂은 소도 있긴 하다. 하지만 아무리 작은 아이라도 떠받거나 발길질을 하지 않는다. 물론 화를 낼 때도 있지만 순한 양이나 다름 없다. 반면 힘차고 활달하면서 부지런하다. 평생 사람들을 위해서 일하고 죽어서도 고기와 뼈를 선물한다. 은혜를 입는 쪽은 오히려 사람이라는 생각이 든다. 그나마 소에게 최고 양식인 풀을 갈무리하는 농부들이 흘린 비지땀을 소에게 보내는 보답이라 해도 될까.

소에 대한 속담은 많다. ‘소 잃고 외양간 고친다’, ‘쇠귀에 경 읽기’ ‘바늘 도둑이 소도둑 된다’라고 하는, 그만큼 소는 우리 생활과 밀접한 관계에 있고 아주 친근하다. 예전 농가에서는 소가 한식구였고 재산 목록에서 우두머리를 차지했다. 소의 자리가 그토록 컸다.

오래전에도 넓은 서산 들판 초원에서 살았던 수백 마리의 소가 실향민보다 먼저 북한 땅을 밟았다. 남북 간에 두껍기만 한 빗장을 연 것이 그 소떼들이었다. 철통 같은 분단의 문도 소 앞에서는 열렸다. 소가 그 자물통의 열쇠 소임을 톡톡히 했다. 소들도 풀이 길러냈던 것이리라.

농기구가 발달하면서 소를 기르는 농가도 현저히 줄어들었다. 온 들판에 풀이 남아도는 것은 소가 줄어든 탓인지도 모른다. 풀의 쓰임새가 시대 따라 많은 변화를 겪었다. 억새풀로 이엉을 엮어 지붕을 이었던 시절도 있었고, 제초제폭탄이란 수난까지 당한 지도 오래 됐다. 풀은 송두리째 뽑히고 수없이 짓밟히는 것은 참을 수 있으나 제발 제초제만은 사양한다고 손사래를 치는 것 같다.

다복한 풀밭을 보면서 이런 저런 추억과 생각에 젖어 있는데 갑자기 바람이 세차게 분다. 어느 시구처럼 풀이 바람 따라 눕는다. 일렬로 드러누웠다가 다시 일어선다. 아니 바람이 풀을 밟고 지나간다. 풀을 눕게 하는 것은 바람이지만 일으켜 세우는 것은 풀의 몫이다. 풀은 언제 쓰러졌느냐는 듯 다시 꼿꼿이 일어선다. 바람에 보내는 말 없는 저항일까. 여리면서 강한 풀이 사람의 억척스러운 근성과도 흡사하다. 아무튼 풀밭의 정경 중에 가장 멋진 장면이다. 내가 화가라면 크로키로 도화지에 잡아두고 싶다. 풀이 누웠다 일어서는 풍경을 그냥 놓치는 게 정말 아쉽다.

도심 속의 녹색 공간인 이 풀밭은 꿈과 희망의 근원지다. 한겨울에도 메마른 풀덤불이 풀뿌리를 자식인 양 품어 준다. 풀뿌리는 가장 낮은 곳에 엎드려 있는 약한 것이지만 그 힘은 그 무엇과 견주어도 결코 뒤지지 않는다. 저마다 꽃을 지키기 위해서 한시도 쉬지 않을 것이다.

세상사가 어렵고 어지러운 중에도 둥글둥글 돌아간다. 그러는 데는 찢기고 밟혀도 일어서고 일어서는 풀을 닮은 민초들의 삶이 있기 때문이라고 말하고 싶다.

어머니는 바위를 닮았다

바위에 털썩 주저앉는다. 바위는 흐르던 땀을 닦아 준다. 바위의 쇠잔한 얼굴에 자글자글한 주름살투성이다. 눈은 짓물렀고 양 볼이 합죽하다. 흡사 오랫동안 병환에 계셨던 어머니 모습이다. 내가 자주 오는 산길을 한 시간 가량 강행군하다 보면 늙은 어머니바위와 상봉한다. 바위가 넌지시 내 발목을 잡기도 하지만 마음이 먼저 바위에 앉아버린다.

이곳은 앞이 탁 트이는 전망은 없다. 사방으로 보이는 것은 겹산에 별의별 나무들이 옹송거리고 있다. 살짝살짝 나뭇잎 사이로 보이는 조각하늘의 작은 구름들이다. 지저귀는 새소리와 쏴쏴 불어오는 바람소리, 마치 작은 음악회인 듯 잔잔한 선율이 어머니의 구곡 간장을 담은 노래로 들린다. 어머니는 여덟 해 동안 실어증으로 모든 기억을 내려놓았다. 두문불출하다 이태 뒤의 환갑도 맞지 못하셨다.

사람들은 바위에 속내를 털어놓는다. 나도 좋았던 일 힘들었던 일을 주절주절 얼버무리기도 한다. 암묵리의 바위가 미더웠던 어머니와 같다. 바위는 뭇 사람들이 쏟고 간 말을 다 싸안고 더러 울퉁불

통한 혹으로 밀어내기도 하고, 푸른 이끼로 내뿜기도 한다. 어머니는 그러지도 못했다. 삼십 년을 넘게 한 시집살이와 아버지의 완고한 뜻을 따르느라 힘든 내색 한 번 못했다. 그러다 아버지의 타계로 가장이란 무거운 짐을 떠맡게 됐다. 그 충격이 중병을 낳게 만들었다. 어머니는 말을 못한 것이 아닌, 버거운 세상과의 대항을 차라리 안 하고 싶었으리라.

바위는 숲 속이 답답하여 민둥산이 되는 겨울을 기다릴까. 훨훨 나는 새를, 유유자적 떠가는 구름을 따라가고 싶을까. 수만 년을 한곳에만 좌정하고 있는 것이 진절머리 날까. 무조건 참는 데 이골이 났으며 시기나 욕심 시샘도 없겠지만 온몸으로 파고드는 외로움은 어쩔 수 없었을 테다. 어머니는 스스로 바위처럼 살고자 했을지도 모르지만 바깥세상이 지독히 그리웠을 것이다.

산이 궁금증을 유발시킨다. 처음에 흙먼지가 바람에 날아와 시나브로 굳어져 산이 되었을 것 같다. 그 다음 바위가 굴러 와서 놀다가 눌러 앉고, 자잘한 돌멩이는 비에 실려 오고, 나중에 나무가 친구 돼 주다가 정이 들어 터전을 잡았을 테다. 바위와 흙은 연대를 알 수 없는 산의 역사가 아니겠는가.

바위는 나무에 새싹이 돋아나 푸른 잎으로 무성해지고, 울긋불긋 단풍이 들고, 낙엽이 지고 하는 계절의 순환을 지켜본다. 그리고 건들바람이 슬슬 불다가 폭풍이 휘몰아치고, 금방 햇빛이 반짝 났다가 먹구름이 몰려오고, 비와 눈이 사정없이 쏟아지는 변덕을 말리지 못한다. 사철 변화로 매번 바뀌는 무대의 주인공이 무엇이든 관여

하지 않는 영원한 관객이다. 다만 나뭇잎이 얼추 떨어지고 나면 무척이나 쓸쓸할 테다.

어머니도 애써 키워 놓은 당신 자식들이 의젓하게 군대 가서 제대하고 취직하는 것도, 또 시집온 착한 며느리도, 예쁜 손자들의 재롱도 멀뚱멀뚱 바라볼 뿐이었다. 어머니는 유난히 눈썹이 짙고 속눈썹도 길어 그 큰 눈이 더 슬퍼 보였다. 아기처럼 순진한 그 모습이 우릴 더 안타깝게 했다.

조선 중기 윤선도의 〈오우가〉 중에서 "구름의 빛깔이 깨끗하여 좋아하지만/ 검어지기를 자주한다/ 바람소리가 맑게 들려 좋기는 하나/ 그칠 때가 많도다/ 깨끗하고 거치지 않는 것은/ 물뿐인가 하도다/ 꽃은 무슨 일로 피자마자 쉽게 지고/ 풀은 어째서 푸른 듯하다가 곧 노래지는가/ 아마도 영원히 변하지 않는건 /바위뿐인가 하노라." 하는 이 시조처럼 아무것에도 동하지 않은 어머니도 바위였다.

산에서는 흙과 바위, 나무들이 터줏대감이라고 서로 어근버근하지는 않을 테다. 미운 정 고운 정이 든 것도, 풍상을 견뎌내는 것도 다 같지만 바위가 가장 듬직하다. 산 들머리에서 날머리까지 이것들은 햇볕, 바람과 말없이 화합한다. 나무는 햇빛에 활짝 웃고, 살살 애교를 부리는 바람에 흔들린다. 어떤 유혹에도 까딱하지 않는 바위가 산의 파수꾼이다. 이렇듯 한눈 팔지 않고 산을 지키는 바위처럼 어머니도 자식들이 세상파도에 휘말릴까봐 병환 중에도 사랑의 눈빛으로 칠 남매를 든든하게 지켜 주셨다.

내가 즐겨 가는 또 다른 산에는 위아래, 좌우로 넓은 자리를 차지한 바위 너덜겅이 있다. 바위 집단이다. 온통 바위 세상이랄까. 그 많은 바위들은 언뜻 보아 서열이 없이 평등해 보인다. 서로를 받쳐 주고 등을 기대고 이마를 맞대어 사이가 좋다. 사방이 툭 트인 바위밭에는 어쩐지 하늘도 다소곳하다. 온전히 조화로운 자연의 힘이리라. 그 유현한 광경을 목도할 때마다 가슴이 먹먹해 온다. 비로소 허욕에서 벗어날 수 있어 마음이 편안해진다. 바위의 색깔은 성씨로, 잘 어울리는 것은 부부로, 닮은 것은 형제자매로, 또래는 친구로 어울덩더울덩 살아가나 보다.

하기야 무엇이든 태를 묻는 고향과 핏줄이 없을까. 동물은 밀림이, 식물은 군락지가, 사람은 집성촌이 있다. 동식물의 세상에는 약육강식의 자리다툼이 있지만 바위밭엔 오로지 평화뿐이다. 거기에 영원불멸이란 덤까지 얻은 행운을 지녔다. 그러므로 해탈할 수밖에 없겠다. 하지만 장구한 세월과 풍찬노숙에 한 몸이 두 쪽, 세 쪽으로 갈라지는, 푸석푸석 마모되는 영금도 겪는다. 그래도 변절을 꿈꾸지 않고 침묵으로 일관한다.

상처 입은 바위들은 여럿 자식을 위해 희생한 어머니의 삶과 많이도 닮았다. 농사와 집안일로 허리 펼 날이 없었던 어머니도 손발이 다 닳는 고달픔을 바위처럼 묵묵히 견뎌 내셨다.

큰비가 온 산을 휘젓고 간 날이면 바위너덜겅 밑에서 비행기 지나가는 소리가 난다. 그 소리가 두 귀를 끌어당긴다. 바위들이 물소리를 빌려 참았던 말을 쏟아내고, 답답함을 하소연할 테다. 어쨌든

바위들은 내리쬐는 땡볕에 천연스럽게 웃고 있다. 어머니도 병환이
나기 전엔 그랬다. 넉넉지 않는 살림에 자식들에게 먹이랴, 입히랴,
공부시키랴 속울음을 삼키면서 웃는 낯으로 알뜰히 뒷바라지해 주
셨다.

　미끈미끈 잘생긴 젊은 바위보다 어머니를 닮은 굴곡진 바위에 연
민이 인다. 한恨과 설움을, 오랫동안 함구한 그 말들을 고스란히 품
고 있을 것 같아서다. 바위가 참았던 말을 하는지 입술이 달싹거린
다. 어머니의 목소리가 들리는 듯해 두 귀를 가만히 기울인다.

가을 데생, 갈대와 억새

한두 뼘씩 되는 다랑논의 두렁마다 외롭게 서 있는 억새가 흐느끼듯 황량하게 떨고 있다. 추수를 끝낸 빈 논을 벼 그루터기만 지키고 있어 억새가 더 추워 보인다. 아니 저들끼리 몸을 비비며 서걱대는 억새의 울음이 들린다. 머잖아 다가올 겨울이 서글픈가 보다. 억새에 측은지심이 든다. 고단한 농부의 마음이 곧 억새의 눈물이라는 걸 알기 때문이다. 저만치 산 어귀에 소담하게 핀 들국화가 내 마음을 읽었을까. 가슴을 노란색으로 물들여 준다. 노란 국화는 진한 향기로 농부들 마음에도 깊숙이 스며들 테다.

산기슭마다 줄지어선 희끗희끗한 억새꽃이 가을 노래를 하며 색바람 속에 하늘거린다. 나무들도 억새꽃에 뒤질세라 저마다 울긋불긋 몸치장에 바쁘다. 봄 산의 전령이 진달래라면 가을 산은 단연 단풍이다. 여기에 억새꽃도 이등 하라면 삐질 것 같다.

어느 해 가을 등산을 하고 들국화와 억새꽃을 우리 집에 데리고 왔다. 그때도 들국화와 억새가 오늘같이 애틋했다. 국화는 참하게 꽃다발을 만들어 내 방 한 귀퉁이 화장대 위에다 거꾸로 매달아 놓았다. 물구나무를 선 국화가 숨차 하겠지만 어쩔 수 없었다. 꽃 봉오리 쪽에 기가 모여 꽃의 형체가 오래가기에. 말린 꽃다발에서 산내음을 맡고 싶어 자주 코를 대어 본다.

억새꽃도 큰 화병에 꽂았다. 은박지로 병 둘레를 싸서 주방 진열장 위에 고이 두었다. 은색의 꽃병과 억새꽃이 참하게 어울린다. 적당히 고개 숙인 억새꽃은 집안 분위기를 찬찬하게 해준다. 계절이 바뀌면 바뀐 그대로의 멋을 지녔다. 겨울에는 가을인 듯해 집안의 온도가 상승하고, 여름에는 가을을 앞당긴 듯 더위를 쫓아낸다. 그날의 건들바람과 푸진 햇살 덕분이다. 억새꽃은 언제 보아도 포근하다. 가끔 애타는 일로 속이 끓어오를 때 억새에 절로 눈길이 간다. 억새처럼 마음이 고요해진다.

딸아이는 특별한 장식품이라며 좋아한다. 그게 무슨 칭찬이라고 유독 때깔이 좋은, 작아서 앙증맞은 청동호박 한 덩이를 억새 옆에다 가지런히 놓았다. 어우러진 공간의 두 정물은 궁합이 맞았다. 다정한 영감 할멈 인형 같았는데. 어느 때부턴가 억새는 호박을 외면하듯 고개를 한쪽으로 돌렸다. 할머니께 효도하느라 어머니를 무심히 대했던 아버지를 볼 때처럼 내 마음이 호박한테로 기울었다.

호박은 날마다 고개를 치켜들고 억새를 해바라기하다 지쳐서 폭삭 썩고 말았다. 백년해로를 하지 못한 부부처럼 남은 억새는 짝이 없어 외롭다고 한다. 이제야 제 짝이 그리운가 보다. 올 가을엔 후덕한 호박 하나를 받침대 위에 앉혀 나란히 놓아 주어야 하리라. 키가 잘 어울리게 말이다.

언젠가 억새가 유명한 신불산 사자평에 간다고 몇몇이 모처럼 날을 잡았다. 그런데 하필 집을 나설 시간에 비가 추적추적 내렸다. 거대한 신불산의 멋진 풍경을 담아올 상상은 미운 빗물과 함께 떠내려갔다. 발싸심이 일어났지만 십수 년 전에 보았던 사자평의 억새밭을 떠올리는 것으로 대신해야 했다.

그때 햇볕을 안고 살랑바람에 일렁거리는 억새꽃 물결이 노인의 은빛 머리카락으로 클로즈업됐다. 노년의 아름다움이 연상되었다. 능선을 뒤덮어 준 평화로운, 바람 부는 대로, 세상 물결치는 대로 누운 억새밭이 노란 대삿자리를 깔아놓은 듯 포근했다. 아늑한 대자리에 퍼질러 앉아 억새의 춤사위를 보고 구슬픈 으악새 울음도 들었다. 사람들은 대개 처음 억새, 으악새라는 단어를 접했을 때 흔히 새라고 생각을 한다. 나도 그랬다.

억새는 억센 풀이다. 이름과 달리 외로움을 타는지 무리 지어 있다. 작은 바람에도 휘청휘청 한없이 연약하다. 하지만 기어이 이름값을 한다. 혹독한 태풍을 이겨내는 끈기가 있다. 그래서 천생 억새 풀일 테다. 농부들도 억새처럼 억척스럽다. 그 억척스러움이 농가의 수확과 바로 이어진다. 지친 농부들의 종아리를 맑은 하늘과 억새꽃이 부드럽게 어루만져 준다. 억새를 볼 때마다 억새를 닮은 갈대가 생각나고 아버지도 함께 떠오른다.

아버지는 오십 대에 들어 고향의 문전옥토와 뼈아픈 이별을 하고 낙동강 강변 들판에 농사를 지으셨다. 해마다 조금 일찍 또는 늦게 찾아오는 크고 작은 홍수를 피해 갈 수는 없었다. 봄부터 내내 부모님은 간국이 떠날 날 없이 농작물을 힘들여 가꾸었다. 그것들의 수

확을 코앞에 두고 홍수에 매몰되거나 침수될 때가 많았다. 그로 인해 절로 흘러나오는 아버지의 체념 섞인 한숨 소리를 강변의 갈대가 제 속울음과 함께 냉큼 삼켜 주었다. 뒤집어쓴 흙탕물을 털고 일어서야 하는 갈대인들 왜 힘들지 않았겠는가.

지실 갈대가 물을 좋아하는 탓으로 강물이 자주 범람했을지도 모른다고 생각하는 줄 알았을까. 갈밭은 가을마다 꽃을 피워서 높쌘구름, 한들바람, 뭇 철새까지 불러 모아 아버지를 위로해 주었다. 아버지의 가슴을 훑고 지나간 큰물이 남긴 상처를, 아버지가 한 노심초사를 갈밭의 향연이 꼭꼭 묻어 주었던 것이다.

갈대는 이듬해 다시 봄이 오면 묵은 갈대 속에서 해맑고 새파란 얼굴로 아버지를 반겨 주었다. 늦은 봄부터 새 갈대가 몸을 불리고 키를 뽑아 올리도록 묵은 갈대는 서서히 자리를 내어 주며 머뭇머뭇 새 갈대 주위에서 맴돌았다. 새 환경에 적응하는 것을 보고 나서야 아주 떠났다.

이런 자연의 섭리처럼 아버지도 자식들을 위해 지난해의 그 쓰라림을 비워내고 가슴에 새 희망을 채워 나가느라 갖은 노력을 하셨다. 아버지는 된바람에 쓰러질 듯하다가 일어서는 갈대처럼, 흔들리면서도 꿋꿋이 자신을 지키는 갈대의 그 강한 의지를 닮았던 것이다. 갈대만 보면 아버지가 생각나는 것도 부모에게 자식사랑이란 어떤 것인가를 알기 때문이리라.

재작년 가을이었다. 어느 산사로 가는 길, 기차를 타고 긴 낙동강 줄기를 따라 한참 갔다. 강가 늪에서 흔들흔들 춤추는 갈대밭이 자꾸 기차를 따라왔다. 아버지의 영상이었다. 잔잔히 흘러가는 강물처럼 그 영상도 흘러갔다. 어디쯤이었던가. 나는 간이역에서 내려 다시 덜컹거리는 완행버스를 탔다. 꼬불꼬불한 산굽이를 휘돌아서 평지에 닿았을 때였다. 농수로를 따라 도열하듯 서 있는 갈대꽃이 넘실댔다. 아버지가 먼저 와서 멋진 가을을 내게 선물해 주려고 기다리고 있었다고 할까. 순간 내 품에 무더기로 안기는 갈대꽃을 나도 모르게 손으로 토닥이고 있었다. 아버지께 드리는 딸의 심심한 위로였던, 아니 그리움이었던 것이다. 갈대 대궁도 내게 질세라 정겹게 어리광을 부리며 내 몸에 비볐다.

오늘도 억새가 아닌, 마음의 갈대꽃을 한 아름 안고 있다. 콧노래가 절로 흥얼거려진다. 자장가인 양 갈대꽃이 살며시 잠이 든다. 아버지를 만난 듯해 마음이 만포장이 된다.

겨울산

　　강원도의 깊은 겨울 산은 변하고 있다. 꼬불꼬불한 비탈 골짝을 돌아갈 때마다 거대한 장면이 바뀌는 3D슬라이드 사진과 흡사하다. 깎아 세운 듯한 도로가 S자 모양이다. 가끔가다 V자도 나온다. 비틀거리는 버스가 금방이라도 옆으로 넘어질 것만 같아 온몸이 움찔거려진다.

　　사방이 가파른 산이다. 저 멀리에 있는 계곡이 하얀 눈처럼 보인다. 꽁꽁 언 얼음덩이다. 눈으로 덮인 산의 나뭇가지에 살포시 내려앉은 눈송이 송이가 바람에 꽃잎처럼 날린다. 하얀빛인 산, 붉은빛인 벌거숭이산, 푸른빛의 산들이 차례로 지나간다. 겨울 산의 진미를 한껏 펼친다. 산은 풍경을 담아 놓는 그릇이다. 단풍 든 가을산이 화려한 화채 그릇이라면, 눈 덮인 겨울산은 담담한 식혜그릇이라고나 할까. 겨울산은 오늘 그와의 짧은 만남과 이별의 아쉬움에 젖어 있는 나를 위로해 주느라 요술을 부리는 듯하다.

　　뿌연 차창에 입김을 불어 낙서를 한다. 그의 이름을 그림처럼 그리는 동안 평지의 작은 마을이 보인다. 마을 어귀의 깡마른 나목 위에 얹힌 까치집이 무척이나 스산하다. 허름한 농가마다 뒤란 굴뚝에서 모락모락 저녁연기가 피어 오른다. 마을 언덕배기의 억새풀이 고개를 숙인 채 바람에 지향 없이 흐느적거리고, 논바닥에 얇게 깔려있는 물이 하얗게 얼어 있다. 눈밭에 떼어 놓고 온 그가 생각나 차가워진 내 마음도 얼음 위에 꽁꽁 얼어붙는다.

버스는 또 다시 경사진 산모롱이를 휘휘 힘겹게 돌아간다. 고층 건물이 두어 채 떡 버티고 있다. 엉거주춤 서 있는 품새가 멋진 풍경화에 티로 보인다. 차창을 부지런히 따라오던 붉은 해는 뉘엿뉘엿 서산으로 기운다. 지는 해가 아름답다는 말이 실감난다. 나도 모르게 아~ 하고 탄성을 지른다. 산등성을 물들인 발그스레한 주황색이 정말 곱다. 내일을 기약하는 게 아쉬운지 노을로 긴 여운을 남긴다. 노을은 하루를 마감하는 해의 안타까움이 아닐까.

이윽고 찾아온 어둠, 어둠이 덮인 산길은 적막강산이다. 라디오에서 흘러나오는 유행가조차도 처량하다. 얼마나 왔을까. 차창 너머 높은 산자락에는 웬 오색 불빛이 휘영청 밝게 빛나고 있다. 때 아닌 불빛이라 어리둥절하다. 스키장인가 보다. 팻말을 보려고 두리번거리지만 숙박업소의 글자들만이 간판에서 요란하게 빛을 내고 있다. 지금까지 차가 쌩쌩 달라왔는데 이곳에서부터 대로가 막히기 시작한다. 서울로 가는 차량 행렬로, 아직 내가 가야 할 길이 까마득하여 가슴이 답답해 온다.

이른 새벽에 첫차를 타고 이 길을 올 때는 날아갈듯 했다. 버스가 시원스레 달렸다. 한시 바삐 목적지에 닿을 수 있겠다는 기대와 그와의 만남이 기다리고 있다는 사실에 환희에 차올랐다. 다만 좀처럼 동이 트지 않는 것과, 자욱한 안개가 가시지 않아 애가 탔다. 가도 가도 희끄무레한 산길이었다. 한 고개 넘어가면 또 산이 기다리고 있었다. 끝난 줄 알았던 삶의 고비가 또 있는 것처럼. 산다는 것은 겹겹의 산을 넘어가는 것과 같다는 생각을 했다. 날이 어서 밝아 오기를 바라는 것이, 살아가면서 좋은 일을 기다리게 되는 기대 심리와 같음을 깨달았다.

빈 하늘에는 동짓달 열이레의 새벽달이 차갑게 떠 있었다. 희뿌연 여명 속에서 백운산 계곡이 어슴푸레 윤곽을 드러냈다. 긴 계곡을 따라 나뒹굴고 있는 벤치들과 자갈밭에 줄지어 선 색색의 천막 집이 하얀 눈에 반쯤 파묻혀 있었다. 그것들은 자기의 등을 밟고 지나가는 바람을 벗 삼고 있어 쓸쓸하기 이를 데 없었다. 눈 덮인 겨울 산길을 회색 하늘만이 바라보고 있을 뿐이었다. 눈은 겨울산의 이불인 양 온 산을 덮고 있었다.

아직도 버스는 거북이 걸음이다.

눈 내린 마을

눈사람을 만든다. 옆의 형님들은 인자한 달마상이라도 만들 기세로 큰 눈뭉치를 굴리느라 바쁘다. 나는 동그란 얼굴에 머리는 굽실굽실하게 파마로 하고 우아하고 하얀 여인상을 빚는다. 여기에 살짝 웃는 실눈과 희디흰 치아를 드러낸, 입 꼬리가 약간 올라간 고운 얼굴로 다듬는다. 눈사람에다 살을 붙이기도 하고 떼어 내기도 하면서 평소 희망사항을 표현한다. 세상사도 눈사람 만들 듯 할 수 있다면 칡뿌리처럼 엉키는 일도 없을 것이고, 가슴에 앙금도 눈이 녹듯 녹고 없을 것이다.

눈은 추한 것 나쁜 것을 아늑하게 감싸 주고, 어머니처럼 포근하게 바라봐 준다. 눈[雪]이 아닌, 어머니의 눈[眼]인가 보다. 눈은 흐트러진 몸과 마음을 가다듬게 한다. 그런데 지금은 그게 안 된다. 마음은 눈[雪]빛이나 몸이 개구쟁이로 돌아간다. 눈밭에 '그대를 사랑하오. 우리를 무사히 귀가하게 해 주소서.'라는 글씨를 크게 쓴다. 글씨에도 투명 구슬 같은 바람꽃이 핀다.

순백의 눈밭은 마구 찍어댄 발자국과 쓴 글씨와 눈사람을 만든다고 함부로 헤적거려 졸지에 미운 눈밭이 됐다. 눈밭에 상처를 낸 것은 잘한 일이 아니다. 한껏 빛을 내고 싶었을 눈은 그래도 환하게 웃어 준다. 아이나 어른을 똑같이 대해주니까 특별히 새하얄 것이다. 흰색은 어떤 색과도 융합하는 너그러움이 있다. 신이 내린 선물이리라. 사람도 눈처럼 포근할 때 편안해진다.

두어 시간 전 동문 들머리에서 맛본 그 당황함을 하얗게 쌓인 눈이 싹 거둬간 셈이다. 버스에서 내렸을 때 금정산 동문 초입의 빙판길은 우릴 사정없이 밀어냈다. 그 앞서 동래 온천장에서 산성행 버스를 탔을 때도 버스기사와 승객들의 곱지 않은 시선이 따가웠다. 잔뜩 우기를 머금은 하늘에 등산마니아도 아닌, 나이가 많은 아주머니들이 웬 등산? 하는 것 같았다. 익숙하지만 쉽지 않는 것이 산행이지 않은가.

차도 따라 그냥 걷기로 했다. 스치고 지나가는 차 속의 사람들도 의아한 듯 배낭을 멘 우리를 자꾸 쳐다보았다. 그래도 두둑한 배짱이 생겼다. 누가 뭐래도 산은 우릴 불러내어 반겨 준 걸 보면 우리 편이 아닌가. 그 배경도 든든했지만 산에 쌓인 엊그제 내린 눈을 보겠다는 일념과 우정이 우릴 더욱 결속시켰다. 하나 매정하도록 밀어낸 빙판길 때문에 약간 떨떠름해진 기분과 타분해진 모습은 숨길 수 없었다.

그것을 반전시켜줄 듯 산기슭의 눈 내린 산성마을. 그림 같은 풍경에 우리는 그만 녹고 말았다. 너른 소채밭에는 어제 잠시 가는 비가 온 탓으로 눈이 쌓인 곳과 녹은 곳이 징검다리 모양이었다. 오늘 이곳에 등산을 올까 말까 했던 그 변덕이 나보다 먼저 와 밭이

랑에 앉아 있는 것 같았다. 초고속 눈바람을 타고 왔을까. 때마침 어느 집 굴뚝에서 하얀 연기가 솔솔 피어올랐다. 고향의 정겨운 도마 소리와 두레상에 둘러앉은, 내 형제자매들의 깔깔거리던 웃음소리가 들려 올 것 같아 오래도록 시선을 떼지 못했다. 그제야 고향에 온 듯 푸근해졌다. 아마도 반갑게 맞아주는 금정산의 배려였으리라. 산도 사람을 품어 안는 것을 즐기나 보다. 그 덕에 사람도 산이 돼 보는 행운을 얻게 된다.

넓은 길을 따라 북문을 향해 걸어갔다. 된비알을 오르내리던 그 쏠쏠했던 재미는 없었다. 반면 자욱하게 낀 안개 속에서 맘껏 자유를 누리는 기분에 사로잡혔다. 안개 드레스로 갈아 입고 솜털 위를 사뿐사뿐 걸었다. 안개의 장막 속을 헤치며 달려오는 말 발굽 소리가 들려오는 듯했다. 나무들도 즐거운 비명을 질렀다. 얼마나 지났을까. 깍깍거리는 까치소리에 안개가 놀라 스멀스멀 달아났다. 그 후 나타난 널따란 이 눈밭이 비밀의 문을 활짝 열어젖혔다.

깜짝 쇼를 멋지게 펼쳐 주는 눈밭이 고맙기만 하다. 하지만 눈밭에서 벌인 해작질도 오래 할 수 없다. 안개란 자물쇠가 다시 산을 잠그려 든다. 산과 안개가 밀고 당기던 끝에 산을 제압한 안개가 승리의 환호성을 지른다.

그러나 우리에겐 안개가 두려움의 대상이다. 눈밭에서 도망갔던 마음의 안개도 다시 제자리를 찾아든다. 짙었다가 옅어지면서 방향을 바꿔 속도를 더해 달려오는 안개는 우릴 집으로 돌아가라고 등을 떠민다. 눈밭에 선명하게 새겨놓은 글씨를 안개란 치마로 덮어

버리고 시야를 가로 막는다. 아까는 실루엣이었는데 삽시간에 나무들까지 짓누르는 심술쟁이로 돌변한다. 언젠가 미국에서 자동차 이백여 대가 추돌한 사고가 있었다. 그날 사람들을 눈뜬 소경으로 만들고 철저하게 구속했던 것이 짙은 안개였지 않는가.

왔던 길을 되돌아간다. 하나 안개는 우리를 앞지른다. 안개를 헤치고 가는 발이 오그라든다. 죄가 있다면 산을 좋아하는 것과 눈[雪]을 보고 싶어했던 것뿐인데. 파근한 발걸음이 너무 더뎌서 진도가 안 나간다. 휙휙 지나가는 자동차들이 야속하다. 헤드라이트 불빛마저도 우리를 약 올리는 것 같다. 대저 길을 밝히는 저 불빛들이 불안함을 그나마 덜어주는데도 말이다.

승용차 한 대가 멈춰 선다. 절에 다녀온다는 아주머니가 온천장 전철역까지 태워 주겠다고 한다. 아무 사양도 않고 덥석 탄다. 아니 감지덕지다. 체면이나 염치까지 안개가 실어갔나 보다. 나는 쌍수를 들었다 해도 이런 일에 전무한 형님들인데. 낯선 사람과의 믿음을 이어 준 것 또한 눈일까. 눈은 사람마음도 눈처럼 뭉쳐 주는 것 같다.

간절히 소망하면 이루어진다는 말이 실감난다. 맑은 눈 위에 마음을 담아 쓴 글씨대로 무사 귀가를 하게 되겠다. 차를 태워준 아주머니가 우리 동네에 산다고 한다. 그 덕에 집까지 편히 가게 되는 뜻밖의 호사를 누린다. 필시 눈밭에서 보내온 행운의 선물일 것이다.

내 가슴에 순백의 눈이 새하얗게 쌓인다.

4부
보물 상자

보물 상자

딸아이가 대학에 입학했을 때의 일이다. 세수를 끝내고 화장대 앞에서 로션 뚜껑을 연다. 아까시 향이 금방 온방에 퍼져나간다. 그 향기에 취해 흥얼거리다 낮에 널어놓은 빨래가 갑자기 생각난다. 한밤중에 빨래를 걷으러 딸아이와 옥상으로 간다.

딸아이는 옥상에서 내려다뵈는 아기자기한 집들과 상가들의 불빛이 마치 보석상자를 열어놓은 것 같다고 옆에서 호들갑을 떠느라 난리다. 빨래 걷을 생각은 하지 않고 밤풍경에만 빠져 있다. 좀 전까지는 춥다고 옥상에 오는 것을 달갑게 여기지 않더니만 연신 감탄을 해댄다. 나는 빨래를 빨리 걷어야겠기에 아이를 꾸짖는다. 그래 놓고 나도 옆으로 살짝 훔쳐 본 불빛이 정말 아름답다. 하늘에 떠 있는 달과 별도 보석상자의 부속품 같다. 딸아이에게 저것보다 더 멋진 보물상자가 내게도 있다는 말을 슬며시 흘린다. 딸아이는 당장 보여 달라며 남은 빨래를 후다닥 걷는다. 그 얼굴이 불빛처럼 빛난다.

아이의 등쌀에 나는 장롱 속에 있는 나만의 보물상자를 조심스레 꺼낸다. 살며시 열어 본다. 호기심에 가득 찬 눈으로 숨죽여 지켜보던 아이는 그 베일이 하나하나 벗겨지자 눈살을 찌푸리며 떫은 감을 씹는 표정이 된다. 에메랄드로 만들어진 상자 위로 촘촘히 다이아몬드가 박힌 뚜껑을 여는 순간 그동안 모아 놓은 보석에 눈이 부실 줄 알았다나. 겨우 진한 고동색의 직사각형인 종이 상자라니 실망할 수밖에 없을 테다. 게다가 상자의 양 모서리가 닳고 해져 볼품이 없다. 그래도 보물상자라고 하는 만큼 나름대로 아름다운 무늬와 고운 빛깔이 나고, 그 속엔 아련한 멜로디와 몇 개의 장신구는 있을 거라고 잔뜩 가슴이 부풀었던 것 같다.

옥자표라는 커다란 글자가 또렷한 두 개의 상자는 내가 결혼할 때 둘째 고모가 선물해 준 내의가 들었던 상자다. 그때 겨울은 혹독하게 추웠고 난방이라는 게 온돌방 아랫목으로 몇 시간만 온기가 있었다. 그 시절에는 신부가 몇 년 동안 입을 내의를 장만해 가는 것이 필수였다. 지금처럼 결이 부드럽고 촉감이 좋은 면내의도 아니었고, 나일론 천이라 포근하고 뽀송한 것과는 거리가 멀었다. 하지만 몸을 보온하는 데 아주 뛰어난 물품이었다.

그래서 엑스란옥자표 내의를 최고로 쳐주었던 기억이 난다. 남자용은 주로 살구색이었고 여자용은 빨간색이었다. 내의는 고모님의 끈끈한 정처럼 두껍고 질겼다. 웬만한 추위에는 끄떡없었고, 몇 년 동안 입어도 해지질 않았다. 언젠가 티브이 코미디 프로에서 추억의 빨간 내의를 등장시켜 웃음을 자아내기도 했다. 그때는 정말 소중했던 것을. 이 상자를 굳이 곁에 두는 것은 후박한 고모님의 사랑을 잊지 못해서다. 색상이 바래고 낡어버린 내의상자처럼 고모님도 백발노인이 되셨다. 고모가 이렇듯 장수하는 것은 질긴 내의처럼 혈육의 핏줄에 담긴 찡한 정의 끈 때문이 아닐까.

상자 속에는 아득한 시절, 오빠와 남동생이 군대에서 보낸 그리움의 편지와 시집살이 때 고달팠던 일들을 기록한 여러 권의 일기장이 있다. 명사들의 명언을 정리해 놓은 노트, 처녀 때 땋아 내렸던 긴 머리카락과 첫아이의 배냇저고리도 얌전히 잠을 잔다. 또 두 아이가 초등학교 때 내 결혼기념일 축하로, 색종이를 오려 붙이고 물감칠도 해서 알록달록하게 만든 카드와 리본으로 치장한 예쁜 마음이 담긴 편지도 모셔 놓았다.

내가 처녀 때 쓴 '문화혜택'이란 제목의 빛바랜 글도 곤한 잠을 자고 있다. 이 글은 모 신문사에 투고하려다 차마 용기가 나지 않아 그만두었던 것 같다. 누런 봉투에 받는 쪽의 주소 위로 소인이 찍히지 않은 우표가 그대로 붙어 있다. 햇빛에 반짝이는 텔레비전 안테나가 날로 늘어가고 있다는 것과 우리 집은 언제쯤 텔레비전을 살까 하는 내용이다.

우리 동네에서 처음으로 텔레비전이 있었던 집은 나와 친한 친구 집이었다. 그의 오빠가 중동 파견근무를 하고 귀국할 때 텔레비전을 사 왔다. 〈부시맨〉이라는 영화 속의 코카콜라 병마냥 그 시절의 텔레비전은 온 동네 사람에게 신기한 물건으로 떠올랐다.

동네 사람들은 저녁상을 물리기 바쁘게 그의 집으로 몰려들었다. 대청마루와 심지어 마당까지 멍석을 깔고 비좁도록 앉아 텔레비전을 보았다. 슬픈 연속극을 할 때는 눈물을 흘렸고, 용감한 장면이나 국제 축구경기에서 우리 선수가 골인을 했을 때 약속이나 한 듯 동시에 손뼉을 쳤다. 얼마나 힘찼던지 양철 지붕에 우박이 쏟아지는 소리가 났다. 외양간의 소도, 우리의 돼지들도 닭장의 닭들도 저마다 목소리를 높여 노래를 부르며 응원을 보냈다. 다 같이 박장대소를 하며 어른 아이 없이 모두 한마음으로 뭉쳤다.

막내 여동생은 저녁마다 텔레비전을 보러 가자며 나를 졸라댔다. 매일 가기엔 친구 부모님께 미안하여 이런저런 이유를 내세웠지만 막무가내였다. 동생이 미울 때도 있었지만 동생을 핑계로 하여 내가 텔레비전 보는 것을 더 재미 삼았는지도 모른다.

그러던 어느 날부터인가. 텔레비전 안테나가 하나둘씩 옆집의 지붕 위에서도 뽐내기 시작했다. 나와 띠동갑이었던 철부지 막냇동생이 텔레비전을 사달라고 어머니께 날마다 노래를 불렀다. 아렸을 어머니의 마음을 나는 조금 읽을 수가 있었다. 텔레비전을 못 가져서 안달하는 동생이 안쓰럽다기보다 그걸 바라보는 어머니의 물기 어린 눈이 가슴 저리게 했다. 그걸 보고 쓰게 된 글이 바로 이 〈문화혜택〉이었다.

나는 딸아이에게 가끔씩 누군가 그리울 때 장롱 속의 보물상자를 꺼내 본다고, 긴 머리의 처녀시절 적 꿈에 젖어 보기도 하고, 배냇저고리에 배어 있는 방긋방긋했던 아기를 떠올린다고, 삶이 힘들 때마다 세상을 바로 볼 수 있게 해준 명언의 가르침도, 버팀목이 되어준 너희들의 마음이 방패가 되어 주었다고 힘주어 말한다. 그러니까 '엄마의 보물은 바로 우리들과 추억이네요.'라고 하는 딸아이의 눈에는 어느새 이슬이 맺혀 있다. 한 가지 안타까운 것은 부치지 못한, 〈문화 혜택〉이란 글이 신문에 활자화되어 나왔다면 참 좋았겠다고 말꼬리를 내리며 내 손을 꼭 잡아 준다.

　사람마다 간직하고 있는 보물이 있다. 값진 보석이나 재물이면 더욱 좋겠지만 자기가 아끼는 것이면 그 무엇이든 보물이지 않겠는가. 내의상자의 '옥자표'라는 선명한 검은 글자가 살아 있듯 솟아올라 춤을 춘다. 자기를 나무거울이 아니라는 것을 알아주는 게 고맙다고 하는 답례인 모양이다.

나의 보리 애용기愛用記

가스불 위 은빛이 감도는 스테인리스주전자에서 왱왱거리는 소리가 요란스럽게 울려 퍼진다. 보리차가 끓었다는 신호다. 주전자의 알림 핀은 그 기능에 충실하듯 울려대니 참 편리하다. 뚜껑을 열어 놓고 낮춘 불로 약 오 분 정도 더 끓여야 보리의 깊은 맛이 우러난다. 또 물에 든 독소가 분해된다. 사람한테도 지나친 일을 할 때 정도를 경고해 주는 비상벨이 몸에 부착되면 과욕, 과속, 과음, 과식이 조절되지 않을까.

오래전에는 알림벨이 없는 알루미늄주전자에 보리차를 끓였다. 물이 끓다가 저절로 넘쳐나 가스불이 꺼지기 일쑤였다. 어떤 때는 차라리 그것이 다행이었다. 물이 넘치지 않고 계속 끓을 땐 물은 바닥까지 다 졸아들고 애먼 주전자만 태운 게 몇 번이었던가. 그뿐이랴. 화재가 날 사태까지 이르렀을 때도 있었다. 보리의 상징인 끈끈한 힘이 그날 닥쳤을지도 모를 불행을 막아 주었을 테다.

자주 마시는 차 종류는 둥굴레차, 옥수수차, 보리차 등이다. 차에 따라 취향에 따라 맛이 차이가 난다. 둥굴레차는 구수하나 덤덤하다. 고소한 옥수수차는 잘 쉬는 게 흠이다. 보리차는 날마다 마셔도

질리지 않는다. 자꾸 봐도 보고 싶은 사람처럼. 뒷맛이 개운하고 물이 쉽게 상하지 않는 게 장점이다. 언제나 은은한 향기를 지닌 사람이 보리차 같다.

가끔 보리밥집 간판을 보게 되면 반갑다. 보리밥에서 그리운 고향을, 어머니를 떠올리고 정겹던 도리깨질 소리라도 들릴까 해서다. 한데 그 뼈아픈 보릿고갯 때의 기억들이 되살아난다. 보리쌀을 매끼마다 빡빡 문질러 씻느라 손톱이 다 닳은 어머니의 손을 부끄럽게 여겼던 일, 보리밥의 도시락을 뒤란에 살짝 감춰 놓고 학교에 갔던 일이 두고두고 후회가 된다. 어머니 가슴에 지워지지 않는 대못을 박고 만 셈이다.

보리로 하는 음식 중에는 겉보리를 삭혀 만든 엿기름이 식혜의 재료로 필수다. 식혜는 청량음료가 흔하기 전에는 귀한 대접을 받았다. 벼논에 김매기하던 어른들한테는 갈증을 해소시키는 데 일등이었다. 깊고 긴 겨울밤 공부하는 학생에게는 항아리 안의 살얼음이 살짝 언 식혜가 눈이 번쩍 뜨일 정도로 졸음을 달아나게 했다. 시험 성적을 쑥쑥 오르게 하는 데 한몫 거들었을 법하다. 그래서인지 나는 지금도 뷔페식당에 가면 마지막에 꼭 챙겨서 먹게 되는 게 식혜다. 아픈 배를 살살 어루만져 준 할머니의 약손처럼 배를 편하게 해준다.

고추장도 보리 엿기름이 들어간 것이 맛이 더 난다. 보리미숫가루는 여름에 영양보충을 해주는 든든한 식품이다. 설탕을 가미하면 달달하고 고소하면서 시원하다. 늦가을엔 갓 삶은 뜨거운 고구마에 따끈한 보리차를 곁들이면 한 끼 식사로도 충분했다. 막내 여동생은 모유가 턱없이 모자라 보리가 든 암죽으로 보충했다. 갖가지 영양소를 갖춘 이유식과는 비교가 안 됐지만 동생은 강인한 보리처럼 별탈 없이 자랐다. 아기의 배탈에도 보리차가 효력이 있다. 보리가 원료인 호프도 서양에선 기호식품으로 비중이 매우 크다. 보리의 그 질긴 생명력과 끈기가 건강 지킴이에 제 구실을 톡톡히 한 것이다.

보리는 긴 겨울을 이겨 내야 알찬 열매를 맺는다. 추울 때 더 푸르고, 짓밟힐수록 더욱 튼튼해진다. 그래서 보리밥을 많이 먹은 옛 사람들은 보리의 당찬 기질을 닮았다. 보릿고개를 겨울 보리밭 같은 꿋꿋함으로 거뜬히 이겨냈다.

어느 해였던가. 초여름 보리 수확 철에 하필 많은 비가 왔다. 거의 한 달 내내 비가 지짐거려, 받아 놓은 밥상이나 다름없는, 스무 마지기의 보리와 밀을 밭에서 그대로, 아니 속수무책 썩혀야만 했다. 베어서 뉘인 것을 햇볕이 난다 싶어 뒤집어 놓으면 어느새 또 비가 내렸다. 변덕스러운 날씨는 사람들에게 고된 훈련을 넘어 시험에 들게 했다. 미처 베지 못해 서 있는 보리에서나 누워 있는 보리에서나 파릇한 싹이 나는 것은 마찬가지였다. 장마가 지나가고 새맑을 때도 들에는 이미 황금색 보리밭은 찾아볼 수 없었다.

새 보리가 웃자라 득의양양해야 할 푸른색이 의기소침했다. 더 이상 버젓함과 생기라고는 보이지 않았다. 그것이 언 땅에서 떨며 봄을 기다려 온 보리의 인고와, 결실을 거두지 못한 농부의 애타는 심정 내지는 참담함을 말해 주었다. 썩어가는 알곡이 흘린 시린 눈물이 보리밭을 그득 메웠다. 때 아닌 초록 바다를 이룬 보리밭의 진풍경이 어린 내겐 꽤 낭만적이었다. 하지만 밭두렁에서는 어른들의 한숨 섞인 담배연기만 안개처럼 자욱했다. 그때의 푸른색은 축축하게 젖어 있는 마음에 습기를 덧보탤 뿐이었다.

그해 어른들은 벼가 고개 숙이는 가을을 기다리느라 일각이 여삼추였다. 비축해 두었던 쌀로는 많은 식구의 양식을 해결하기엔 역부족이었다. 흉년이 든 그해 겨우내 자구책으로 무밥과 시래기밥을, 춘궁기에는 쑥밥을 해먹으며 다시 찾아올 풍년을 기다렸다. 그런 특이한 여러 가지 밥을 양념장으로 비벼서 먹은 것이 영양 섭취에는 큰 도움이 됐겠다.

다음해 보리밭은 그 지독한 보리흉년을 안겨준 걸 까맣게 잊고 있었다. 아지랑이와 보리가 밭이랑에서 즐겁게 시간을 보냈다. 파란 하늘도 양떼구름도 언제 보리밭에 어둠을 드리웠냐는 듯 포근히 감쌌다. 그것들과 노고지리는 함께 풍년가를 부르며 김매는 어머니에게 희망을 주었다. 어머니의 가슴에 흉년이 남기고 간 상흔을 들바람에 물결치는 누런 보리밭이 다 데리고 갔다. 그 덕에 이랑마다 열 식구의 웃음이 서려 있었다. 어찌 보면 보리로 인해 겪은 아픔을 보리가 치유해 준 셈이다.

김이 모락모락 나는 따끈한 보리차를 들고 창가 난 화분 앞에 앉았다. 난은 녹차와 잘 어울리지만 보리차 향을 더 좋아한다. 여럿이 둘러앉아 맛을 음미할 때는 녹차가 제격일 테지만 수시로 마실 때는 보리차가 더 만만하다. 따뜻한 머그컵을 손으로 감싸고 한 모금 들이켠다. 속이 더없이 편안해진다. 이 한 잔의 물이 보릿고개 때의 쓰라렸던 기억을 추억으로 승화시켜 준다. 여름엔 시원해서 좋았던 물맛이 지금은 뜨거워서 좋다. 은은한 보리차 맛이 바로 농부의 마음이지 않은가. 머그컵에 보리밭의 아련한 풍경과 어머니가 잠겨 있다. 지나간 일들은 세월이 미화시켜 준다고, 그래서 아름답다고 하지 않던가. 보리흉년에 얽힌 지난至難했던 일마저도 새삼 그립다.

　보리차를 끓일 때마다 흔들리는 파란 가스불꽃이 검실검실한 푸른 보리가 연상된다. 쎄쎄 하는 가스불 소리도 보리밭을 흔들던 그 바람 소리로 들린다.

물독, 환생하다

낯익은 회갈색 독은 마루의 분위기를 은은하게 만든다. 낮은 키에 품이 둥그스름한 물독이 볼수록 더 친근하다. 이 독은 어느 날 포실한 햇볕을 분에 넘치도록 안고 대문 앞 골목에 음전하게 앉아 있었다. 오래전 나와 생이별한 그 물독을 다시 만난 듯해 반가웠다. 독을 샤워기로 씻어서 새 식구로 맞아들이자 마루를 지키던 화분의 난蘭도 이파리를 오소소 떨었다. 그 예민한 떨림은 독을 친구로 삼겠다는 무언의 약속이었다.

동그랗고 단단한 유리로 독의 너른 전두리를 막아 주었다. 멋진 테이블이 됐다. 색깔 고운 천으로 덮개를 만들어 씌울까 하다가 투명한 유리를 그대로 두었다. 수더분한 독은 토속 이미지의 동양란과 잘 어울린다. 난은 텃새라도 하는지 기가 살아난다. 독이 데리고 온 부신 햇볕을 다 차지하고 이파리를 꼿꼿하게 추켜세우며 뽐낸다. 햇볕은 눈치를 채고 독으로 건너가 얌전히 앉는다. 독이 함치르르해진다.

내 가슴에는 이보다 더 큰 물독 하나가 자리하고 있다. 시가에 있었던 아삼아삼한 물독이다. 나와 그 물독과는 오랫동안 동고동락

하던 사이였다. 내가 도시로 분가해 온 이후, 시가에 상수도를 들였다. 그때 시어머니는 딸처럼 애지중지하던 물독을 도시 어느 집으로 시집보냈다. 그 물독이 어떤 연유로 이렇게 거리에 내몰린 신세가 됐는지. 어쨌거나 내게 위우받고 싶어 이 독으로 환생해 우리 동네를 물어물어 찾아왔나 보다. 우리 집도 그 동네에 처음 상수도 공사를 했을 때 진즉 상수도를 설치했다면 물독과 이만큼 깊은 정이 들지 않았을 것이다.

그 새 주인이 물독에다 그동안 무거운 물만 담았을까. 그로 인해 키가 작아진 모양이다. 오는 길에서 때로는 뒤뚱거리다 넘어져 구르기도 하고 절름거리기도 했을 것이다. 몇 군데 파인 옴팍한 홈과 불퉁한 혹은 설움을 견뎌낸 흔적이리라. 나 역시 비틀거린 삶이 주고 간 상처로 가슴이 파이고 옹이가 도드라졌다.

그 물독은 허구한 날 부엌 지킴이마냥 살강 귀퉁이의 아래에 턱 버티고 서 있었다. 시집살이에 얽매였던 나와 같은 처지였다. 내가 갑갑해 심드렁해 있으면 물독은 함박웃음으로 위로해 주었다. 눈물인지 물인지 온몸에 젖어 있는 물독을 나도 마른 행주로 꼭꼭 눌러 닦아 주었다. 둘이서 남몰래 새긴 정이 꽤 깊었다.

집에서 제법 먼 거리에 있는 우물물을 내가 머리에 여다 날랐다. 큰 물독 가득 물을 채우기가 참으로 고역이었다. 하여 물독의 물을 퍼내어 쓸 때는 도둑맞는 기분이었다. 술술 줄어드는 물을 보면 내 마음도 조청처럼 졸아드는 기분이었다. 식구들이 허투루 쓰는 물 한 바가지를 야박하게 정을 저울질하기도 했다. 물이 간당간당할 때는 더 그랬다.

내가 처음 몇 달 동안 물을 머리에 이고 다닐 때 내 몸이, 출렁거리는 동이의 물 따라 흔들거렸다. 그 물을 잠재우느라 박 바가지를 물 위에 엎어 띄웠다. 정수리에는 짚으로 엮은 똬리를 얹어 물동이에 받쳤다. 그래도 물동이의 물은 일렁거렸고 내 마음도 서툰 시집살이처럼 출렁거렸다. 물이 내 마음이었던 것이다.

홑몸이 아니었을 때 인정도 품앗이라고 식구들이 가끔 물을 길어다 주기를 은근히 바랐다. 그 기대가 실망으로 바뀌어 더러 눈물 바람을 날렸다. 물독이 옹졸한 나를 빤히 쳐다보았다. '늘 무거운 물을 안고 뽀송할 날이 없는 나도 있지 않느냐.'라고 일갈했다. 마치 어머님이 내리는 불호령 같았다. 어쩌면 물독이 어머님이었는지도 모르겠다.

장독대에서 푸른 하늘, 해, 달, 바람과 수런거리며 태평성대를 누리는 장독들도 있었다. 소금, 간장, 된장, 고추장, 김치 등의 짠 것만 들어 있는 것, 갖가지의 마른 잡곡이 들어 있는 것이 각각 달랐다. 사람마다 할 일과 쓰임이가 다른 것처럼. 물 긷는 일은 내 몫이었다. 그래서 내가 길어온 물로 많은 식구들이 먹고 씻는, 식구들과 정을 잇는 수단으로 삼게 됐다. 아울러 둥글게 품고 아낌없이 비워내는 물독을 닮으려고 애썼다. 그 후 물독을 채우는 일이 그렇게 버겁지만은 않았다.

머리에 인 물의 흔들림이 차차 잠잠해지자 팍팍했던 시집살이도 한결 수월해졌다. 그리고 물 위에 띄웠던 바가지도, 정수리에 인

따리도 물동이와 이별시켰다. 다리도 후들거리지 않았다. 가슴에는 두레박으로 퍼내도 끝없이 퐁퐁 솟아나는 샘물처럼 사랑이 차올랐다. 그 사랑은 우물에 잠긴 내 시름과 두레박 끈에 매달린 설움을 달아나게 해 주었다. 그게 좋아 우물에 떠 있는 푸른 하늘과 둥근 달을 만나러 가는 시간이 기다려졌다.

할머니가 어머니에게 물동이를 물려 주면서 고부간에 이어갈 정을 대물림했다. 어머님도 내게 물동이에 정을 가득 담아 물려 주었다. 위로 거스르지 않는 물의 원리처럼 나도 기꺼이 물동이의 주인이 됐다. 물독에 물이 어중간할 때는 새 물을 길어 와 남은 물에 덧보탰다. 물은 각을 세우는 일 없이 금방 화합했다. 날마다 가벼운 양동이에 무거운 물을 한 두레박 한 두레박 힘들게 길어 올려 채우듯 나 역시 더디게 물처럼 유연해져 갔다. 하루에 열 동이가 훨씬 넘는 물을 거뜬히 길어 나를 수 있었던 것은, 내가 물을 채울 때 물독이 내 꿈도 함께 채워 주었고, 비워낼 때는 삶의 무게도 함께 덜어내 주었기 때문이다.

그때 물을 많이 인 탓일까. 내 정수리가 남들보다 훨씬 옴팍하다. 정수리의 홈에 손이 자주 간다. 남편이 가끔 그 홈을 다독여 준다. 이 독도 나를 위로하는지 더욱 반들반들 윤을 낸다. 어쩌다 독에다 꽃을 담아 놓으면 아롱다롱한 꽃밭이 되고, 책을 넣으면 소박한 책장이 된다. 손님이 왔을 땐 멋진 찻상으로 변신했다가 내가 글을 긁적일 때는 든든한 책상으로 한몫한다. 가끔은 울적한 내게, 제 모양대로 방글방글한 미소로 안기고, 불룩한 배를 쑥 내밀며 쓰다듬어 달라고 어리광을 부린다. 등 따습고 배부르다는 애교 같아 밉지 않다. 내가 꼽꼽한 물기 있는 수건으로 배를 살살 문질러 주면 마냥 좋아한다.

이심전심으로 교감을 나누는 이 독에 애정이 담뿍 실렸다. 독은 시집살이의 애환이 서려 있는 예전의 그 물독이 환생해 왔음에 틀림없다. 독도 내말이 맞다며 환한 표정을 짓는다. 이제 팔십 중반이 넘은, 느긋해지신 어머님의 잔잔한 미소 같다.

비빔밥 소고小考

비빔밥은 만인의 연인이다. 누구나 즐겨 만들고 누구나 좋아한다. 산과 들, 강과 바다에서 나는 식재료가 들어가 조화롭고 간이 적당하게 맞으면 최상의 맛을 낸다. 비빔밥은 장수 음식이다. 한목에 영양 섭취가 된다. 비빔밥은 다채로운 캐릭터다. 사람의 솜씨에 따라 어떤 재료로 만드느냐에 따라 맛의 차이가 크다. 보기 좋은 색감이나 코끝을 스치는 향긋함도 맛을 좌우하는 데 중요한 요소다.

갖가지 재료가 다양하게 들어가는 잡채의 진정한 맛도 여기에 있지 않을까. 윤기가 자르르 흐르는 면발과 여러 가지 재료가 어우러진, 저들끼리 대비되는 색색의 색깔을 보는 것만으로도 구미를 당기게 한다.

팔보채나 구절판도 주 포인트가 어떻게 고운 색상을 나타낼까 하는 요리에 속한다. 먹음직한 색깔이 먼저 입 안에 침을 한가득 고이게 한다. 손에 깃든 정성이 예술인 것이다. 맛에도 색깔이 있을 것 같다. 색상의 조화로운 음식을 보는 것만도 포만감에 젖는다. 갖가지 색깔이 품고 있는, 제각각 다른 성질의 맛이 모여 일품을 낳는 것이리라. 뭉침과 조화의 저력이다.

알근달근하면서 바다 내음과 들 내음을 동시에 느낄 수 있는 생선회덮밥을 다들 즐겨 먹는다. 미각과 시각에 흠뻑 빠져든 사람들의 표정도 한 숟갈 뜰 때마다 상큼해 보인다. 때론 매워서 코에 연기가 모락모락 나더라도 시원하다고 맛있게 먹는다. 모두들 바다가 된 듯하다.

나는 고향의 어머니표 비빔밥을 일등으로 꼽는다. 담백한 오색 나물을 위주로 한, 어머니 특유의 손맛과 땅 기운이 느껴져서다. 땅심은 활력이다. 어머니표 비빔밥을 먹을 때 나 역시 너른 들판이 된다. 어머니와의 기억이 나를 즐겁게 해준다.

어머니와 나는 텃밭에서 여러 가지 채소를 살뜰히 가꾸었다. 채소밭에 시기 맞춰 물을 주고 김을 맸다. 모녀간에 비밀스레 쌓인 속 깊은 정이 비빔밥에 오롯이 들어 있다. 들 풍경과 산 풍경이 그득 담긴 어머니표 비빔밥에는 아름답게 채색된 추억도 있다. 마치 연상작용 게임을 하듯 할머니와 부모, 형제, 벗들이 차례로 등장한다. 함박웃음과 잘잘 흐르는 시냇물 소리, 우우 불어오는 산바람 소리가 반질한 양념 구실을 한다. 이 모두가 비빔밥 맛의 으뜸 자리에 오르게 하는 일등 공신이다.

어릴 때 제사가 끝나는 시간이 늦은 밤이었다. 깊은 밤인데도 어머니는 큰 놋양푼에다 밥을 푸짐하게 비볐다. 비빔밥을 무척이나 좋아하셨던 할머니를 위해서였다. 갈색 고사리, 백도라지, 파란 시금치, 노란 콩나물, 보라색 가지나물을 넣은 데다 깨소금 담뿍 뿌리고, 참기름 몇 방울 떨어뜨렸다. 그 다음 살짝 매운 고추장 두세 숟갈 넣어서 아버지 팔뚝만 한 나무주걱으로 쓱쓱 비볐다. 감칠맛 나는 나물에서 배어 나온 달보드레하면서 고소한, 매콤하면서 담박한 맛을 잊을 수가 없다. 밥과 나물에 맞추는 간도 엔간했던 어머니의 눈이 체득한 레시피이고 나름의 법도였다. 아무리 입이 된 사람도 이 비빔밥을 좋아한 까닭이 여기에 있지 싶다.

비빔밥을 할머니 것만 따로 담아드리고 어머니와 숙모, 사촌들과 우리 형제자매들 여럿이 두레상에 둘러앉아 숟가락을 이리저리 부딪치며 막술까지 맛깔스럽게 먹었다. 그런 즐거움을 만끽해 본 사람만이 그 고유의 맛도, 화기애애한 분위기도, 색색으로 피어난 이야기꽃도 상상될 테다. 자주 든 제사였지만 그날을 유독 기다렸던 이유가 여럿이 같이 먹는 비빔밥 때문이라 해도 무리는 아니다. 며느리 시집살이를 심하게 시켰던 할머니도 우리 면에서 이보다 맛나는 비빔밥은 없다며 어머니의 손맛을 칭찬해 주셨다. 이 정도면 어머니 손맛을 제일로 고집할 만하지 않은가.

쌀밥보다 오곡밥이, 맨밥보다 비빔밥이 덜 심심하다. 여러 가지가 섞여서 내는 조화로운 맛의 힘이다. 싱겁지 않게, 밍밍하지 않게, 덤덤하지 않게 하는 섞임의 미학이다. 무지개가 아름다운 것도 색깔의 어울림이다. 수필 쓰는 형식도 이와 같은 것이 아닐까. 사실을 바탕으로 한 진솔함이 흰밥이라면, 해학미는 양념일 것이다. 꼭꼭 씹히는 나물맛은 세심한 관찰력이라고 하면 어떨까. 이것들이 믹서되어 한 편의 수필이 만들어지지 않던가.

가난한 사람이 있기에 부자가 부러운 것이고, 못난 사람이 있으

므로 잘남이 돋보인다. 꼴찌가 없다면 일등이 위대하지 않을 것이
고, 비범함이 빛나는 것도 평범함이 있어서다. 무릇 섞임 속에서
개인이 지닌 특출한 진가가 도드라지게 마련이다. 비빔밥의 원리와
같아 보인다. 삶의 모습도, 성격도, 생각도 다른 사람들이 이마를
맞대고 손을 잡고 마음을 모아 더불어 살아간다. 이래저래 어우러
지는 비빔밥과 참으로 같은 점이 많다.

　나이가 들면 뱃심으로 산다고 한다. 즉 배가 든든해야 살맛이 난
다는 뜻이리라. 그것이 밥심이라는 것도 알 때가 온다. 뱃심과 밥심
이 없으면 허리가 접힌다는 말을 나도 실감할 나이다. 비빔밥 한
그릇에 담긴 푸짐함은 어떤 보약보다 좋은 건강식품이 아닌가. 마
음을 넉넉하게 해주는 비빔밥을 자주 먹다 보면 조금은 젊어질 것
이라는 믿음을 갖고 있다.

　혼자 있을 때 비빔밥을 자주 해 먹는다. 남아 있는 반찬으로 대충
하는 게 차이다. 멸치 볶음, 부추겉절이, 콩나물, 무생채와 추억 한
잎 넣으면 충분하다. 상추나 김에 싸서 먹으면 또 다른 맛이 난다.
소박한 비빔밥이 행복한 포만감을 준다. 그래서 몇 가지의 식재료
만 보면 비빔밥을 만들고 싶은 이상한 버릇을 갖게 됐다. 동시에
못난 생각도 두루두루 좋아지는 쪽으로 뭉뚱그리려고 애쓴다.

　오늘 저녁 나물을 갖추갖추 무치고, 달걀지단을 얇게 부쳐 가지
런히 썰고, 버섯과 쇠고기도 볶아, 빻은 땅콩과 함께 넣어 비빔밥을
만들 참이다. 이 비빔밥에 달고, 쓰고, 맵고, 짠 세상사를 함께 비벼
서 맛있게 먹어 줄 식구들 얼굴이 눈에 선하다.

마당 24시

시가에는 대문이 없다. 밤낮없이 열려 있는 24시 편의점 마당인 셈이다. 그 동네는 토담도 초가도 산도 없다. 들판 한가운데 자리잡은 마을이다. 그곳을 섬 안이라고도 한다. 사방에서 모여든 사람들로 동네가 형성된 반촌이다. 시골처럼 집성촌도 아니지만 여느 집성촌마냥 돈독한 정이 살아 있다.

내가 시집살이할 때였다. 시어머니는 식구들이 조금 늦게 일어나거나 마당이 어질러져도 '남이 보면 욕한다. 남세스러운 줄 알거라.'라고 하셨다. 남을 지나치게 인식하는 게 신경쓰였다. 게으름에 채찍이 됐지만. 어머님이 그럴 만도 하셨던 것은 동네 사람들이 들판에 나가려면 대다수가 시가 앞으로 지나간다. 그 때문에 연장을 빌리러 오는 사람, 물 마시러 오는 사람, 잠시 대청마루 끝에서 쉬어가는 사람, 마실 나온 사람 등이 아무 때나 드나들었다. 때론 먹거리도 네 것 내 것 없이 나누어 먹곤 했다. 붙임성이 없는 내가 다 포용할 수 있었던 것은, 대문이 없는 것과 넓은 마당 덕으로 너그럽고 인심 좋은 며느리가 거저 됐다.

그곳은 도심 근교라 교통편이 편리했다. 그 영향으로 일찍이 고

등 소채가 유명한 동네로 손꼽혔다. 비닐하우스 안은 겨울 문턱이 한봄이었다. 반촌의 봄은 기다릴 사이도 없이, 느낄 여가도 없이 한꺼번에 들이닥쳤다. 겨울에 훔쳐온 반칙의 그 봄으로 인해 참 계절을 땅에 묻고 살았다. 채소와 과일이 계절을 앞섰을 만큼 동네 사람들은 사철을 들판과 친해야 했기 때문이다. 꽃놀이, 단풍놀이는 먼 나라 얘기였다.

봄은 그 지역 따라 다르게 찾아든다. 도심의 봄은 옷가게 쇼윈도에 먼저 온다면, 고향의 봄은 마당에서부터 열렸다. 겨우내 헛간에 있던 호미와 곡괭이가 바람 쐬는 날 얼었던 땅이 해동되었다는 알림이었다. 해묵은 연장을 무두질하는 아버지의 손이 봄을 불러들였다. 볍씨를 골라 움을 틔우는, 한해의 농사가 시작되는 곳은 봄볕이 아장거리는 마당이었다.

유년 시절 여름 마당의 추억은 많다. 우물가 봉숭아꽃이 벙글 땐 도란도란 이야기를 나누었고, 담벼락에 활짝 핀 호박꽃과 함께 함박웃음을 날렸다. 은은한 달빛에 장이 익어가는 장독을, 초가지붕 위의 하얀 박이 달빛에 조는 것을 멀찍이 바라보는 것도 마당이 안겨주는 재미였다. 그리고 아버지가 지펴 놓은 모깃불 옆 평상 위에서 어머니가 갓 삶아온 옥수수와 감자를 먹으며 이야기꽃을 피웠다. 뭉긋이 타는 모깃불처럼 부모님과 할머니 사랑도 은근하셨다. 할머니의 무릎을 베개 삼아 하늘의 총총한 별을 헤다 잠들곤 했다. 할머니가 해주신 그 부채질이 지금의 에어컨만큼 시원했다. 푸근함, 안온함에 젖어 세상모르고 깊은 잠을 잤던 것이다.

가을걷이가 끝나면 절구통에 찰떡 찧는 소리, 쌀가루 빻는 소리가 마당을 가득 메웠다. 어머니가 정성 들여 만든 떡과 죽이 담긴 접시와 대접이 옆집 뒷집의 나직한 담을 건너갔다. 마당은 이웃 간의 정과 웃음이 쑥쑥 자라는 밭이었고, 사계절의 풍경을 담는 화폭이었다. 먹거리로 충만한 현대의 24시 편의점과 비슷하다고 할까. 하긴 편의점은 웃음 대신 거래가 이루어지며 화폭이 아닌 욕망을 갖추고 있다. 한 푼의 에누리도 없고, 한 개의 덤도 없기에 인정과는 아주 등을 진 곳이다. 아무래도 너저분히 어질러진 시골 마당이 재래시장의 후덕함 같아 정이 간다.

겨울 마당 한 귀퉁이에는 무와 고구마가 태평스럽게 누워 있는 작은 움이 있었다. 한해 끝자락에서 얻은 귀한 보물이 든 움 속으로 햇빛과 달빛, 식구들의 사랑도 스며들었다. 긴 밤 바느질하는 어머니 곁에서 입이 궁금할 때 무와 고구마를 깎아 먹으며 공부하고 책을 읽기도 했다. 유별난 맛 덕으로 어려운 산수 문제도 술술 잘 풀리고 읽는 책장이 게으름을 피우지 않았다. 식구들의 관심을 독차지한 그 움이 보내주는 에너지 덕이었을 테다.

대문 앞 텃밭의 볏짚 더미는 겨우내 바람막이로 아이들의 놀이터였다. 꽁꽁 언 손으로 얼레를 돌려 높이 높이 연을 날리고, 날마다 시끌벅적한 아이들 가댁질에 짚 더미가 생 몸살을 앓았다. 봄을 기다린 것은 아이들보다 그 짚 더미였는지도 모른다. 아버지는 큰 기침 소리를 내며 한 말씀 할 법한데도 못 본 체하셨다. 또 이웃사람이 우리 집을 건너서 옆집의 연장을 빌려 가면 그렇게 섭섭하다고 하셨다. 그만큼 아이들과 이웃을 사랑했다는 말이 된다.

며칠 출타해 집으로 돌아온 아버지는 마당에 자리를 깔고 축담 아래서 방에 계신 할머니께 큰절을 올렸다. 설날 새벽에도 문밖 세배를 드렸다. 아버지의 마당은 집안 기강을 세우는 곳이었고, 어른께 정성을 드리는 신성한 곳이었다. 집집의 가풍이 다르다는 이유로 나는 시어머니께 아버지처럼 하지 못했다. 예의범절과 효에 대한 근본 참뜻을 잘 몰랐다고 나를 합리화한다.

지금 우리 집에도 작으나마 흙 마당이 있다. 태산목의 무성한 이파리와 라일락, 꽃사과, 붉은 동백꽃이 누가 봐 주길 바라는지 고개를 빼고 대문만 본다. 하지만 해종일 아무도 마당을 기웃거리는 사람이 없다. 차라리 사람들이 무시로 드나들었던 시가의 마당과 어릴 적 인정이 넘쳤던 그 24시 마당이 그립다. 가끔씩 잡다한 집안일로 속상할 때, 마당을 서성이며 아버지를 떠올린다. 탄탄하게 다져진 마당과도 같았던 아버지의 위엄이 보고 싶어서다. 아버지를 닮지 못한 내가 너무 작다는 것을 스스로 느낀다. 곧은 마당의 땅심을 빌려서라도 아버지처럼 의연해지고 싶다.

하늘에 뭉게구름 몇 점이 떠 있다. 저 한 줌의 구름마저 담을 수 없는 마당이 옹졸한 내 마음만큼 좁아 보인다. 마당 넓이에 따라 마음도 컸다가 작아지는 모양이다. 그래도 내 푸념을 들어줄 만큼은 된다. 날마다 삐대도 지청구를 하지 않는 걸 보면 드넓고 높은 우주를 품고 있나 보다. 하지만 24시 마당이길 바랄 것이다.

추억의 페달을 밟는다

오래전 우리 가게 앞 전봇대 뒤에 자전거 한 대가 있었다. 누군가 가 잠시 주차해 놓은 줄 알았다. 그러나 근 보름이 지나도 주인이 나타나지 않았다. 무단 쓰레기로 방치된 것이 틀림없었다. 사람들은 요긴하게 썼던 물건을 함부로 버렸다며 자전거에 따가운 눈총을 보냈다. 애먼 자전거만 미움을 받았다.

남편은 그 자전거를 당신이 탄다며 정성 들여 손질했다. 꼼꼼한 걸레로 녹슨 부분을 구석구석 깨끗이 닦았다. 기름칠도 하고 사라진 벨도 구해 달았다. 자전거 벨의 따르릉거리는 소리가 경쾌하게 들렸다. 자전거 대리점에서 세밀하게 점검을 해봐도 다른 고장은 없었다. 남편은 작은 볼일을 볼 때와 때론 먼 곳까지 일부러 운동삼아서 자전거를 즐겨 탔다. 자전거도 새 주인을 마음에 들어 하는 것 같았다.

두어 달 지났을까. 대문 앞에 세워 둔 자전거가 감쪽같이 사라졌다. 남편은 그동안 자전거와 정이 푹 들었던 터라 무척 씁쓸해했다. 남의 집 앞의 무단 투기는 얌체짓이고, 쓰는 물건을 몰래 가지고 가는 것은 도적 행위다. 비록 돈을 주고 산 자전거는 아니었지만 남편의 마음과 손때가 진하게 묻은 애장품이 아닌가.

남편은 예전에 자전거와 특별한 인연을 맺었다. 고교 시절 내내 삼십 리 길을 자전거로 통학했다고 한다. 큰비나 눈이 오는 날 빼고 자전거를 탔다니까 그 끈기가 대단했던 것 같다. 한 동네 친구 몇 명과 어울려 짓궂은 익살과 장난으로 앞서거니 뒤서거니 했던 길이 얼마나 떠들썩했을지 짐작이 간다. 오빠와 남동생들을 떠올리면 그 그림이 삼삼하다.

통학길을 왔다 갔다 하느라 반질거렸을 들길 양 풀섶에는 야생화들도 방긋방긋 웃었을 테고, 밭과 논의 무, 배추, 상추 등과 보리, 밀, 벼가 쑥쑥 자라는 소리가 자전거 벨 소리처럼 들렸을 것이다. 그 길엔 오가며 밀이나 콩, 수박이나 참외를 서리한 재미난 에피소드가 진득하게 깔려 있으리라. 그러나 추억의 들판 가운데로 고속도로와 고가도로가 생겨 옛길은 기억 속에 묻힌 지 오래다.

그 후 남편은 직장 생활을 할 때도 줄곧 자전거로 출퇴근했다. 출근 때는 우리 집 아래채에 살았던 아지매를 자전거 뒷좌석에 태워 다녔다. 아지매는 남편의 직장인 군부대 안 세탁소에 근무했다. 문제는 회식이 많은 남편의 귀가시간이 들쭉날쭉하는 것이었다. 그래도 두 사람이 함께 자전거를 탈 때는 정이 아주 돈독했다.

술을 좋아한 남편은 자주 만취되어 귀가하였다. 문뱃내를 풍기면서 걸음은 갈 지之 자였고, 비틀거리는 몸을 겨우 가누었다. 그 와중에 자전거는 집까지 용케 끌고 왔다. 참으로 신통했다. 이슥한 밤 저만치 자전거 벨이 따르릉땅땅 울리면 이윽고 개가 캉캉 요란하게 짖어댔다. 적막을 깨는 그 소리는 남편의 귀가를 알려 주었다. 우리 집 검둥이가 남편을 가장 먼저 맞았다. 남편은 귀가 시간과 통금 시간이 맞물리는 것에 어떤 스릴을 즐기는 것 같았다. 긴 시간 기다려야 하는 내 고충은 안중에도 없었다.

시집살이와 남편의 무정함에 힘들어 하는 나를 서글서글한 아지매는 당신 딸처럼 살갑게 감싸 주었다. 시어머니와 동년배로 도량이 넓고 정이 많았다. 그 당시 친정어머니는 병환이 깊어 딸을 못 알아보는 처지였다. 그런 중에 슬그니 내 손을 잡고 용기를 심어주는 아지매가 자연스레 엄마처럼 따습게 다가왔다. 남편의 자전거가 아지매와 내 관계를 도타운 정으로 이어준 매개체였다.

그 시절 자전거는 학생들에겐 통학용으로, 직장인에겐 출퇴근용으로, 농가엔 교통편으로, 짐을 실어 나르는 장사꾼에겐 생활 수단으로 쓰였다. 농가 대부분이 자전거가 재산 목록 중 앞 번호를 차지했다. 하여 자전거에 대한 끈끈한 애착이 있었다. '마누라는 빌려주어도 자전거는 안 된다.'고 하는 우스개가 있었을 만큼 큰 대우를 받았다.

시가 동네에 날마다 채소를 사러오는 상인이 있었다. 그는 솎음 배추, 시금치, 상추, 무를 꼭두새벽 자전거에 가득 싣고 큰 시장으로 갔다. 도맷값으로 금방 넘기고, 낮에는 옥수수 뻥튀기를 자전거에 실어 가게마다 배달을 했다. 자전거가 그에게는 튼튼한 발이었다. 태산 같은 짐을 싣고 거리를 질주한 당찬 힘은 씨름선수에 버금갔지 싶다. 그러다 그는 어느 날부터 불쑥 삼륜 자동차를 몰고 왔다.

앞바퀴가 하나뿐인 게 어찌나 앙증맞던지 마치 장난감 자동차 같았다. 그가 차보다 키가 훨씬 커 보였고, 우습게도 상인의 장골 무게에 차가 주저앉을 것 같다는 기우까지 했다. 그때 농가에도 산업화 물결로 손수레가 나오고, 도시에서는 오토바이와 짐을 싣는 차가 한창 보급되었다. 무엇이든 전성기가 있듯 자전거의 콧대 높은 인기도 점차로 수그러들었다.

자동차든 자전거든 바퀴가 돌아가는 시간은 길 위에서 똑같이 흘러간다. 점점 바빠지는 세상에 더 빠른 것을 추구하는 것은 당연하다. 바퀴의 속도에 따라 일의 능률도 비례하니까. 나도 자전거를 탈 줄 알면 시장 보러 갈 때도 시간이 절약될 것이고 무거운 짐을 들지 않아도 될 것이다. 또 자전거 전용도로인 강변의 꽃길을 따라 멋지게 하이킹도 할 수 있을 테니 아쉬움이 크다.

처녀 때 오빠한테 자전거 타는 법을 배웠다. 넘어져 정강이를 깨고 흙탕물에 처박힌 적이 몇 번 있었다. 그 후 자전거를 타고 싶은 마음이 싹 가셨다. 내게 끈기가 없었던 것이 탈이었다. 기계에 익숙해지는 것에 워낙 우둔한 편이라 더 쉽게 포기했던 것 같다. 하여 자전거 타는 것에 관한 한 나는 코 납작이가 된다.

병은 소문을 내야 한다고 했다. 우리 집 자전거 사건도 동네에 소문이 났을까. 이웃 아저씨가 꽤 쓸 만한 자전거 한 대를 선물로 주었다. 남편은 다시 자전거를 반짝반짝 윤이 나도록 닦아서 신바람 나게 추억의 페달을 밟는다. 수영천을 기점으로 원동교 밑을 거쳐 회동수원지로, 다시 반대방향으로 해서 민락동을 지나 광안리, 이기대 해변까지 누빈다. 벌써 몇 년째 동거 중이다. 자전거의 역사를 수없이 써온 셈이다. 그 속에는 학창시절과 아래채 아지매, 검둥이와의 추억, 그리고 이 자전거를 선물해 준 아저씨도 함께할 것이다.

남편이 자전거를 탈 때 거기에 걸맞은 복장을 갖추고 헬멧을 쓴다. 그 모습이 한참 젊어 보인다고 여러 사람들이 입을 모은다. 그 말에 얼굴이 환해진다. 남편은 두 바퀴 사랑을 가르쳐준 자전거 덕분이라며 공을 돌린다. 둥근 바퀴 두 개가 서로 밀어주고 당겨주는 것이 더불어 살아가는 삶과 같다면서. 자전거도 햇빛에 미소를 짓는다.

누구나 한 가지씩 돈키호테의 로시난테를 가지고 있을 테다. 남편의 로시난테도 언제까지나 생생 달리기를 염원한다.

빗자루, 그 아름다운 희생

마당 빗자루는 가을이 오는 것이 무섭다고 하겠다. 우리 가게 앞의 야산에서 날아온 숱한 나무 잎사귀 때문이다. 내가 부지런을 떨며 날마다 낙엽을 쓴다. 시멘트 바닥이라 비질을 해도 빗살무늬도 없다. 마당을 쓸면서 별다른 재미를 느끼지 못한다. 빗자루 역시 영 시무룩하다.

내 어릴 때 물을 살짝 흩뿌린 흙마당에 아버지의 빗자루가 훑고 지나가면 잔물결이 일었다. 물결치듯 선명한 문양 위로 길게 내뿜은 아버지의 담배 연기가 퍽이나 인상적이었다. 비질을 끝낸 마당은 을乙자 모양의 그림이 수없이 그려졌다. 그린 듯이 정교한 그림을 망가뜨리는 발자국이 옥에 티였다. 동생들과 나는 문양 위를 밟을 때 발뒤꿈치를 들고 살금살금 걸었다.

플라스틱 빗자루의 숱이 빗으로 쓸어내린 것처럼 소곳하게 붙어 있다. 연녹색이라 색상이 산뜻하다. 다만 막대가 너무 미끈하여 탈이다. 막대는 약간 거칠어야 손과 접착이 잘된다. 작은 플라스틱 빗자루의 숱은 붉고 푸른색이다. 색깔의 이미지보다 엄청 기가 세다. 시멘트 바닥의 묵은 때를 박박 문지를 때 제격이다. 성향이 까칠한 사각 건물과 잘 어울린다. 어찌나 마던지 여간해서 닳지 않는다. 별명을 끈끈이라고 할까. 지겹도록 쓰고 나야 모지랑빗자루가 된다. 몽당빗자루, 제 몸 다 닳아도 푸념할 때 없는 가엾은 신세다. 그 아름다운 희생이여.

모지랑빗자루가 외롭겠다. 모지랑숟가락과 몽당연필이 친구였던 시절이 있지 않았는가. 우리 곁에서 아주 멀어진 그 물건들이 가끔 생각난다. 그것은 모지랑이와 닮은 어머니가 보고 싶기 때문이다. 몽당, 그 작고 소박한 이름이 당차고 야무지다. 여럿 자식들 뒤치다꺼리로 뭉텅해진 어머니 손처럼. 어머니는 당신의 몸이 빗자루처럼 닳아도 자식들의 앞길을 쓸고 또 쓸었다. 너른 집안을 만날 말끔히 하는 데도 일등 공신이었다. 어머니의 거칠었던 그 손이 바로 빗자루였다.

시골에는 일 년 동안 쓸 빗자루를 장만하는 것도 월동 준비에 빼놓을 수 없는 항목이었다. 뒤란의 대나무 잔가지와 산에서 나는 싸리나무로 마당 빗자루를 만들었다. 가볍고 잘 쓸리는 게 장점이었다. 가축을 우리에 몰아넣는 도구로도 쓰였다. 멀찍이 서서 긴 빗자루로 소와 돼지의 통통하게 살진 엉덩이를 살살 쳐주면 꼬리를 쫄랑쫄랑 흔들며 외양간과 우리 안으로 쏙쏙 들어갔다. 가축에게 주인의 사랑을 전달해 주는 연락병 역할을 한 셈이다.

방비와 부엌비도 크기와 모양도 다르고 재료도 각각이었다. 짚으로 만든 부엌 빗자루는 손잡이가 폭삭했다. 겨울에 손이 시리지 않아 아낙들의 사랑을 받았고, 느긋이 아궁이에 불을 땔 때 깔고 앉으면 포근한 방석이 됐다. 방 빗자루는 할머니가 손자손녀를 꾸짖는 사랑의 매였다. 간혹 방 빗자루로 내 등짝을 치기도 한 할머니의 눈빛이 안방처럼 따뜻했다. 방 빗자루의 재료인 갈꽃은 너무 여리거나 드센 것은 합격선에서 밀려난다. 갈꽃을 채취하는 시기가 빗자루 만드는 곰살궂은 솜씨만큼 중요하다.

숙부가 우리 집 빗자루를 매상 도맡아 만들었다. 재료 수집에서부터 만들기까지 어느 것도 소홀하지 않았다. 식구들은 숙부의 따뜻한 마음을 생각하며 빗자루를 사용했고, 숙부는 형님집 식구들을 떠올리며 하나하나 정성을 모았을 테다. 누구나 어떤 물건을 만들 때 그것이 요긴하게 쓰이는 데서 힘을 얻지 않겠는가. 큰집의 궂은 일을 늘차게 해 주신 숙부 또한 우리 집 빗자루였다.

실내 빗자루는 많이 한가하다. 여유를 한껏 부리겠다. 발달한 문명 덕에 실내의 진공청소기가 생산된 지 오래이므로. 청소기는 제 살점이 떨어져 나가는 빗자루의 고통을 알까. 하기는 진공청소기인들 고초가 없을까. 몸통 속에는 온갖 먼지와 머리카락을 끌어안고 벙어리 냉가슴만 앓을 게다. 그래도 버젓이 제자리가 있는 가전제품이라 디자인도 이쁘고 귀염을 받는다.

뒤로 밀려난 실내 빗자루는 구석진 벽에 붙박이마냥 붙어 있다. 어딜 가나 뒷자리에 머물게 되는 나와 같다는 생각이 살짝 든다. 청소기의 당당함에 주눅이 들 것 같건만 느긋하게 뒷짐을 지고 양반 흉내를 낸다. 늘 각다분했던 생활과 멀어진 것을 만분다행으로 여기는 걸까. 그 응석이 어설프지만 밉지 않다. 내가 빗자루를 가끔 사용하는 것을 응원으로 대신한다.

작은 로봇이 실내를 돌아다니며 청소를 해 주는 시대가 왔다. 머 잖아 청소기가 차지한 자리와 받고 있는 사랑을 로봇이 독점할 날 이 또 오지 않을까. 진공청소기는 언제까지 방글방글한 표정을 유 지하게 될지 모르겠다며 울상을 짓는다. 의기소침해지면서 무엇이 든 전성기는 한때라고 하는 것 같다.

어떤 일이 뒤엉켰을 때 그것을 풀어줄 기지를 가진 사람이 있다. 일을 타당성 있게 한쪽으로 화끈하게 밀어제친다. 그런 사람을 일 명 빗자루라고 하면 어떨지. 즉 해결사인 셈이다. 무엇이든 깨끗해 지려면 빗자루가 닳아야 하는 것처럼 사람도 자신의 큰 수고가 따 를 때 비로소 해결사가 된다. 나는 해결사는 못 돼도 내게 깃든 슬픔의 티끌과 이기심 따위를 쓱쓱 쓸어 내줄 마음의 빗자루 하나 마련해야겠다. 그 덕에 일상에 찌든 내 가슴을 덤으로 비질을 자주 하게 말이다.

휴식에 든 마당 빗자루가 담에 기우듬히 기댄 채 태평하게 꾸벅 꾸벅 졸고 있다. 실내 빗자루처럼 제자리를 내 줄 일이 없다는 것을 알고 있나 보다.

팽나무 그늘

우리 가게 앞길에는 벚나무가 즐비하다. 이 나무 그늘이 한여름의 더위를 달아나게 한다. 나뭇잎들도 살래살래 부채질을 해준다. 나뭇잎이 흔들리는 소리는 참으로 운치 있고 때론 정성스러운 부채질이 대견해 나무한테 말까지 건다.

그늘에 놓인 평상을 노인들은 당신들의 안방같이 여긴다. 더러는 길을 가던 행인들도 스스럼없이 끼어들어 시간을 소일하는 장소이기도 하다. 노인들이 장기와 바둑을 두며 담소를 나누는 모습이 정겹다. 내 고향 같은 정취다. "삶의 그늘을 아무나 드리우는 것은 아니다. 사나운 비바람을 이겨내야 뜨거운 그늘을 소유하게 된다."라고 한 시구처럼 저 풍성한 그늘은 노인들의 지난했던 세월이 준 선물일 것이다.

칠월의 숲은 참으로 의연하다. 내리쬐는 폭염에도 끄떡없다. 더위를 이기게 하는 유일한 무기다. 더운 날 집을 나섰을 때 땀을 식혀줄 그늘을 만나면 친구처럼 반갑다. 나무들의 울창한 숲이라도 만난다면 천군만마를 얻은 듯하다. 비단 숲그늘이 아니어도 육교 밑, 전봇대 옆, 건물의 그림자도 구세주다. 거기에 햇볕을 차단시켜주는 양산은 나무 그늘에 비할 수 없지만 한없이 고마운 물건이다. 양산 쓰는 일이 여성에게만 주어진 특권처럼 갖가지의 패션으로 하늘하늘 뽐낸다.

내가 어릴 때 양산이 참으로 귀했다. 도시에 사는 친구 언니가 하이힐을 신고 양장을 멋스럽게 차려 입은 데다 색상 고운 양산까지 활짝 펼쳐 들고 왔다. 도시의 화려함만큼 눈부셨다. 앞집 순이 언니도, 내 어머니도 양산을 갖는 게 소원 중의 하나였다. 그랬던 양산이 언제부턴가 여름이면 아가씨, 아주머니, 안노인들에게 필수품이 됐다. 활짝 핀 색색의 양산 꽃이 꽃처럼 벙글어 거리를 유혹한다. 접혔던 여성들의 삶도 양산처럼 환하게 펼쳐졌음을 보여 준다고 할까.

여름에 짙은 그늘과 물이 함께 있으면 금상첨화錦上添花다. 내 고향 냇가 널따란 마당에는 고목의 팽나무 한 그루가 있었다. 나무 둥치가 두 팔로 실히 몇 아름이나 됐다. 숲이 울창할 때는 마을 사람들의 쉼터가 돼 주었고, 오랜 세월 마을의 수호신이자 고향의 역사였다. 궂은 일, 기쁜 일을 지켜본 산 증인으로 온 동네를 비춰 주는 거울이었다.

팽나무 밑 개울가에는 사철 아낙네들의 빨래터였다. 팽나무는 추운 날 빨래터의 바람을 막아주고, 더운 날 큰 그늘을 주었다. 빨래터에서 어머니와 딸은 주고받는 이야기로 정이 더 두터워졌고, 며느리들은 시집살이 설움을 두 손으로 싹싹 문질러 냇물에 흔들어서 흘려보냈다. 빨랫방망이 소리도 전자는 다정했고, 후자는 애련했다.

의뭉스러운 남정네들은 빨랫방망이 소리에 담긴 깊은 뜻을 모르는 체하고 탁배기 사발만 주고받았다. 어울려서 잔주하는 장소마냥. 아낙네들의 고달픈 삶을 위로하듯, 남정네들의 농주 맛을 돋우는 듯 너불너불 흔드는 나뭇잎과 면경같이 맑은 물이 신랑각시처럼 속살거렸다.

팽나무 밑에서 음력 정월에는 나쁜 액을 떨쳐 버리고 한 해의 무사와 풍년을 기원하는 지신밟기를 시작하여 이월에는 영등할미 바람제祭를 올렸고, 삼월삼짇날, 사월초파일, 오월단오, 칠월백중맞이를 했다. 오랫동안 이어온 미풍양속이었다. 그때마다 어른들은 술로 여흥을 즐겼고, 아이들은 떡이랑 과일을 얻어먹는 재미가 쏠쏠했다. 흐드러진 나뭇가지가 남실바람에 춤을 추며 흥을 보탰다. 그러나 내게는 팽나무 그늘에서 생긴 지울 수 없는 아픔 하나 가슴에 안겨 주었다.

축제였던 오월단오제가 무르익을 때였다. 그 때문에 숙부는 과음을 한 탓으로 늦은 밤에야 귀가했다. 숙모도 한바탕 벌어진 아낙네들의 단오잔치에서 권하는 농주 한잔에 건넌방에서 먼저 잠이 들었다. 그날 밤 숙부가 심장마비로 이승과 이별한 것을 식구들을 아침에야 알게 됐다. 한 첩의 약도 써보지도 못한 채 애통한 죽음을 맞은 숙부의 나이가 마흔 중반을 채우지 못했고, 숙모 나이도 겨우 마흔 밑자리였다.

숙모는 긴 시간 동안 의식을 잃었고 사촌들도 울다울다가 지쳤다. 할머니까지 가슴을 찢는 슬픔을 이겨내지 못해 실신하고 깨어

나기를 몇 번이나 하셨다. 아버지는 형제간의 우애가 아주 돈독했다. 숙부의 출상 때 사토장이가 사람 키보다 깊이 파놓은 광중壙中의 하관포 옆에 뛰어들어 너를 이대로 보낼 수 없다며 대성통곡을 했다. 지켜보던 많은 사람들이 한동안 눈물바다가 되어 산천초목도 함께 울었다. 동생을 먼 길로 보낸 후 아버지는 사무친 그리움을 떨쳐내지 못하고 신경성 질환을 오래도록 앓으셨다.

그 후 내가 고향을 찾을 때마다 숙모와 사촌들의 가슴에 검은 그늘을 드리워 준 팽나무는 가지가 축 늘어져 슬픔에 잠겨 있었다. 언제나 따뜻하게 맞아 주었던 고향의 자혜로운, 순후한 기운이 도는, 내일의 삶을 재단하고 꿈을 영글게 하는 그늘이 아니었다. 팽나무가 다시 숙모의 식구들을 보듬어 주었다 해도 어둠이자 절망의 그늘일 뿐이었다. 땡볕을 막아주고, 정신적 지주가 되어줄 남편과 아버지의 그늘은 든든한 배경이지 않은가.

짙은 그늘은 때 없이 숙모집 대문을 여닫으며 집안으로 들어섰으리라. 그때마다 숙모는 말로 다하지 못할 고통을 가슴에 묻었다. 책가방을 든 사남매 자식들에게 바람 불면 바람막이가 되고 비 오면 우산이 되고, 오르막길엔 지팡이가 돼 꿈이 가득한 꽃그늘을 드리워 주었다. 강물 위로 이물질이 떠다니고 바람 따라 잔잔하고, 때론 굵은 물결이 인다. 하나 수심은 깨끗하고 고요하다. 숙모도 그처럼 마음을 내비치지 않았다. 그것이 화근이었을까. 숙모는 훗날 큰 속병을 앓고 말았다. 사촌들은 또 한 번 안타까움을 겪어야만 했다.

고향의 터줏대감이었던 그 팽나무도 언제였는지 역사의 뒤안길로 사라졌다. 벗을 잃은 냇물만이 햇빛에 반짝거리며 사시장철 허허롭게 흘러간다. 이제 부모 세대의 어사무사한 어른들은 다 영면에 들었고, 사촌들과 일가, 친지, 친구들도 일찍이 모두 도시로 떠나버린 쓸쓸하고 덧없는 고향이 됐다. 지나간 세월의 달콤 쌉싸름한 향수만이 내 가슴에 물결무늬로 아롱져 있다. 그래도 고향이 그리운 것은 고향의 풍경이요 추억인 그 팽나무를 만나고 싶어서인지도 모른다.

아직도 두 평상에는 장기와 바둑 두는 게 끝나지 않았다. 해 질 녘이 지나고 가로등이 하나둘 켜져도 놀이에 열중인 사람이나 구경꾼으로 붐빈다. 모두의 얼굴이 달처럼 환하다. 가슴에 안고 있는 각자 다른 아픔의 그늘은 장기판에서 외치는 장군아 멍군아 하는 소리를 따라갔지 싶다.

적積(쌓다)

산길에서 돌탑을 자주 만난다. 묵어서 단단해진 탑은 높게 쌓인 돌만큼 세월의 무게가 느껴진다. 쉬엄쉬엄 쌓여가는 낮은 탑에는 어설프지만 여유가 있다. 탑을 지날 때마다 작은 돌 몇 개씩을 엉성한 탑에다 살며시 올려놓는다. 내 손으로 정을 보태는 게 좋고 돌 틈에서 새나오는 정다운 이야기가 훈훈해서다.

무엇이든 쌓는 것은 재미와 즐거움을 더해 준다. 쌓아 올린 그 공과 결실을 찾는 일이기도 하다. 그래서 사람들은 쌓는 데 주력하는지도 모르겠다. 인간의, 탑을 쌓으려는 욕구는 인류 역사만큼 오래됐다고 한다. 프랑스 파리의 그 유명한 에펠탑 이래 하늘을 향한 쌓기 경쟁은 계속되고 있다. 하여 타워를 두고 인간의 욕망慾望인가 미학美學인가를 끝없이 논하는가 보다.

부산에도 개발이라는 미명 아래 높은 건물들이 들과 야산을 삼키다 못해, 하늘까지 훔치려 한다. 능히 백 층이 넘는 건물이 공사 중에 있고, 육십삼 층을 웃도는 아파트가 제법 자리 잡은 지 오래다. 영바람이 부는 마천루의 빌딩을 쳐다보는 것만도 어지러울 지경이랄까. 쌓을 때 바친 그 정성과 공들인 것이 실로 엄청나다. 많은 사람들의 피와 땀, 헌신과 노력의 대가로 높고 튼튼한 건물이 탄생하게 된다. 하지만 나는 나직한 것이 안정감이 있어 보인다.

낮게 쌓아 놓는 것은 많다. 특히 도심 쌀가게의 당실당실한 쌀포대들, 과일가게에 층층이 쌓아 놓은 과일 박스와 아담한 플라스틱 대야에 낮은 과일 탑이 참으로 보기 좋다. 포만감을 준다. 도매시장의 켜켜이 포개 놓은 의류들과 색색의 이불을 보고 있노라면 마음속에 온갖 정이 뽀송뽀송한 이불처럼 차곡차곡 쌓인다.

흔히 보수동 책방 골목을 '부산 문화의 아이콘'이라고들 한다. 그럴 만도 하다. 묵은 책에서 온갖 문화가 살아 있고, 갖가지의 예술이 살아 숨 쉰다. 책으로 벽을 삼고 책장을 기둥 삼아 쌓은 책 무더기는 시간이 쌓인 것이다. 그 속엔 옛 성인들과 명사들의 무언의 대화가 있다. 번뜩이는 생활의 지혜와 끈끈한 정이 쌓여 있다. 꿈과 인생이 함께 하기도 하고 맑은 정신의 집합체이기도 하다. 책방은 쌓아서 좋은 것이 무엇인지를 보여 준다.

사람은 물질을 얼마만큼 쌓았느냐에 따라 행복의 척도로 삼기도 한다. 때문에 쌓을 때 억지가 끼어들고, 무리가 따르는 것도 있다. 지식과 지혜와 교양, 정과 사랑 등은 아무리 쌓아도 그 두께를 가늠하지 못하나 어느 것보다 쌓는 재미가 쏠쏠하다. 누구나 이런 것들을 쌓길 원하지만 쉽게 쌓을 수도, 뺏을 수도 없다. 사랑과 정은 공들여 쌓은 탑이 무너지듯 한순간 바람처럼 지나가기도 한다. 그 때 마음은 허물어진 탑처럼 허허롭지만 이미 얻었던 보람은 그래도 남는다.

마음속에 스트레스가 낳은 미움이나 한恨을 쌓게 되면 응어리가 된다. 가슴에 쌓인 앙금은 각자 다스리기에 따라 빠르게 뭉갤 수도 있고, 죽음까지 가지고 가기도 한다. 쌓는 것 중에서 최악이다. 그것을 떨쳐 내는 데는 긴 세월이 흘러가야 된다. 마음대로 절切이 되지 않는 게 사람의 감정이지 않은가.

내겐 이상한 버릇이 하나 있었다. 울화가 쌓이면 집안 구석구석 묵은 청소를 하고 깨끗한 옷도 꺼내어 빨래를 했다. 또 알루미늄 냄비를 있는 대로 꺼내어 눈이 부시도록 닦아서 쌓아 놓았다. 구겨진 옷을 다림질하면 주름진 가슴이 쭉쭉 펴졌다. 그러다 보면 반짝거리는 냄비처럼 마음도 밝아지고, 굳었던 마음이 엿가락 녹듯 누그러들었다.

언제부턴가 그 일도 시들해졌다. 울화가 쌓여도 마냥 일손을 놓는다. 이제 그마저도 건너뛴 것이다. 머리가 가벼울 때도 청소는 대충 하고 빨래도 미룬다. 나이를 먹는 것은 게으름의 지름길로 가는 것 같다. 무엇이든 대강대강 해도 마음이 켕기지 않는 것을 봐도 알 수 있다. 열정과 아쉬움은 공존한다지만 바지런을 떨었던 그 열熱을 찾고 싶은 마음조차도 없다. 의도와 바람은 있지만 열정이 아주 식어버린 것이다.

늙는 것도, 아픈 것도, 자주 삭막해지는 것도, 일이 무서운 것도 다 세월 탓으로 돌린다. 세월을 동네북쯤으로 여긴다. 툭하면 이리저리 때린다. 그래도 세월은 말이 없다. 멍이 들어도 몇 백 번은 들었을 텐데도. 오히려 고맙다고 해야 옳을 것인데 원망의 대상으로 여기는 게 가랑잎이 솔잎더러 바스락거린다고 불평하는 것과도 같다. 세월이 쌓인 덕에 상처가 아물고 마음 품이 넓어졌음을 왜 모를까. 사람의 이기심은 영향을 미치지 않는 데가 없다.

마음이 해이해지면 몸도 굼뜬다. 너끈해진 마음과는 또 다른 개념이다. 일종의 포기다. 이렇게 된 까닭은 해도 해도 끝이 없는 일과, 쌓는 것에 마침표가 없다는 것을, 또 꿈과 열정을 쌓았던 봄날이 지나갔다는 것을 터득했기 때문이다. 원고지에 어떤 글이든 빈칸을 다 메우지는 않는다. 행 가름과 문단처리도 있고, 띄어쓰기, 쉼표, 마침표도 있다. 일하는 것도 쌓는 것도 글쓰기처럼, 띄어 넘는 것과 쉼표와 마침표가 있으면 좋겠다. 쌓는다는 것은 어떤 목표를 향한 도전이고 자신과의 다짐이라 누구든 피할 수 없는 일이다.

나는 이런 저런 핑계로 얼쯤얼쯤하다 하고 싶은 것을 놓친 게 정말 많다. 지금껏 무슨 자격증을 취득한 것도 없고, 덕을 쌓은 것도 없다. 그로 인해 후시지탄後時之嘆이란 말이 마음 한 구석을 차지하고 있다. 그런데도 그나마 한 가지 해 온, 오랫동안 진행 중인 이 수필 쓰는 것까지도 내팽개치고 싶을 때가 더러 있다. 내게 어려운 것 중 하나가 수필 쓰기이므로.

이제 뒷산의 오솔길 어디쯤에다 작은 돌탑 하나 시나브로 쌓을 꿈을 꾼다. 누군가가 정이 담긴 돌을 올려 주지 않겠는가. 날마다 기쁘고 슬프거나 한 일들을 돌탑에다 사부작사부작 쌓아 가련다.

노천 박물관

　노천 박물관이다. 역사의 전시장, 경주 남산이다. 그 말이 실감날 정도로 남산에는 많은 유물이 살아 숨 쉰다. 특히 신라인의 상징인 마애불이 많은 편이다. 바위부처들은 천오백 년 동안 불국토의 소원을 이어오고 있다.

　그중 냉골의 이 상선암 마애여래좌상불이 남산에서 가장 크다고 한다. 꼿꼿이 선 마애불의 큰 키가 남산 들머리의 삼릉 앞에 늠름하게 뻗은 소나무와 상관관계가 있는 듯하다. 늙수그레한 얼굴은 경주의 기와지붕 이미지와 상통해 보인다. 부채꼴을 한 소나무 한 그루가 마애불을 수호하고 섰다. 날렵해 보이는 이 소나무는 사철 마애불의 시중을 들지 않을까. 이를테면 더울 때는 땀을 식혀 주고, 추울 때는 바람을 막아줄 것이다.

　안노인 한 분이 마애불에 삼배를 올리고 합장을 한다. 노인의 간절함을 마애불은 들어주는지 굴진 얼굴로 끄덕인다. 길흉화복吉凶禍福을 점쳐 보는 곳, 소원을 빌 수 있는 곳, 즉 마음을 다 내보이며 불공을 드릴 대상이 있다는 것이 미덥다. 나도 마애불에 삶의 무게를 죄다 내려놓고 싶다. 다 감싸 안아 줄 것만 같다. 천오백 년을 한결 같이 태양은 활짝 웃어주고, 바람은 마애불을 살살 만져주고 지나갈테다. 사람들의 아픔을 언제나 무상으로 보듬어 주는 마애불이야말로 현대판 슈바이처가 아니겠는가. 만인의 염원과 시름을 품어 안느라 마애불은 외로울 여지가 없겠다. 하지만 만수받이 마애불의 봄봄이 뒤엔 감춰진 상처나 아픔이 어찌 없겠는가.

내 어릴 때 할머니는 집안에 신앙信仰을 두셨다. 매일 아침마다 정화수 떠 놓고 부엌의 조왕신에게 비손을 하셨다. 섣달 그믐밤에는 집안 곳곳에 밤새도록 촛불을 밝혔다. 새해 초하루 아침에는 떠오르는 해님한테, 정월 보름날은 둥근 달님께 기도를 올렸다. 별도로 믿음을 두지 않았지만 자연을 숭배하셨다. 극진한 정성을 드릴 때 할머니의 마음은 자연과 하나였으리라.

대구 팔공산의 거방진 갓바위부처는 절실한 소원 한 가지를 이루게 해 준다고 한다. 허리와 다리의 통증이 심한 노인들도 갓바위를 참배하려고 가는 가파른 계단길을 거뜬히 오른다. 갈망하는 마음이 발걸음의 무게를 덜어 주는 것이리라. 내가 갔을 때도 바람이 등을 떠밀어 주었고 햇살이 이끌어 주었다. 갓바위부처도 사람들의 순수한 정성을 알아주나 보다. 그 많은 사연을 다 받아 안고 아무도 몰래 왕래야 적래야 하겠지만.

막내 남동생은 마흔다섯에 첫 아이를 얻었다. 올케의 눈물 어린 치성 덕이었는지도 모른다. 오랫동안 애를 태웠던 탓으로 아이가 태어났을 때 동생은 병원 복도 계단 밑에서 소리 내어 울었다. 한참 동안 눈물을 펑펑 쏟고 난 후 동생의 상기된 얼굴에서 이 마애불의 천연한 모습이 겹쳐졌다. 그때 나는 굳은 바위틈을 비집고 피워낸 꽃을 바라볼 때처럼 가슴이 먹먹해 왔다.

오늘 이 마애불이 나를 불러냈다. 내 발길이 여기에 와 닿은 것이 그것을 말해준다. 이곳에는 장구한 세월 동안 꾸준하게 사람들이 찾아들었다고 한다. 도다녀간 사람의 수를 다 헤아릴 수는 없을 것이다. 신라 사람들에게 마애불은 이상세계였을 테니까. 나도 잠시나마 천오백 년 전의 신라 사람이 됐다고나 할까.

품새가 예사롭지 않은 마애불은 벌떡 일어서서 산 아래의 마을을 굽어보고 있다. 마을을, 아니 세상사를 감지하려는 걸까. 장대한 마애불의 표정이 순박하면서 진지하다. 수시로 들려오는 상선암의 염불과 목탁소리를 들으며, 주야로 남산을 지키고 섰다. 그 진득함이 신라의 긴 역사만큼 길게 이어질 테다. 선조들의 발자취가 보존되어 온 것은 많은 사람들이 마애불을 신성시한 것도 한몫 들었다고 생각한다.

절벽 위의 상사바위에 상사병이 난 사람이 기도하면 병이 낫는다는 전설이 있다. 고깔바위, 개눈바위, 부부바위, 삼신당바위도 지금까지 신앙의 바위로 전해오고 있다. 만물을 닮은 그 이름만으로도 기이하고 신기하다. 중첩을 이루고 있는 바위를 많은 사람이 삐대어 모가 깎이어 뭉개졌으리라. 천오백 년 세월 동안 수많은 사람들의 소박한 마음과 발길이 이어진 경주 남산, 특별히 역사를 많이 품고 있는 산이 됐음직하다.

산과 바위는 사람과 떼어 놓을 수 없는 돈독한 사이로 유지되어

왔다. 신라인들은 산이 고향이었고, 생의 무대였다고 할 만큼 산과 가까이 지냈다고 한다. 산기슭에 집을 짓고, 산처럼 둥그스름하게 지붕을 씌웠다. 두루뭉술했을 그들의 심성과 생활상이 지붕에서도 나타났던 것이다. 그들은 생명을 다하면 산이 곧 영면永眠의 터전이었다.

우리네 삶도 사후 세계로 연결되는 것 같다. 한동안 다세대 주택같이 소규모인 공원묘지가 늘어나더니 언제부턴가 아파트 같이 아래 위층이 다닥다닥 붙은 납골당이 불어났다. 이제 수목장이이라는 장례문화가 자리 잡았다. 자연과 가까워지고 싶은 우리의 소원은 저승에서나 이루어지려나 보다.

여기저기 솟아오른 많은 바위의 형상이 사람 모습이다. 혹 그들의 넋이 바위 속에 숨어 있는 것은 아닐까. 어느 수필 선생이 마애불은 사람이 바위 속에서 스스로 바위를 뚫고 걸어 나와 마애불이 되었다고 했다. 그 선생의 상상력과 새로운 인식이 놀라웠다. 내 눈도 그렇게 트일 날이 오기나 할까.

먼 훗날의 사람들도 삶이 고단하고 힘들 때 온화하고 호담한 이 마애불 앞에서 마음의 평안을 얻지 않을까. 마애불은 이미 천년의 세월을 고스란히 안고 살아 있다. 또 다시 천오백 년 세월이 더 흘러간다 해도 사람들과 불심의 연을 맺어 가리라. 무엇이든 오래된 것은 앞으로 그만큼 더 오래갈 것이라는 암시를 주지 않는가. 상선암 마애불은 바위의 맥박 소리가 끊어지지 않는 한, 영원히 이 성스러운 자리에 서서 조용히 천년의 미소를 지을 것이다.

환선동굴, 그 신비의 동굴 속으로

환선동굴은 조명대의 전깃불이 별빛처럼 빛난다. 조금은 음침하고 을씨년스러울 것이라는 내 추측은 빗나갔다. 다만 싸늘한 기운이 온몸을 감싼다. 크고 작은 바위와 울툭불툭한 돌무더기에 더러 발길이 차일 줄 알았다. 하나 인공미가 넘치는 철제난간 길이 관람로를 따라 쭉 이어져 있다. 현대가 과거를 받쳐주는 셈이랄까. 아무리 산수가 좋아도 산길이 없다면 아름다운 경치를 볼 수 없다. 동굴도 이 길 덕분으로 가파른 길을 수월하게 갈 수 있다. 하지만 철계단이 태곳적 신비를 조금 빼앗아 간다.

사방으로 보이는 것 모두가 신비덩이다. 낯설면서도 왠지 친근감이 간다. 어디서 본 듯한 것들이다. 천장과 벽에 굳어 있는 화석들, 그중에 코끼리 형상과 큰 입을 떡 벌린 하마가 단연 시선을 압도한다. 물먹은 하마가 흘리는 물일까. 천장에서 일정하게 물방울이 떨어진다. 톡톡 공 튀는 소리다. 그 울림에는 생동감이 흐른다. 사람들이 떠드는 소리와 합성되어 화음을 이룬다. 늘 그날이 그날 같은 내 생활에서 새로운 일, 좋은 일을 꿈꾸지만 변변하게 이루어 놓은 것이 없다. 산뜻한 물방울 소리가 의기소침해 있는 내 마음을 깨어 준다. 뾰족뾰족한 화석은 오랜 세월 떨어진 물방울에 부딪쳐 점점 뭉긋해지고 있다.

반대로 물방울에 송알송알 찐 살이 바닷속에나 있을 법한 산호와, 산속의 나무열매를 닮은 예술품을 수천 년의 세월이 빚어 놓았다. 문득 흘러내리는 물만 먹고 자라는 콩나물 생각이 난다. 이 화석도 튕긴 물을 먹고 콩나물처럼 시나브로 성장하나 보다. 그것도 하나하나 동식물의 물체 꼴로 형성해 자연의 오묘함 그 자체다. 물방울이 튕기고 또 튕겨서 천만 번 만에 하나씩 얻어진 세월의 결정체가 아니겠는가.

외진 곳에 다가가니 꿈의 궁전이다. 양 벽면의 올망졸망한 종유석이 비단 커튼처럼 벽을 치장하여 솔로몬의 궁전을 보는 듯하다. 궁전 앞 깊은 웅덩이의 물은 아주 투명한 거울 같다. 떨어지는 물방울 소리는 한 옥타브 더 높다. 시원한 물에 손을 살짝 적시면 마음이 간지러울 것이고, 발을 담그면 가슴이 후련할 것이다. 물속에서 첨벙거리면 온갖 시름을 씻어 줄 것이고, 물 한 사발 마시면 만병이 나을 것만 같다. 아마도 이 물은 바깥세상을 그리다가 쏟아 낸 동굴의 차가운 눈물이 아닐는지.

저만치 '지옥의 다리'라는 팻말이 보인다. 지옥 다리에 발을 들여놓기가 멈칫거려진다. 피해 갈 수 없는 외길이다. 동굴의 길이란 싫으나 좋으나 고분고분 앞사람을 부지런히 따라가야 한다. 무서워하면서도 난간 사이로 살짝살짝 눈이 간다. 천길만길의 낭떠러지라 아득하다. 삶의 길에서 벼랑 끝에 섰을 때도 이랬다. 행여 떨어질세라 가슴이 벌름거리는 것까지도 똑같다. 내 다리도 아니, 마음도 이 출렁다리처럼 휘청거린다.

겨우 건너와 막 한숨 돌리려는데 이건 또 뭔가. 이번에는 참회의 다리가 기다리고 있다. 제 아무리 강심장이기로서니 지옥 다리를 건넌 직후인데 작비금시가 없을까. 잘못한 일로 회개할 것이 왜 이다지도 많은지. 누구나 다급한 일을 당했을 때 자신을 돌아보게 된다. 자연은 어디서든 스승이 되어 준다는 것을 동굴이 보여 준다. 동굴 구경에 자칫 환상에 빠져든 사람들에게 정신을 번쩍 들게 하려고 지옥과 참회를 경험하게 한 것일까.

뉘우치고 깨닫게 해 놓고 안심하라는 듯 가부좌를 한 스님 형상이 엄숙히 앉아 있다. 도를 닦기 위해 동굴에 들어갔으나 되돌아나오는 것을 본 사람이 없다 하여 스님을 '환선幻仙'이라 한다고 한다. 딱 한 가지 소원을 들어준다는 전설에 나도 스님 앞에 어느새 두 손을 모으고 있다. 만인의 소원을 들어 주는 스님은 지치지도 않을까. 온화한 표정이다.

구석진 곳에 처연하게 서 있는 마리아상은 많이 외로웠는지. 똑같이 닮은 마리아와 다정히 마주보고 있다. 서로 헤어지지 말자는 듯 한시도 눈길을 다른 데 주지 않는다. 물속에 비친 제 그림자인 것도 모른 채. 착각은 때로 행복이 된다고 하더니 이 경우와 맞아떨어진다. 이게 내 모습인지도 모른다. 지금껏 수많은 착각 속에서 살아왔기에 조금은 더 편했을 것 같다.

하늘로 승천하는 용, 모두가 부러워하는 용이 모형이지만 코앞에 있다. 조각가가 빚어 놓은 만큼 정교하지는 않으나 여의주를 물고 있는 폼이 위엄스럽다. 해가 저물었으니 어서 돌아가라며 호통을 친다. 모두들 겁이 났을까. 그 많던 사람들이 얼추 동굴을 빠져나가고 없다. 동굴 안에 떨어지는 물방울 소리만 적막을 깬다. 동굴의 숨소리인지도 모르겠다.

동굴 속의 길은 막힌 데는 되돌아가게 하고, 열린 데는 볼 것 다 보게 내버려 둔다. 질서를 흐려서도, 오래 어정거려서도 안 된다. 삶의 길이 동굴 안에처럼 이미 정해진 길, 예정된 길이라면 얼마나 재미없고 무의미할 것인가. 다행히 인생길에는 사연이 간직돼 있는 산과 들, 바다와 강, 하늘과 땅에 길이 언제나 사방팔방으로 열려 있다. 그 길을 따라가는 것은 세상과의 소통이다.

환선동굴을 일명 환상의 동굴이라고 이름 지어 본다. 동굴의 유래나 이름은 다르지만 아름다운 한 여인이 이곳에서 자주 멱을 감고 하여 선녀가 환생한 것이라 하고, 바위 더미가 쏟아져 여인이 자취를 감추었다 하여 환선동굴이라 이름 지었다는 전설이다. 동양 최대라는 석회 동굴, 시간을 거슬러 올라가 볼, 환상의 땅 밑 구경에 자연과 동화된 시간은 사실 잠깐이다. 주어진 시간 안에 오억삼천만 년을 가슴에 축약해 담으려고 한다. 자연의 위대함을 오래도록 잊지 못할 것이다.

동굴은 누가 무슨 말을 하든, 무슨 생각을 하든간에 말이 없다. 세월을 그냥 나이 먹듯 먹고, 세월을 꿈인 양 끌어안고 있을 뿐이다.

우듬지에 핀 꽃

　태국의 도심 빌딩 사이사이에는 낡은 양철지붕의 집이 더러 있다. 미간상 주변 정리를 빨리 해버리는 우리와는 다른 것 같다. 겉으로 보여지는 것을 크게 염두에 두지 않는가 보다. 있는 그대로 수명을 다할 때까지 느긋하게 기다려 주는 미덕일까.

　시멘트로 만든 전봇대와 고가다리의 교각들이 모두 네모모양으로 각이 서 있다. 열대지방에 흔한 뱀들이 둥근 전봇대를 휘감기 때문이기도 하고 태풍이 없는 것도 하나의 이유라고 한다. 태풍 때 사각모서리는 바람을 맞받아치게 되어 치명적이다. 물건은 둥근 것보다 네모로 만들기가 쉬우며 시공 때도 한결 수월하다는 것이다. 그만큼 경제적으로도 덕을 보겠다. 하지만 태풍이 없어서인지는 몰라도 물이 너무 오염된 것 같다. 수돗물로 양치질을 하고 반드시 생수로 치아를 헹궈야 된다고 할 정도라고 한다. 바다, 강, 내 등에 잠재해 있는 이물질을 대거 제거할 기회를 주는 것이 태풍이기도 하지 않은가. 태풍으로 인한 엄청난 피해에다 견줄 수는 없지만 말이다.

　태풍이 없어서 수상시장이 생겼을까. 파타야 외곽에 위치한 담넌

사두억의 수상시장은 이곳 서민들의 삶의 무대이고 생활의 터전이
라고 한다. 생필품을 파는 가게들이 길게 이어져 있다. 태국의 동부,
서부, 남부, 북부지역의 특산품과 공예품, 각종 기념품, 사람살이에
필요한 의류, 신발, 가방 가게들이 물길 따라 오밀조밀 마주보고 있
는 게 다정스러워 보인다. 진열된 고만고만한 물건들도 살뜰한 상
인들 같다. 시장 면적이 삼천여 평의 규모로 강물 위에 나무로 지은
건물들이다.

꼬불꼬불 난 물길에는 롬 테일 보트를 네댓 명씩 타고 관광을 즐
기는 사람이 많다. 그들이 쓴 노란색 모자가 사방 챙이 넓고 둥그렇
다. 얼굴 방향이 돌아갈 때 해바라기꽃 같다. 산뜻한 모습이 전통
시장에 활기를 불어 넣고 관광객들에게 볼거리를 제공해 준다. 노
젓는 솜씨가 예사롭지 않다. 좁은 물길에도 서로 부딪치지도 않는
걸 보면 사공의 그동안 쌓은 이력이 나타난다.

물가에는 점포에 기대거나 걸쳐진 색색의 천막과 큰 파라솔이 또
다른 노전의 좌판을 벌여 놓았다. 갖가지의 다양한 먹거리가 펼쳐
져 사람들의 발길을 붙든다. 아이스크림, 부침개, 꼬지, 과자는 눈에
익는데 처음 보는 이곳 특유의 음식은 생소하기만 하다. 사람들은
삼삼오오 앉거나 서서 처음 먹어보는 음식으로 군것질을 하며 이국
의 입맛에 즐거워한다. 그 전날 먹어 본 태국의 음식인 '폼양꿍'이
우리 입맛에 도통 맞지 않았다. 그랬기에 우리 일행은 눈에 익숙한,
친근한 입맛에 길들어진 꼬지와 아이스크림을 사 먹으며 행복한 미
소를 짓는다. 태국 사람들의 생활 방식이라는 '오늘 행복, 내일 몰

라.'와 같은 느긋한 마음이 된다.

거룻배에는 먹음직스런 과일을 가득 싣고 유람을 즐기듯 과일을 사고판다. 물물교환과는 딴판이지만 이색적인 상거래가 볼만하다. 세계 곳곳에서 모여든 수많은 관광객들이 물의 어울림처럼 서로 자연스레 어우러지는 모습도 여기 수상시장의 또 다른 진풍경이라고나 할까.

여행의 의미는 우리와 다른 그 나라의 유서 깊은 유적지나 역사를 알아보는 것이 중요하다. 하나 이런 자잘한 볼거리와 낯선 거리의 표정, 스쳐 지나가는 낯선 사람들의 의상과 말씨, 그 지역마다 다른 다양한 먹거리에서 새로운 문화를 배우는 재미도 크다. 사람이 살아가는 환경과 생활은 차이가 있겠으나 세상 어디라 해도 주고받는 인정은 만국 공통어인 듯하다. 온통 낯설지만 결코 낯설지 않는 느낌이 들게 하는 것도 그 때문인가 보다.

상점 바로 밑이 강물이다. 강우량이 불어날 때는 어떤 대비책을 쓸까 하는 궁금증도 일어난다. 짐짓 물속에 잠겨 있는 나무기둥이 썩지 않을까 하는 염려도 든다. 나무 걱정은 기우였다는 것을 가이드의 설명이 이내 깨닫게 해준다. 건축 목재로는 야자수, 코코넛나무라는 말도 있다고 하고, 맹그로브나무라고도 한다. 어쨌거나 맹그로브는 진흙땅에서 서식하므로 물에서 수명이 사오십 년은 거뜬히 견뎌낸다는 것이다. 일명 지구를 살린다는 거대한 명함을 갖고 있는 나무라고 한다. 시멘트도 쇠도 흐르는 세월에는 부식되는 터. 도저히 믿기지 않는다. 하물며 그냥 나무일 뿐인데. 참으로 놀랄

만한 일이다.

물속의 나무기둥들도 이곳에 오기 전에는 무성한 잎으로 사람들에게 그늘을 주었을 것이고, 산소 공급으로 환경 정화에 큰 몫을 했으리라. 그동안 나무가 차곡차곡 쌓아 두었던 그 공덕이 가상하여 물도 나무 기둥을 단단하게 붙들어 주는지도 모른다. 나무 기둥은 무엇이든 공짜도 없고 독불장군도 없다고 한다. 수상시장을 따로 떼어 놓고 볼 때 고립된 섬 같다. 그러나 집과 집이, 마을과 마을이 으레 연결된 것과 크게 다를바 없을 테다.

강물은 텁텁하고 뿌옇다. 쌀뜨물보다 탁한 황토 물 같기도 하다. 이 물은 어디서 흘러왔다가 어디로 흘러가는지 알 수 없다. 군데군데 물을 순환시키는 기구만 쉼 없이 물줄기를 뿜어낼 뿐이다. 코를 막을 해감이 없는 걸 보면. 수질이 아주 오염된 것은 아닐 듯 싶다. 수상시장을 오픈한 지는 5년이 지났고, 처음 얼마까지는 무료입장이었는데 어느날부터 비싼 돈을 지불하게 됐다고 한다. 그 수입으로 머잖아 떼부자가 될 사람이 많을 것이라는 가이드의 말에 모두들 별의미 없이 웃고 만다. 나도 그들이 부자가 돼도 좋고 안 돼도 그만이라는 생각이 든다.

'백만 년 나무화석 공원'에서 돌덩이 같은 나무화석을 진지하게 본다. 수상시장 나무 건물의 튼튼함과 연관성이 있을 법하다. 어쩐지 나무화석의 무게가 수상시장의 그 건물에다 어떤 보이지 않는 힘을 보내 줄 것만 같다. 나무화석은 수억 년 전 최고의 거목으로 당대를 누릴 때 지각변동을 당한 것이다. 하루아침에 떡 벌어진 땅의 무저갱으로 침몰하면서 아프다는 소리도 지를 사이 없이 가뭇없이 사라졌을 테다. 아마도 삭이지 못한 이승에서의 꿈이 영원히 살아 있는 돌이 됐을까. 거저 된 것은 아니리라. 세상 밖으로 나가게 해 달라고 날마다 빌고 빌었을 것이다. 나무화석이 되어 뼈가 가루가 될 때까지 가만히 서 있겠다고 맹세도 했을 테다. 그렇게 될 날이 오리라는 꿈을 안고 나이를 먹고 또 먹다가 새로운 자연 환경 변화로 인해 다시 세상 구경을 하게 된 것이리라. 윤회설과 아주 거리가 먼 것도 아닌 것 같다.

나무화석들과 이백 년이 넘은 아름드리 거목들, 괴상하고 기이한 바위들이 너른 공원에 편안하게 자리하고 있다. 바위와 나무는 제각각 연인 사이인가. 바위는 나무를, 나무는 바위를 의지하는 것은 아닐까. 바위는 제주도의 현무암처럼 구멍이 숭숭 뚫어진 것이 많다. 다만 색깔이 불그스름하다. 적무암이라 해 본다. 백만 년의 세월을 다 품고 있자니 가슴이 답답하고도 남겠다. 그것을 억누르다 못해 억지로 숨통을 틔웠을까. 달아 오른 열꽃일까. 키 높은 거목들만이 바위의 속사정을 알 것이다.

화석들은 긴 세월 동안 제 자리를 고수하고 있는 셈이다. 화석엔 공원이 안고 있는 수많은 이야깃거리가 목책으로 엮어져 차곡차곡 쟁여 놓았겠다. 변덕 부리는 날씨와 하늘과 구름, 비바람의 동향까지도. 어마어마한 자연의 역사책이 아니겠는가.

그런 것들에 설레기도 하고 의문스러워 하고 있는데 저만치 한 그루의 고목이 내 시선을 강하게 끌어당긴다. 둥그스름하면서 약간

긴 수관을 가진 고목의 우듬지에 활짝 핀 수백 송이의 빨간 꽃이다. 꽃들은 하늘거리며 어서 봐 달라고 손짓한다. 푸르고 무성한 나뭇잎 위에 밥그릇의 고봉밥처럼 소복이 얹혀 있다. 건들 불어오는 바람에 꽃들의 경쾌한 율동이 공원을 거니고 있는 사람들을 즐겁게 해 준다. 고목의 근방 어딘가에서 뿌리를 내렸을 덩굴손이 부지런히 줄기를 뻗어나가 피운 꽃인가 보다. 볼수록 참한 풍경에 절로 감탄사가 나온다.

덩굴손은 얼마나 그 높은 미지의 세계를 꿈꾸어 왔으면, 얼마나 쉬지 않고 날마다 올라갔으면 저 높은 곳에서 찬란하게 꽃을 피웠을까. 고목은 짊어지고 이고 있는 많은 식솔을 거느리면서도 덩굴손의 손을 선뜻 잡아 주었던 것 같다. 덩굴손도 고목이 행여 야멸차게 밀어내지 않을까, 한 걸음 한 걸음 다가갈 때 마음이 조마조마했으리라.

처음에는 고목의 큰 둥치를 조금 수월하게 탔을 것이고 그 다음은, 많고 많은 가지 속을 요리조리 헤집으며 어렵게 잎사귀 위로 올랐을 테다. 혹독한 고생 끝에 마침내 우듬지에 둥지를 튼 게 분명하다. 비록 고목의 힘을 빌렸겠지만 줄기차게 내달린 의지가 대단하다. 어쩌면 고목도 꽃을 피워준 덩굴손을 엄청 고마워하는지도 모르겠다. 스스로 못 피우는 꽃, 이렇게 꽃 왕관을 멋지게 씌워 주지 않았는가. 구름도 비켜간 푸른 하늘, 그 부신 해의 빛이 더해진 꽃을 금관이라고 해도 될까. 약하고 약한 덩굴손을 품어 안아준 고목에도, 당차게 꿈을 이룬 덩굴손에도 큰 박수를 보낸다.

식물이기에 가능한지도 모른다. 인간 세상에선 보기 드물다. 자리다툼이 없는, 마음이 아름다운 식물의 세계가 부럽다. 우듬지의 저 꽃과 듬직한 고목이 무슨 일이든 포기란 없다고, 더불어 살아가라는 메시지를 전하는 것 같다. 수상시장의 물속 나무기둥이 무엇이든 공짜도 없고, 독불장군도 없다고 하던 그 말이 여기까지 따라와 내 귓전에서 맴돈다. 공원을 포근히 감싸고 있던 바람도 '맞다, 맞다.' 하면서 기척을 낸다.

자연으로부터 축복받은 나라, 수상시장의 나무집도 죽은 나무에 핀 아름다운 꽃이 아닌가. 영원히 살아 있는 나무화석과 바위도 시간이 피워낸 꽃이다. 지레짐작건대 이곳에 태풍이 없는 한 이 꽃들은 언제까지 꽃으로 살아갈 것이다.

우듬지에 핀 꽃, 오래 머물고 싶은 여행지의 묘미가 그 나라에 있었다.

구비문학을 찾아서

전설과 설화를 만나러 가는 길은 설렘 반, 기대 반이다. 부산의 명산, 금정산이 품고 있는 많은 이야기에 대한 호기심이 지레 가슴을 부풀게 한다. 리포트 과제로 나온 구비문학을 녹취하기 위해서 구연자를 뵈러 금정산 정상에 못 미쳐서 자리한 미륵사를 찾아가는 길이다.

미륵사 마당에는 몇 마리의 개들이 태평스럽게 낮잠을 자고 있다. 푸름을 자랑하는 아름드리 은행나무가 반가운 듯 우리를 맞아준다. 코끼리 형상의 큰 바위 여섯 개가 중첩을 이루어 미륵사를 자식처럼 꼭 껴안고 있다. 아무리 큰 비바람이 몰아쳐도 감싸고 있는 바위들이 미륵사를 지켜줄 것만 같다. 첫 걸음에 주지스님인 구연자를 뵈올 수 있는 행운까지 얻어 답사가 무리 없이 진행될 예감이 든다.

그 옛날 원효대사는 코끼리상 바위를 천년 미륵부처로 보았다고 한다. 대단한 선견지명先見之明이다. 긴 세월 온갖 풍파에 시달렸을 바위가 그저 화평하다. 자연의 순후함에 절로 고개가 숙여진다. 바위만큼이나 성정이 곧았을 원효대사가 코끼리바위 앞에서 백발의 수염을 쓸어내리며 묵직하고 긴 목지팡이를 짚고 서 있는 듯하다. 영화에서나 뵌 대사의 온화한 모습과 넓은 도량이 큰 바위를 닮았다고 할까.

너그럽게 포용해 주는 미륵사의 유한 주지스님은 오랜 시간을 우리 일행과 함께해 준다. 다소 난삽할지도 모른다고 생각한 것은 기우다. 우리는 금정산이 품고 있는 전설과 설화를 따끈한 차와 다과를 들면서 진지하게 경청한다. 세월을 한참 거슬러 올라가 신라 사람이 된 듯한 느낌에 젖는다. 스님은 간간이 해학적인 말로 명주실같이 부드러운 분위기를 연출한다. 구비문학이 말로 된 것이니만큼 이야기에 절로 심취된다. 이야기를 재미나게 하는 사람보고 '정말 말이 집지다.'라고 한다. 그 말은 이야기도 틀을 짜서 집을 짓는다는 뜻이 아닐까. 그만큼 이야기의 앞뒤 아귀가 맞아떨어진다는 것일 테다.

미륵사를 비롯해서 전국에 많은 사찰을 창건한 원효대사, 그분이 남긴 훌륭한 발자취를 다시 한 번 되새겨 보는 날이다. 원효대사의 일화 중에 의상대사와 함께 당나라로 유학을 가던 도중에 생긴, 잘 알려진 이야기지만 솔깃해진다. 수없이 듣는다 해도 늘 새롭게 다가올 것 같다. 원효대사는 '고총古塚에서 잠을 자다 정말 달게 마신 물이 해골에 고인 물이라는 것을 아침에 알고 모든 사물에는 정淨도 부정不淨도 없다는 것을 깨달았다. 가던 유학도 접고 그때부터 이 땅에 불교 전파를 위해 큰 애를 썼다고 한다.

그뿐인가. 원효대사가 장안사 척판암에서 수행 중이던 때의 일이다. 저 몇 만 리에 있는 중국 운제사란 사찰에 환란이 닥칠 것을 대사는 미리 감지했다. 그만큼 혜안이 깊고 앞찼다는 것을 입증하는 것이리라. 운제사는 중국 남쪽의 종남산에 있다. 그 산은 중국의 불교 중심지인지라 천 명 대중大衆이 화엄법문을 듣고 있었다. 그때 원효스님은 소반 뒤에 '해동원효구지海東元曉求志'라고 적어 법력으로 던졌다고 한다. 소반은 중국까지 화살같이 날아가 운제사 지붕 위에서 빙글빙글 돌며 이상한 소리를 냈다. 법문을 듣던 천 명 대중들이 윙윙거리는 소리에 모두 밖으로 나왔다. 소리가 나는 쪽으로 바라보고 있을 때 순식간에 강당이 와르르 무너졌다. 그 북새통 중에 저만치 떨어져 있는 신기하고도 이상한 물체를 살펴보았다. 뜻밖에도 소반이었다.

천 명 대중은 신라의 원효대사가 자기들을 구해준 것을 알고 원효대사를 찾아서 모두 신라로 건너오게 되었다. 그때 원효대사는 천성산 원효암에서 수행 중이어서 원효암에 천 명을 다 수용할 자리가 없었다. 그 계기로 천성산 상봉에서 화엄법문을 설했고, 천성산 아래 내원사를 세워 작은 암자를 백여 개나 만들고 그곳에서 대중들과 함께 생활했다고 한다.

그 후 원효대사가 금정산 산책길에서 천년미륵으로 보이는 이 바위산을 발견하고 이곳에 암자를 지은 것이 미륵사다. 대사는 미륵사에서 저술활동(미륵상생경요)에 몰두하느라 내원사에 발길이 뜸하였다. 그때 천 명 대중이 대사를 찾아 미륵사로 몰려왔다. 북문의 터에 천막으로 임시 법당을 만들어 대중들에게 화엄경으로 야단법

석野壇法席을 열었다. 화엄경을 강했기에 그 자리를 화엄벌이라 하고, 원효스님이 설법을 했던 바위는 '원효지반지신'이라는 바위로 남아 있다. 천성산에서 설법한 자리는 제1화엄벌이고, 금정산에서 설법한 북문 앞은 제2화엄벌이라고 한다. 금정산 북문에서 천성산을 바라보면 화엄벌의 원효암이 어렴풋이 보인다. 우연 치고 참으로 놀랍다. 원효대사의 그 높은 평가를 가히 알만하다.

미륵사 큰 바위틈에서 날마다 원효대사의 하루 공양이 될 만큼 쌀이 나왔다고 한다. 하루는 사미승들이 한꺼번에 쌀을 많이 나오게 하기 위해 부지깽이로 구멍을 휘저었다. 그 욕심이 화근이 됐을까. 아니면 원효대사가 물과 인연이 깊었을까. 쌀이 아닌 물이 나왔다고 하는 걸 보면 말이다. 그때의 그 물이 물줄기처럼 지금껏 이어오고 있는 석간수라고 한다. 석간수는 미륵사를 찾아오는 수많은 사람들과 등산객들의 목을 축여주기도 하고 약수로 물을 길어 가기도 한다. 심한 가뭄이 들 때도 장마가 질 때도 물의 양이 항상 똑같다고 한다. 여기에 꿀맛 같은 물맛도 언제나 한결같다니 더욱 신기한 일이다.

미륵사 곳곳에 원효대사의 지혜가 살아 숨 쉬고 있다. 신라장군기를 꽂아 왜군을 불러들여 물리쳤다는 이야기에 스터디 팀원들의 표정이 진지하다 못해 열정으로 가득 찬다. 눈이 반짝반짝 광채가 난다. 매초롬한 그들 속에서 왕언니라는 별칭을 가진 나는 '십 년만 더 젊었더라면.' 하는 안타까움이 염치없게도 자꾸만 일어난다.

금정산은 산세가 뛰어나고 넓고 높아 명산이라고 할 것이다. 금정산의 맥을 이어가는 데 원효대사의 거룩한 향기가, 고고한 숨결이 머물고 있기 때문이라고 덤을 얹어 주련다. 원효대사는 왕가의 호사를 마다하고 암자와 토굴을 집을 삼고 세상의 아픔을 함께 나누었으니 이런 내 생각이 틀리지는 않으리.

하산길에서도 되돌릴 수 없는 젊음을 못내 아쉬워하는 나를 대사가 슬쩍 훔쳐보았을까. '그런 욕심은 떨쳐내야지.'라고 하는 근엄한 목소리가 솔바람을 타고 들려온다. 온전한 자연 앞에서 욕심덩이를 안고 있는 자신을 돌아본다. 우리를 따뜻이 배웅해 주는 여러 나무들 보기에 많이 민망하다.

한 선승의 발자취가 아직도 내 귀에 쟁쟁하다.

은행나무를 바라보다

청도 적천사 앞이다. 우람한 은행나무 두 그루가 나란하게 서 있다. 은행나무는 위풍당당하고 기품이 빼어났다. 나무 둥치가 여남 아름은 족히 되겠다. 한 뿌리에서 서너 개의 굵은 둥치를 더 늘려 식구를 불렸다. 거기서 또 애채를 피워낸 가장자리는 마치 수많은 신하를 거느린 임금 같고, 앞뒤 옆으로 뿌리 내린 작은 둥치는 호위병 같다. 적천사는 은행나무의 위용으로, 은행나무는 적천사의 고즈넉한 분위기로 서로를 안온하게 보듬고 있다.

은행나무는 대부분 도로가의 가로수로 즐비하다. 또 사찰이나 시골역 마당에서도 더러 볼 수 있다. 거리와 사찰, 역이 유달리 오래 기억에 남는 데는 특별한 나무가 있는 데서 깊이 각인된다. 이를테면 운문사에는 축 처진 소나무가, 해인사와 다솔사에는 큰 고사목이, 적천사는 거목인 은행나무를 생각하게 되는 것이다.

나무도 어느 장소에서 사느냐에 따라 그 의미가 달라 보인다. 한적하고 공기 맑은 곳에서 턱 버티고 선 나무는 풍족함에 여유가 넘친다. 도심의 가로수는 과다한 자동차 배기가스에 찌든 것이 안쓰럽다. 우리네 인생길이나 나무의 삶이나 하등 다를 게 없다는 생각이 조심스레 든다.

커다란 은행나무가 도심의 외곽 동네에 수문장으로 서 있는 것을 종종 본다. 적천사의 은행나무와는 처해 있는 환경이나 몸체가 천양지차다. 하지만 부챗살을 닮은 수관이 청청할 때는 준수한 신사 이미지가 풍기고, 노랗게 물이 들면 한복을 입은 여인처럼 우아하다. 여기에 마을 사람들에게는 쉼터가 되어 주고, 마을을 찾아오는 사람들에게는 이정표 소임을 한다. 언제나 마을의 화합과 안녕을 기원해 주는 든든한 기둥 역할을 단단히 하는 셈이다.

은행나무가 지닌 준수함과 우아함이 나무 재질에서 선명하게 나타난다. 최고급 소반을 은행나무로 만드는 만큼 무늬목의 은은함이 뛰어나다. 그 멋은 마루 바닥재로도 출중하다. 견고하고 또렷한 문양이 살아 있는 듯 마음을 사로잡는다. 숨 쉬고 있는 고운 결이 나무의 전설을 세세하게 들려 줄 것만 같다.

적천사의 은행나무 두 그루는 임금과 왕비의 연을 맺었는지도 모른다. 둘이서 마주보고 나눈 속 깊은 정이나 날마다 서로 주고받은 세상사 이야기를 흘러간 날짜 수만큼 간직하고 있으리라. 법당에서 들려오는 독경을 많이 들어 부처 나무가 되었음직도 하다. 긴 세월 어지러운 세상사를 끌어안고 그저 자연에 순응하면서 인고한 세월을 갑옷인 양 껴입고 있을 뿐이다.

이 은행나무는 팔백 년 동안이나 한자리를 지켜온 영물이다. 한 많은 역사를 고스란히 보듬고 있다. 숱한 사연을 털어놓는 듯 노란 이파리를 우수수 떨어뜨린다. 이파리는 수백 마리의 노랑나비가 되어 팔랑팔랑 난다. 은행나무가 삼켜온 속울음인가. 우리에게 내려 주는 성스러운 축복인가. 어쨌든 조금 전 감흥에 젖어 가을의 운치로는 노란 은행단풍이 최고라고 했던 느낌이 싹 가신다. 폭신하고 샛노래서 황홀한 은행잎은 좋지만 풍상에 지쳤을 나무 둥치는 껴안아 주고 싶다. 은행나무를 위로하는지 적천사에서 흘러나오는 스님의 염불소리가 나뭇가지마다 살포시 안겨 든다. 세상 때를 씻어내는 풍경소리도 나뭇잎에 나붓이 앉는다.

두 그루 중에 하나가 노환인가 보다. 절문 중앙에서 비켜선, 몸체가 약간 작은 나무이므로 왕비라고 해야겠다. 누군가가 깊이 파인 상처에다 정성으로 치료해 새살을 채워 놓았다. 얼마나 중차대한 일인가. 은행나무는 세상을 굽어보는 것도 역사의 산증인이 되는 것도 이제 버거운 모양이다.

나무는 살아서 천 년, 죽어서 천 년이라 한다. 우리나라에서 은행나무 중 가장 키가 큰, 경기도 양평에 있는 용문사의 진기한 그 은행나무의 나이를 천백 살쯤으로 추정하고 있다. 그러니 두 은행나무가 여기에 머물 날은 아직도 창창 남았지 않겠는가. 은행나무는 신라 문무왕 때 보국지사 지눌이 지팡이를 꽂아 놓은 데서 뿌리를 내렸다고 한다. 울울창창 무성한 숲이 지눌의 공덕이라면, 잎을 떨쳐낸 앙상한 가지는 은행나무가 견뎌낸 세월이 아닐까. 거기에 중생들의 시름을 묵묵히 받아 안은 부처의 힘이 뿌리까지 스며들어 나무가 지탱하는 데 큰 몫을 했으리라.

천연기념물 402호인 꿈성한 이 은행나무는 스스로 갖은 노력으로 키를 키워 왔을 것이다. 쌓아올린 내공으로 적천사의 귀한 보물인, 가끔 절 마당에 높게 펼쳐 놓는 괘불의 높은 어깨와 나란히할 수 있었지 싶다. 거기엔 천왕문의 사천왕들이 도량을, 은행나무를, 저 너머의 부도 밭까지 밤낮 눈을 부릅뜨고 지켜준 덕도 클 테다. 은행나무는 그 공에 힘입어 까치발을 하고 민초들의 삶을 내려다보았을 것이다. 그것을 아는 많은 신하와 호위병이 은행나무가 다시 천세를 누릴 수 있도록 충성을 다하는 것으로 보인다.

그동안 적천사에 들고 나고 했던 주지 스님들은 은행나무의 동태를 세밀히 살폈을 터, 그만큼 정도 푹 들었을 것이다. 하여 은행나무와의 이별이 무거운 수행이 되지는 않았을까. 어떤 인연도 돈독한 정을 쌓을 때보다 그 끈을 놓는 것이 더 어렵지 않던가.

은행나무에서 기다림의 미학을 본다. 갑갑할 때는 의연히 서서 바람을 기다리고, 목마를 때는 비를 기다리고, 외로울 때는 사람을 기다렸으리라. 눈부신 황금색의 풍요를 만인에게 나눠 주기 위해서 말이다. 마음을 기댈 수 있는 은행나무가 고단한 삶을 내려놓는 민초들 가슴에 보물로 오래 남아 주었으면 하는 바람이다.

명상의 글에서 은행나무는 동시에 '생각을 정리하고 또 거기에 집착하지 않을 수 있는 힘을 준다.' 그리고 '몸의 해독작용을 돕는다.'고 했다. 이것은 마치 스님의 법문 같다. 사찰의 은행나무가 특별히 건재한 이유가 여기에 있는지도 모르겠다.

은행나무에 포근히 안긴 햇볕이 오수를 즐기고 있다.

날벼락

　견인차가 승용차 한 대를 견인해 가고 있다. 차는 도살장으로 끌려가는 소의 신세와 흡사하다. 부서진 차가 볼썽사납기도 하고, 안쓰럽기도 하다. 보는 것이 거북스럽지만 교통체증으로 차가 더디게 움직이니 자꾸 눈에 들어온다. 견인차에 매달린 차의 몰골이 죽을 상이다. 아니 아예 생명이 박탈당했다. 도살장의 소는 부위별로 분류하여 판다. 저 차도 폐차장에 가면 부속품의 기능대로 분리되어 대부분 팔려 나갈 것이다.

　불현듯 허리 견인 치료가 생각난다. 몇 해 전 내가 우리 가게 앞에서 가벼운 플라스틱 의자에 등을 기대고 앉았다가 뒤로 돌아보는 순간에 홀라당 넘어졌다. 콘크리트 바닥이라 몸이 큰 충격을 받았다. 그 바람에 멀쩡했던 양쪽 어금니가 한 개씩 깨지고, 허리 디스크란 진단을 받았다. 한마디로 날벼락을 맞은 격이다.

　처음으로 치아 두 개를 치료하여 덮어씌워야 했고, 허리의 통증은 수 개월 동안 약을 먹고 물리치료를 받아야 했다. 치료실의 기계에 누워 몸을 밀착시켜 가슴과 배를 꽁꽁 묶었다. 허리를 꽉 조여서 당기고 펴주는 것이 견인 치료다. 꼼짝없이 끌려가는 저 자동차마냥 나도 물리치료를 받을 때 기계에 온몸을 맡겼다.

자동차는 앞 펌프가 다 찌그러들고 창이 다 깨졌다. 문짝이 덜렁덜렁 금세 떨어질 것 같다. 사고 당시 차를 빙 둘러섰던 사람들의 중구난방 떠들었을 소리가 만신창이 된 차만큼이나 어지럽게 들려오는 듯하다. 사람들은 무슨 일이든 구경하는 것을 좋아하지 않는가. 사람을 모이게 하는 것도 사람이고, 사람 구경하는 것도 사람인 것을.

나도 싸움구경은 누가 이기는가에 초점을 두고, 물난리 때는 범람한 물에 무엇이 떠내려가는지가 궁금하다. 불이 났을 때는 시뻘건 불꽃의 춤과 내뿜는 검은 연기가 스릴을 느끼게 한다. 안타까운 마음과 아주 다르다. 몹쓸 심성이 아닌가. 나 역시 여럿에게 구경가마리가 될 때도 있다는 것을 까맣게 잊고 말이다.

엉망이 된 자동차로 미루어 사고 당시 차에 타고 있었던 사람이 무사하지 못했을 것 같다. 운전자는 맑은 하늘에 날벼락을 맞은 셈이다. 퇴근길에 변을 당한 사람이라면 반갑게 맞이해 줄 식구를 떠올려 보는 여유에 차 있었으리라. 한순간에 들이닥친 사고, 그것을 피할 수 없는 운명이라고 하는 걸까.

언젠가 티브이에서 본 〈동물의 세계〉란 프로그램에서였다. 수컷 공작이 양쪽 날개를 부채처럼 쫙 펴고 암놈에게 애원하듯 구애를 했다. 그 광경이 참으로 황홀하고 멋있어 보였다. 마주보고 있던 암컷은 세상이 보랏빛인 양 활짝 웃고 있을 것만 같았다. 공작의 날개는 앞뒤가 영 딴판이었다. 앞은 영롱한 빛에 구슬처럼 동글동글하게 생긴 무늬로 색상이 화려했고, 뒤쪽은 정교하게 잡힌 주름치마같이 단순하면서 체계를 갖춘 모양이 당당하고도 담담했다.

제주도 어느 공원의 동물원에서 여러 마리의 공작이 한 공간에 있는 것을 보았다. 철망 밖에서 내가 날개를 활짝 펴달라고 공작에게 눈으로 사인을 보내며 손으로 지시를 했다. 하지만 공작은 아무런 동작도 취하지 않았다. 티브이에서 본 멋있는 모습을 끝내 못보았다.

티브이의 그 공작은 부채꼴 날개로 온갖 묘기를 부렸다. 암놈한테 사랑을 얻기 위한 멋진 모션을 취했다. 그 유연한 몸짓이 화려한 날개만큼이나 아름다웠다. 그들의 사랑 방식을 좀 더 자세히 보고 싶었다. 내가 눈을 더욱 크게 뜨고 티브이 앞에 바짝 다가갔다. 그런데 어찌 그런 일이.

멀리서 공작의 행복을 지켜보던 한 마리의 사자가 시샘이 났을까. 불시에 나타났다. 티브이 화면을 꽉 메운, 으르렁거리는 사자의 모습은 몹시 험상궂었다. 사나운 사자는 공작에게 잽싸게 달려들었다. 공작이 위기를 모면하기에는 너무나 역부족이었다. 죽을힘을 다해 버둥거려 볼, 아파서 울 틈조차 주지 않았다. 바람 앞에 촛불이었다. 사자는 순식간에 공작의 날개를 날카로운 이빨로 낚아채어 발로 목을 짓누르고 밟은 뒤 입으로 꽉 물었다. 실신한 공작을 질질 끌고 어슬렁거리며 가는 것이 아닌가. 사자가 공작을 무단으로 견인해 간 것이다. 그 잔혹함은 모든 공작에게 내리는 엄포이자 횡포였다. 그 떠세를 누가 말린 것인가.

　살벌하고 처참한 장면을 차마 더 볼 수 없어 티브이를 껐다. 아마도 사자는 야지랑을 피우며 공작을 칡처럼 갈기갈기 찢어서 거뜬히 먹어치웠으리라. 그리고 시침 뚝 떼고 '나는 왕이로소이다.'라고 하는 양 폼을 재고 유유히 떠났을 테다. 동물의 세계는 가장 표독하고 날쌘 놈이 제일 강자다. 순하고 약한 순서대로 강한 것들에게 먹이사슬이 된다. 그것들은 양육강식의 생존구조가 공식법이라도 되는 것처럼 너무나 태연자약하다. 속수무책으로 오롯이 당하기만 했던 여린 공작을 보며 권력 앞에 약한 자가 겪는 인간사의 아픔 같은 것이 스쳐 지나갔다.

　도심 동네마다 있었던 작은 가게들이 언제부턴가 줄줄이 사라졌다. 연쇄점, 반찬가게, 빵집, 식육점이 대기업의 힘에 밀려난 것이다. 영세 자영업자들이 먹이사슬의 족쇄에서 벗어날 수 없는 실정에 놓이고 말았다. 전통 재래시장과 동네 터줏대감 구실을 한 목욕탕까지도 현상 유지가 어려운 것은 마찬가지다. 작아서 소박하고 미흡해서 마음을 보태고 싶어 했던 이웃들, 받은 마음에 더 많은 마음을 얹어 주고 싶어 했던 점주의 인정도 함께 멀어졌다. 이 아쉬움마저 훗날 절절한 그리움이 될 것이다.

　자동차는 싱싱 달릴 때 제 몫을 한다. 새는 힘껏 비상할 때가 정말 멋지다. 공작은 한껏 날개를 펼칠 때가 가장 아름답다. 사람은 희망의 설계에 푹 빠질 때 참으로 행복하다. 하필 이러할 때 찰나에 일어나는 크고 작은 사고들은 그 무엇에 견인당하는 것일 테다. 이거야말로 날벼락이 아니겠는가.

날벼락은 눈치 없이 우리 주위에서 얼쩡댄다. 어디에도 날벼락이 근접 못하도록 한판 푸닥거리라도 해야 될까 보다. '날벼락이여 물렀거랏!'이라고. 자동차를 매달고 가는 저 견인차가 서슬 퍼른 저승 사자로 보인다.

벽

국악은 멋과 흥이 스며 있고, 가곡은 옛 친구들을 생각나게 한다. 가요는 애절한 가사와 열창하는 가수의 호소력에 빠져들게 한다. 잔잔한 선율의 클래식 음악은 편안함을 주고, 걸쭉한 육자배기 소리에는 질펀한 삶이 묻어난다.

노래는 내게 벽이다. 나는 노래를 부르는 것보다 듣는 것을 즐긴다. 특히 힘들 때 듣고 싶은 노래가 고정돼 있다. 그러는 것이 노래 부르는 데 대한 벽을 점점 두껍게 하는 모양이다. 하여 노래방에 가는 것이 썩 내키지 않는다. 노래할 때 내가 노래 박자를 따라가야 하는데 한 박자 앞서거니 뒤서거니 하다가 두세 박자 놓치고 만다. 멋쩍어 얼굴이 화끈거린다. 내가 언죽번죽할 줄 알면 사정이 다를 테다. 살림하는 것이 노래 부르기만큼 어렵다면 벌써 결딴이 나고 말았지 싶다.

노래는 벽일 뿐만 아니라 빚이다. 노래를 여낙낙하게 불러, 즐거움을 주는 친구에게 빚진 기분이다. 남을 즐겁게 해 주는 것도 복을 나누는 축에 들어간다. 내겐 그 기질이 없다. 벽이나 빚도 포용력이나 유연성이 없기는 똑같다. 그래서인지 노래를 잘 부르는 사람이 생활에 훨씬 탄력성을 주는 것 같다.

마음의 벽은 갖고자 하는 것을 못 가졌을 때, 하고자 하는 일을 이루지 못했을 때 생긴다. 그로 인해 나는 스스로 단단하게 쳐 놓은 몇 개의 벽 속에 갇히게 된다. 벽이 가진 그 무관심과 무표정이 또 하나의 벽으로 자신을 둘러친다. 이 벽 허물기에 필요한 것은 도전이고 용기다. 내게는 그 용기마저도 벽이다. 차갑고 딱딱한 벽에 희망의 그림을 그려내고, 화사한 꽃을 피워 낸 사람이 참으로 많지 않은가.

텔레비전을 통해 우리소리와 병신춤으로 유명한 일인 창무극인 공옥진 선생의 일대기를 보았다. 선생의 삶은 태산만치 높은 산이 첩첩으로 가로막았다. 일곱 살 때 어머니를 여의고, 하나뿐인 남동생은 벙어리였다. 선생이 결혼해서 첫아이를 잃은 슬픔도 큰데, 남편의 방탕한 생활로 가정이 파탄 났다, 6·25전쟁을 겪은 아픔에다 출가시킨 딸은 어머니가 광대라는 이유로 부당한 대우를 받았다. 무엇으로 그 높은 고통의 벽을 허물 수 있었겠는가. 숨이 막히고 거대한 벽 앞에서 수없이 주저앉고 싶었겠지만 희망을 끝까지 놓지 않고 부둥켜안았으리라. 그 집념으로 마침내 가슴에 맺힌 응어리를 탁 트인 소리로, 혼신을 다한 춤사위로 삶을 승화시켰다.

선생은 세상을 향하여 마치 저항이라도 하듯 온몸을 뒤틀어 병신 흉내를 냈다. 암울했던 시대에 우리 모두가 차라리 사리판단을 안 하고 싶었는지도 모른다. 그럴 때 독특한 몸짓과 표정으로 한이 담긴 병신춤을 추었다. 그 춤은 가슴속에 쌓인 울분을 삭혀 주는 한줄기 빛이었다. 선생은 남도 판소리의 대가인 아버지께 창을 배운 영향도 있었겠지만 스스로의 도전과 뼈를 깎는 노력이 컸다. 똘똘 뭉친 그 끈기로 문전걸식과 수도 생활까지 거치는 시련을 딛고서 우리 문화와 예술에 큰 획을 그었다. 그 숭고한 의지에 아낌없는 찬사를 보낸다.

노래의 힘은 참으로 위대하다. 사람과 사람 사이를 좁혀 나간다. 교포들의 모국 방문 축하공연장에서 가수들의 춤과 노래는 실향민 가슴에 등불이나 다름없다. 민족의 한이 서려 있는 노래, 분단의 아픔을 토로하는 노래, 사랑과 이별의 노래, 내일을 열어가는 활기찬 노래로 바위처럼 굳었던 그들의 마음을 녹여 준다. 오페라의 감동은 배우들이 정열을 다 바쳐 부르는 노래가 가장 핵심이다. 온몸으로 불러주는 고저음을 듣고 있노라면 매료된 감정이 노래 속에 이입된다. 최고의 가창력에 몰입되어 마음은 그들과 하나가 되고 만다. 활활 타오르는 그들의 열정이 온몸을 전율시킨다.

노래는 마음을 표현하는 도구다. 가끔 혼자서 음정과 박자를 깡그리 무시하고 노래를 불러본다. 즐거울 때는 목소리가 높아지고, 마음이 가라앉았을 때도 그런대로 기운이 돋는다. 하나 그것도 잠시고 노래 한 곡이 끝까지 불러지지가 않는다. 괜히 뻘쭘해지면서 노래 꼬리가 땅으로 스르르 잦아든다. 심경에 따라 가슴이 후련토록 노래가 절로 구성지게 흘러나오는 것도 큰 재산이다. 노래방에서 노래를 부르고 또 불러도 끝이 없는 사람은 화수분 같다. 노래 대신 유머로 분위기를 고조시키는 사람도, 말자루로 좌우를 웃기는 사람도 있다. 내게는 그것 또한 벽이다.

　벽은 곧 벽장을 만들기도 한다. 시가에 살 때였다. 가끔 일가친척이 들고 온 과일 바구니나 선물 꾸러미, 보자기에 싸인 청주를, 시어머니는 벽장 속에 넣어 두었다. 그것들은 언제 누구 손으로 꺼냈는지도 모르게 야금야금 줄어들었다. 그것이 구설수였다. 식구들은 서로 의심을 하고 의심을 받는 대상이 되곤 했다. 그와 비슷한 일이 벽장을 빌미로 종종 생겼다. 그 벽장은 투명한 공간이 아니었다. 불신을 낳고 자못 궁금증을 일게 하는, 마음의 벽장 두께를 몇 겹 덧입혀 주었다.

　우리 집에도 벽장이 하나 있다. 잡동사니를 감추는 장소다. 버리자니 정을 떼 내지 못하는 것들이다. 하릴없이 잠만 잔다. 벽장 속을 훤히 알고 있으나 음습하다는 생각을 떨칠 수가 없다. 내가 벽장을 관장하지만 한눈에 다 드러나지 않는 것이 뭔가 불투명하다. 내 가슴도 벽장 안과 다를 바 없다. 버려야 할 것들을 끌어안고 전전긍긍한다. 부질없는 생각들과 이기심, 아집과 편견으로 벽장보다 더 어수선하다.

　내 마음의 벽, 이 노래 벽을 허물려면 노래교실에 한 밑천 들여야 할까 보다. 그 또한 시도가 어렵다. 벽 속에 도로 갇힌 나를 본다. 벽을 만드는 것도 허무는 것도 자신이지만, 두고두고 쌓은 벽을 허무는 게 어찌 쉬울까. 나도 담쟁이처럼 벽을 버팀목으로 삼아 봐야겠다.

　벽은 스스로를 가둔다.

충렬사의 꽃

충렬탑은 임진왜란 항전을 상징한다. 탑기단에는 여섯 명의 동상이 제각각이 횃불, 군도, 깃발, 창을 손에 들고, 활을 겨누고, 나팔을 불며 하늘을 우러러 보고 있다. 그들의 얼굴엔 나라를 지키고자 한 충정이 서렸다. 그러기에 목숨을 아끼지 않았던 무명용사 수천 명의 단결과 민족애가 보인다.

탑 동산에는 탑보다 훨씬 키가 낮은 소나무 십수 그루가 탑을 호위한다. 소나무는 종일 탑을 올려다보느라 고개가 아프겠다. 그래도 탑을 지키겠다는 일념은 변함이 없는 듯하다. 그 아래 붉은 동백꽃은 뭉텅뭉텅 머리를 꺾인 채 잔디에 누워 있다. 마치 애국지사들이 흘린 선혈 같다고나 할까. 생때같았던 그들도 저 동백꽃처럼 스러져 갔으리라. 옆의 빨간 영산홍은 그들이 불태운 열정으로 보인다. 푸른 하늘과 솜털구름, 살랑바람은 옛 것과 별반 다르지 않겠건만. 그날의 상흔을 모르는 채 강중거리는 까치의 재롱이, 지저귀는 새 소리가 영령들을 위로해 준다.

충렬사는 1605년(선조 38) 동래부사 윤훤에 의해 임진왜란 때 순절한 충렬공인 송상현을 비롯한 이 지역의 순국선열들의 위패를 모셔 놓고 제사를 지내는 곳이다. 그 후 93인의 위패를 봉안신위하고 매년 5월 25일 시민들의 정성으로 제향을 올린다.

충렬사 본전에 이르기까지는 삼단의 계단이 층층이 있다. 본전을 기준으로 볼 때 뜰 양쪽으로 매 단마다에 안방처럼 편안하게 자리 잡은 기념관, 소줄당昭崒堂, 의열각義烈閣이, 그리고 송상현공 명언비와 정화기념비가 있다. 앞이 확 트이고 제일 고봉 중앙에 있는 본전이 세상을 굽어본다. 본전은 양쪽 아래로 많은 신하를 거느린 듯해 높은 옥좌 같다.

본전 뜰에 들어서면 향로에 피워 놓은 향 내음이, 수시로 찾아오는 참배객을 먼저 반겨 준다. 선열들의 향기다. 뜰마다 건물의 수문장인 나무들과 꽃에서 풍기는 의미가 예사롭지 않다. 홍갈색의 얼룩무늬를 둥치에 칭칭 감은 모과나무가 삼백 년 세월을 힘겹게 지고 있다. 홍갈색의 수피와 가지마다 핀 당홍색의 꽃이 선열들의 크나큰 공인 듯 눈부시다.

저만치 내려다보이는 안락동 전경이 햇살을 한 아름 머금고 평화롭다. 빌딩과 상가의 형형색색 간판에 어지러운 글자들이, 키 자랑하는 아파트 숲이 본전 품안에 안긴다. 앞다투어 달리는 차량들과 바삐 오가는 사람들도 정겹다. 그 너머 배산과 황령산의 포근함이 여기까지 와 닿는다. 사당에 위패로 모셔진 선열들은 무어라 할까. 시야를 가로막는 높은 건물도, 자동차 경적 소리도 싫다며 손사래를 치는건 아닐까. 아니면 심심하지 않게 해주어 고맙다고 하는지 모르겠다.

사방에 흐드러진 꽃이 내 눈길을 붙든다. 충렬사에 피는 꽃은 아름다움과 향기만이 있는 것이 아니다. 순국선열들의 넋이요, 숨결이요, 영원히 살아 있는 호국 정신이다. 그 애절한 꽃들에서 감히 범접 못할 기운이 느껴진다. "꽃은 어떤 색으로 피든, 필 때 다 써 버린다."라고 한 시 구절을 빌리자면 그들도 전투 때 젖 먹던 힘까지 다 썼을 테다. 나는 꽃에 묵념을 한다.

소줄당 마당 한쪽에 적갈색인 적송의 수피에 선비들의 깊은 학문이 새겨진 듯하고, 뒤란에 빽빽하게 울을 친 푸른 대나무들은 소줄당에 붙어 있는 '안락서원' 현판의 뜻을 일깨워 주느라 서걱서걱 소리를 낸다. '안락서원' 네 글자도 꿈틀거린다.

충렬탑 옆에 들어선 충렬관忠烈館은 그 명칭이 '안락서원 교육기관'이다. 옛 '안락서원'의 발자취를 보는 듯해 반갑다. 조선 중기에 사액을 받은 '안락서원'의 기원과 역사는 충렬사의 역사와 함께했다. 서원은 명현들을 받들어 모시는 곳이기도 하지만, 설립의 의도는 배움의 장을 마련하는 것이었다. 그 취지를 이어서 충렬관이 탄생했나 보다.

특히 서원은 선비들이 모여서 성리학을 논하고 유학을 공부한 곳이고 보면 그 당시 엄청 컸던 동래부에 선비가 많았던 것 같다. 명륜동에 향교가, 사직동에 사직단이, 안락동에 서원이 있었다니 그것으로 증명이 된다. 이것들은 나라의 통치 이념을 실현하는 핵심 기구였다고 한다. 동래부가 부산의 중심이 될 만도 했겠다. '안락서원'은 조선 말기 흥선 대원군의 서원 철폐 때도 임란의 충신열사들을 봉사하는 곳이라 철폐를 면했다고 한다. 그러나 1977년 군사정권이 '호국 요람지'로 확장 정화하면서 서원의 본 모습은 흔적도 없어지게 됐다니 아쉽다.

기념관 앞에는 수십 송이의 검붉은 모란꽃이 활짝 피어 있다. 화려하다기보다 처연하다. 동적인 그날의 뜨거웠던 민족정신을 기리는 것 같고, 격렬히 싸웠던 그들의 열정 같기도 하다. 봄바람이 꽃잎에 달아오른 열기를 식혀주고 있다.

송상현공이 '전사이가도난戰死易假道難'이라고 쓴 팻말을 적에게 내던지며 동래성을 죽음으로 사수하려는 결연이 기념관의 '전쟁 상황 기록도'에서도 나타난다. 왜적이 동래성을 에워싸고 "싸우고 싶으면 싸우고 그렇지 않으면 길을 빌려 달라."라고 했을 때 송공은 "싸워서 죽기는 쉬워도 길을 빌려 주기는 어렵다."라고 했을 만큼 호국정신이 투철했다. 성이 함락되었을 때도 의연하게 북향요배北向遙拜를 마치고 부채에다 아버지께 올릴 고별의 시를 남겼다고 한다. 그는 모란꽃처럼 짧게 피었다가 지고 말았다. 마흔두 살의 아까운 생을 애도하는 유민들이 백 리까지 따라가며 호곡했다고 하니 그 애통함이 오죽했으랴.

의열각 앞마당에서 반송 네 그루에 유독 눈길이 간다. 지붕 위에서 기왓장을 적에게 던지며 항거한 두 의녀와, 송공과 정발 첨사를 따라 순절한 두 열녀의 굳센 투지가 심지 강한 반송을 닮은 것 같아서이다. 정발 장군은 검은 갑옷을 입고 노도처럼 밀어닥친 수만의 적과 맞서 싸웠다고 한다. 난후亂後에 왜인들이 흑인 장군이 가장 두려웠다고 할 정도로 늠름하고 용감하였음을 감히 짐작해 본다. 두 분의 크나큰 공만을 봐도 '넓은 하늘로 돌아가 별이 되고, 장한 기개는 산이 되고 강이 되어 이 나라 백성들을 호위하도다.'라고 읊은 권위진 부사의 시가 더욱 공감된다.

뜰 곳곳에는 유독 배롱나무가 많다. 아직 깊은 잠에 푹 빠져 있다. 배롱나무는 겉과 속이 똑같아 충신을 뜻한다는 설로 보아 기침할 마음이 없는 것은 아닐 테고, 여름 한복판 백일 동안 붉은 꽃을 피우느라 기운이 다 소진된 것도 아닐 것이다. 무명용사들의 그때의 기상처럼, 어느 날 불현듯 일어나려고 숨죽이고 있을 테다. 아무튼 내가 가지를 흔들어 혼곤히 든 잠을 깨워 주고 싶다.

배롱나무야 어찌하든 꽃과 나무가 봄 잔치를 벌인다. 그걸 배경으로 넓은 뜰에는 때마침 전통혼례식을 하고 있다. 새로운 출발점에 선 신혼부부에게 선열들은 의지를 모아 줄 것이다. 녹의홍상을 입은 신부와 빨강, 노랑, 진보라 꽃들과 어우러진 하객들도 꽃처럼 밝다. 은행나무, 느티나무의 연두색 이파리가 한들한들 잔치 분위기를 한껏 고조시킨다. 엄동설한을 딛고 꽃을 피우고 새잎을 단 꽃과 나무다. 그처럼 신랑 신부도 애써 다져온 사랑의 결실을 맺는다. 그 잔치마당이 꽃만큼 아름답다.

연못가에 활짝 핀 자목련도, 물속에서 노니는 비단잉어들도 울려 퍼지는 결혼 축가를 들었을까. 잉어들은 유연하게 율동을 하고, 자목련은 초례청으로 축하 메시지를 꽃잎 엽서에 담아 바람에 띄운다. 배롱나무들도 이 축제에 어울리고 싶어 더 이상의 늦잠은 고집하지 않으리라.

　하르르하르르 내리는 꽃비 따라 봄날은 간다. 애국지사들이 안고 간 아픔도 분분히 날리는 저 벚꽃 꽃잎에 묻혀 가길 소망해 본다. 돌 화분의 색색의 꽃들이 선열들께 보내는 애도인가. 다소곳이 고개를 숙인다.

연기 煙氣

한적한 마을에서 동글동글 솟아오르는 연기를 보면 고향 생각이 난다. 겨울날 해 질 무렵 앙상한 나뭇가지에 덩그마니 얹힌 까치집을 배경 삼아 살살 휘감아 오르던 그 연기가 보고 싶다. 연기는 갖가지의 모형을 그렸다. 부푼 솜사탕, 몽실하게 핀 꽃구름, 그리운 얼굴을. 연기가 마술사였을까 일렁이는 바람 덕이었을까.

푸른 산기슭에 너울너울 퍼져 가는 하얀 연기와 노란 초가지붕 위로 둥글게 구르는 연기는 설렘의 대상이다. 이내 사라지는 데서 생겨난 신기루 같은 아쉬움이다. 눈물처럼 아릿함도, 이슬처럼 영롱함도, 꽃처럼 화려함도 없는데다 생마저 짧다. 반면 여운은 길다. 그래서 연기는 때와 장소에 따라 그리움, 설렘, 설움, 희망, 절망의 연기로 달리 보인다.

제주도 지방에는 일제 강점기 때 집에서 나는 연기를 왜적이 보면 침공해 왔다고 한다. 그 연기가 왜적에게 사람이 살고 있다는 표시가 되었고, 알리는 구실을 했다니 아이러니하다. 그 때문에 부엌의 벽을 아주 낮은 쪽으로 뚫어 연기가 빠져 나가도록 했다. 숨죽이며 땅으로 스며들었던 그 연기는 민족의 설움을 고스란히 안고 간 셈이다.

고려 말엽부터 생겼다는 산의 봉수대에서 군사끼리 서로 신호탄 역할을 한 것이 연기다. 일종의 통신 수단으로 적이 침투해 오는 것을 밤에는 횃불로, 낮에는 연기로 비상 연락을 했다고 한다. 참으로 격세지감이 아닐 수 없다. 횃불은 적의 야욕을 태워 재로 만들겠다는 의지로 그 불빛이 아주 강렬했을 것이고, 연기는 큰 사명감을 띤 만큼 적이 내지르는 소리를 연기에 실어 사방으로 스멀스멀 흘어 보내 주었을 테다.

부싯돌이 불을 피워 올린다면 불은 연기가 되어 피어오른다. 그러고 보면 모든 꽃들도 연기 같다. 꽃대가 부싯돌처럼 온 힘을 다해 꽃망울을 피워 올리면 비로소 꽃망울은 꽃으로 피어나지 않는가. 그 꽃향기가 사라지면 꽃으로서의 생은 다 타버린 것이다. 무엇이든 태워야 연기로 승화된다. 기술이나 예술, 학문도 열정을 불태우지 않으면 꿈을 이룰 수 없다. 연기가 승천하는 뜻이 여기에도 있겠다.

한때 공장의 큰 굴뚝에서 퐁퐁 솟아 오른 검은 연기가 얼마나 많이, 굵게 높이 치솟느냐에 따라 그 공장의 활성화를 짐작하기도 했다. 연기의 양에서 경제성장지수를 가늠할 정도였다. 그 연기는 희망의 깃발이었다. 회사 사람들의 갈등과 시름을 확 뚫린 그 큰 굴뚝이 거둬 가 말끔히 연소시켜 주지 않았겠는가.

기차는 예전같이 그 철로로 가고, 공장도 그 자리에서 여전히 돌아가는데 연기는 없다. 우리는 전기로 문명 덕을 보며 살지만 많은 사람들은 보이지 않는 알력과 경쟁으로 냉가슴을 앓는다. 하늘로 검실검실 치솟았던, 사라진 신발 공장의 그 짙은 연기가 향수로 남을 줄이야. 검은 연기가 급변한 사회의 기초 생활을 대변했다면, 선진국 대열로 접어드는 길목에서 사라져버린 그 연기는 사람들의 가슴이란 연통에다 가둬 놓은 것은 아닌지. 연통의 연기는 굴뚝 밖의 자유를 늘 꿈꾸고 있는지도 모른다.

공장에서 연기를 덩싯덩싯 뿜어댔던 그때가 부산의 경제 기운이 연기처럼 부풀어 올라간 전성기였다면 지나친 생각일까. 오랫동안 부산이 터전이었던 많은 공장들이 언제였는지 거의 시 외곽으로 이전해 버렸다. 그로 인해 부산의 집들은 일명 제비집이 됐다고나 할까. 많은 사람들이 타 지방의 직장에 몸담아야 하고 생필품의 자급 자족이 어려워졌다는 생각이 든다. 여기저기서 바람 따라 펄럭이던 그 희망의 깃발이 그립다.

콘크리트 건물 안에서 화재가 나면 열린 창문으로 펑펑 터져 나오는 폭포 같은 연기가 화재의 긴박감을 말해 준다. 그 연기는 화재 현장에서 최초의 목격자요, 신고자다. 초고속 인터넷처럼 빠른 연기일수록 효력이 있다. 잠깐 사이에 형체도 없어지는 연기가 익명의 성금만큼이나 귀중한 것이다.

하나 어떤 연기는 모질고도 지독하다. 언젠가 우리 가게에 화재가 났을 때, 물건마다 바늘구멍만 한 틈새에도 연기가 파고들어 진한 그을음을 남겼다. 기능성이 있는 물건 이를테면 TV, 컴퓨터, 전자계산기, 냉장고 같은 제품에는 숨통을 조여 기절을 시켰다. 연기하면 냅다는 생각이 먼저 난다. 그 어떤 물건인들 연기의 냄새를 이길 수 있으랴. 그 절망의 연기는 모두 내 안으로 깃들어 가슴을 먹물로 흠뻑 적셨다.

나는 어느 날부터 남의 집 창문을 쳐다볼 때 연기가 새어 나오는지를 슬쩍 살피게 됐다. 지금도 내 눈은 길 건너의 앞집 창문을 훔쳐보고 있다. 얼마 전에 화재가 난 집이다. 그때 그 집에는 부부 싸움 끝에 난 화재로 어린 아들이 검은 연기에 질식해 영영 깨어나지 못했다. 슬픔의 연기가 아직도 그 집 창문에 아슴아슴 맴돌고 있는 듯하다. 그날의 슬픈 일이 슬며시 고개를 든다.

내게는 가게의 화재로 벌어진 일들이 아픈 기억으로 남아 있다. 어디에서나 소방차의 요란한 사이렌 소리만 들려도 다리가 후들거리고 가슴이 사시나무처럼 떨린다. 연기를 찾아 나선 소방차도 연기만큼 빠르다. 순식간에 차는 지나치건만 쿵쿵거리는 내 가슴은 좀처럼 진정되지 않는다. 언제쯤 긴급자동차의 엥엥 울어대는 경고음에도 무심해질 수 있을까. 떠올리기 싫은 그 장면이 이제 연기처럼 사라지면 좋겠다.

내 마음의 굴뚝 하나 세워 내 안에 커튼처럼 드리우고 있는 검은 연기를 굴뚝 밖으로 훨훨 날려 보내야 하리라.

발이 내게 하는 말

굴지의 모기업 회장이 발이 묶여 생긴 뼈아픈 일화가 있다. 눈[雪]이 너무 많이 온 탓으로 찻길과 하늘길이 막혀 나라님과의 중대한 약속을 지키지 못했다. 그로 인해 회장은 아주 막대한 불이익을 받았다는 이야기다. 이렇듯 발이 묶이면 본인의 의지와 상관없는 일이 일어난다. 철칙으로 지켜오던 약속을 펑크 내고, 무책임자로 낙인찍히기 십상이다. 신뢰가 무너지고 신용을 잃는 것도 잠깐이다. 수 년, 수십 년 쌓아 올린 공든 탑도 와르르 무너진다.

묶였다는 것에는 꼼짝 못한다는 뜻이 내포됐다. 즉 철문 안에 덜컹 갇힌 것이나 뒤통수를 얻어맞은 것과도 같다. 한때 소록도에 몇천 명의 한센병 환자들이 발이 묶였다. 격리 수용이 용이한 게 이유가 된 섬은 뭍과 달리 슬픔이 짙다. 감금실과 한센병 근절을 위한 단종대가 그것을 말해준다. 그야말로 끊어지지 않는 쇠사슬에 그들의 발이 이중삼중으로 묶이었다.

나도 한쪽 발을 다쳐 몇 달간 발이 묶여 봤다. 일상의 자잘한 일과 큰 볼일을 못 보는 불편함과 아쉬움이 이만저만이 아니었다. 나는 특별히 하는 운동이 없다. 쌓인 시름을 털어 주는 게 고작 달마다 서너 번 하는 등산이었다. 그 일마저 부실한 발 때문에 꼬박 일 년 넘게 등산은 물 건너갔다. 발의 소중한 의미와 존재가치를 새삼 깊이 인식하게 됐다.

언젠가 중국 장가계에 갔을 때다. 성한 두 발 덕에 제임스 카메론이 감독한 영화 〈아바타〉 촬영지인 천혜의 경관을 가까이에서 볼 수 있는 것을 발이 더 감탄스러워 했다. 허공에 매달린 몇 십 개의 케이블카가 시내를 기점해서 40분간 천연덕스럽게 산을 오르며 하늘을 수놓았다. 새가 된 기분으로 바라본 아름다운 풍광이 마치 신세계를 보는 것 같았다. 스쳐 지나가는 수많은 기암괴석의 기기묘묘한 산봉우리가 가슴에 팍팍 안겼다. 웅장한 천문산이 낳은 대협곡, 그 장관에 온몸에 감동의 물결이 일었다. 케이블카가 목적지에 도착하자 가장 먼저 발이 점프를 해댔다. 팔짝팔짝 뛰는 발짓에 놀랐고, 감정이 무딘 줄로만 알았던 것이 깨졌다. 칭찬에 발이 달렸다고 할 만큼 감각적인 것이다.

귀곡잔도는 몇 천 미터의 협곡 가에 이어진 좁은 돌다리가 하도 탄탄하여 천년 세월이 흘러도 닳거나 깨지지 않을 것 같았다. 무슨 일을 할 때 임시방편으로, 앞이 보이지 않는 사람한테 화장해 주기 식으로 하는 게 많은 우리네와 달라도 한참 다르다. 하나 난간이 위태로운 만큼 공사 중에 인부들 여럿이 목숨을 잃었다고 한다. 그 정도로 낭떠러지가 아슬아슬했다. 한 발 한 발 멈칫거리며 떼어 놓는 발을 보고 빨리 걷자고 다그쳤다. 여자의 곡소리가 들린다 하여서 벗어나고픈 마음이 앞서서였다. 오들오들 떠는 것도 몸보다 더듬거리는 발이 더했다. 그 발을 위로해야 할 판에 잔뜩 부담만 주고 말았다.

그것이 끝이 아니었다. 뱀이 똬리를 틀고 도사리고 있는 형상을 한 통천대로가 또 기다리고 있을 줄이야. 급경사 아흔아홉 고개를 셔틀버스를 타고 고부랑고부랑 곡예를 하듯 넘어갔다. 하늘로 통하는 그 길에서 안개 낀 절벽이 아스라이 보였다. 생경했던 그 풍광이 스릴이 넘쳤지만 아찔하여 현기증이 일었다.

위로 천문산 한쪽에 보이는 천문동굴의 뚫린 구멍으로 하얀 하늘이 얼굴을 내밀었다. 처음 보는 광경에 넋을 잃었다. 그곳으로 가기 위한, 한 가지 남은 관문이 다시 천 계단을 올라가는 것이었다. 비스듬히 서 있는 높은 계단을 바라보는 것만도 숨이 찼다. 나는 천 계단의 중간에도 한참 못 미쳐서 포기하고 말았다. 발이 더 이상 못 가겠다고 엄살을 부렸기 때문이다.

천 계단을 올라 해발 천오백이 넘는 고지까지 갔다 온 사람들이 얼마나 부러웠던지. 아래서 우러러 봤을 때는 동굴의 폭이 버스 한 대 정도 지나갈까 했는데 비행기 몇 대가 날 수 있는 넓이였고, 동굴에서 떨어진 물방울이 모여 연못을 이루어 물고기가 노닐더라고 했다. 그 환상적인 모습을 못 본 것이 못내 아쉬웠다. 빈약한 발 때문이라고 애꿎은 발만 나무랐다. 지금 생각하니 그날 험준한 천 계단을 오르지 않았던 것이 발에 덜 미안하다. 엄청나게 받았을 압박을 조금 덜어 준 것 같아서다.

묶이는 것과 묶는 것은 다르다. 묶이는 것은 무엇에 강제로 얽매이는 구속이고, 자유를 박탈당한다. 쇠사슬에 발이 묶여 팔려간 흑인노예들이 영국의 사탕수수밭에서 평생 노예로 살다 죽어간 비극적인 일도 허다하다. 묶인 발 때문에 질곡의 삶을 벗어나지 못하고 전족이란 멍에를 지고 살다간 중국의 여인들도 있다. 중국은 일부다처제의 사회제도에서 성차별 역사가 무려 구백 년 동안 지속됐다고 한다.

그것과 비교할 수는 없지만 조선시대 열녀문도 여성의 발이 묶였던 일이다. 임진왜란과 병자호란을 겪은 후 극도의 혼란한 사회를 재건하기 위한 방편을 세웠다고 한다. 그때 모든 것은 남성중심으로 바뀌게 됐다. 고려시대나 조선 전기에는 열녀문이 없었다. 가문의 영광이었던 열녀문, 거기에 순응한 여인들의 한恨 맺힌 삶이 역사 속 그늘로 남아 있다.

묶는 것은 흐트러지지 않도록 단속하는 것이고, 곁에 두고 싶어 보듬어 안는 것이다. "사랑의 밧줄로 꽁꽁 묶어라. 내 사랑이 떠날 수 없게"라고 하는 노랫말도 있지 않던가. 즉 가지고 싶은 것을 어떤 식으로든 지키고 싶은 게 아니겠는가. 사람마다 발이 소중하겠지만 특히 발레리나와 운동선수들, 워킹 모델들에게는 발이 더욱 특별나다. 그 눈부신 활약이나 활기찬은 발이 자유자재로 그려낸 멋진 작품들이다. 그들이 발에 무한대로 쏟은 사랑과 정성의 값진 대가이리라.

무거운 몸 떠받들고 다닌다고 뻣뻣해진 발을 따뜻한 물에 담가 조물조물 주물러 준다. 더운 물의 수증기 속에서 "아이고 시원하다.

오늘처럼 자주 나를 호강시켜 주세요." 발이 내게 속삭이는 말이다.
당연하다. 세상에 펼쳐져 있는 아름다운 경치를 볼 수 있는 것도,
만나면 반가운 사람들과의 눈도장을 찍게 해주는 것도 발의 공덕이
지 않은가. 발도 내 마음에 수긍한다는 듯 한결 부드러워진다.

첫발자국처럼

　누구나 연륜을 같이하는 물건이 있을 것이다. 내게도 결혼과 동시에 가진 물건이 몇 가지 있다. 네모난 상자로 반듯하고 색상이 아주 선명하던 반짇고리와 윤이 나던 스테인리스 세숫대야다. 지금은 둘 다 오랜 시간을 말하듯 낡아 볼품없다. 반짇고리는 사방 모서리에 흠집이 생기고 손때가 짙게 묻었다. 대야도 밑바닥에 새긴 밝고 또렷한 꽃문양이 오래된 기억처럼 희미해졌다. 나를 닮았다. 내 발자취이다. 이젠 그것들을 내 곁에서 밀어내고 싶지만 묵은 애정과 추억이 보듬게 한다.

　세월은 비켜가지 않는다. 이를테면 스테인리스 수저와 그릇 등이 잃어버린 시간과 함께 색이 바래지거나 닳아지면서 나이를 먹는다. 해마다 새 물건이 쏟아지고 있다. 신제품들이 예전 것에는 세월의 옷을 한 겹씩 덧입혀 준다. 저절로 뒤로 밀리는 것, 순차적으로 자리를 내어 주어야 하는 것은 어쩔 수 없이 자기만의 발자취를 남기게 된다.

　무엇이든 퇴색되어 가는 것엔 세월이 만들어낸 슬픔이 깃들어 있다. 그나마 세월이 흐를수록 덕을 보는 것도 있다. 문화유산이 될 진기한 골동품이다. 그것에는 시간의 무게가 고스란히 실려 있다. 그것의 진정한 가치는 다분히 그 자체로 역사다. 선조들의 장인 정신과 발자취다. 골동품은 감정사의 눈으로 세밀히 관찰하여 가치를 짚어낸다. 물론 온갖 자료에 의해 시대를 조명해 내겠지만. 하나 일일이 사물의 나이를 알아내는 것은 순전히 감정사의 몫이 아닌가. 그들은 세월이 남긴 수천 년 역사의 발자취를 헤아리는 안목을 충분히 가지고 있다. 그들의 범상치 않은 눈에는 수만 가지의 역사가 들어 있는 게 분명하다.

어느 곳보다 문화유산이 많은 곳이 경주다. 길 하나를 사이에 두고 현대와 고전이 맞물려 있다. 그곳에서 유물을 볼 때, 나는 생각이 흩어지기 십상이다. 그래서 천년세월의 발자취를 시대별 배경이 된 책에서나 영화에서 본 것과 접목시켜서 이해를 돕기도 한다.

몇 백 년을 훌쩍 넘은 고택과 고찰, 석탑과 마애불은 무거운 세월을 이고 있다. 오랜 세월 동안 풍화작용을 견뎌내고 민족의 순후한 얼 또한 오롯이 안고 있다. 봐 달라고 뽐내지도 않건만 그 앞에 설 때마다 움츠러들고 숙연해진다. 가슴 한 구석이 서늘해 오면서 이런 보물 옆에 나도 석고상마냥 긴 시간 함께 서 있고 싶다. 고택 지붕 위의 와솔처럼 비와 바람을 온몸으로 맞으면 내 안에 든 세파의 때가 씻겨질 것만 같다. 아니, 천 년 전의 신라인으로 돌아가 순박하게 살아갈 것만 같다.

그러한 염원을 안고 있는 때문인가. 나는 울적하거나 엉킨 일로 머리가 복잡해지면 경주에 가고 싶어진다. 할머니 마음 같은 편안한, 곡선이 아름다운 고분들 앞에서 세월이 주는 푸근함을 원 없이 안아 보고 싶다. 그러다 보면 잠시나마 옛 사람이 되어 마음이 부자가 될 것이다.

발자취는 뒷모습이다. 표정을 바꿀 수 있는 것이 앞모습이라면, 어느 것도 숨길 수 없는 것이 뒷모습이지 않은가. 가장 솔직 담백한 것 중 하나가 뒷모습이지 않은가. 흔히들 훌륭한 일이나 어려운 일을 거뜬히 해 낸 사람을 '후광이 비춘다.'라고 한다. 그만큼 뒷모습에서 품성과 인격이 나타난다는 뜻일 테다.

의관을 갖춘 사람이 폭신한 의자에 등을 기대지 않고 장시간 꼿꼿이 앉아 있는 것을 보았다. 깔끔한 의복의 뒤를 구기지 않으려는 것이 이유였다. 그는 앞보다 뒤를 더 중시 여기며 정갈하고 반듯한 이미지를 지키고 싶은 모양이었다. 항상 깨어 있는 그의 정신세계, 그 고삐를 잠시도 늦추지 않는 그를 보니 순백의 눈밭이 떠올랐다. 김구 선생은 눈에 찍힌 자신의 발자국은 뒤따라오는 사람에게 통로도 될 수 있고, 지름길도 될 수 있고, 이정표도 될 수 있다고 했다. 그 발자국도 뒷모습이다.

하얀 눈 위를 한 발 한 발 걸을 때 짐짓 조심스러워진다. 경사진 곳이나 웅덩이는 피해서 돌아간다. 눈길에서 첫걸음을 내딛는 그 마음가짐으로 살면 뒷모습이 충분히 아름답지 않겠는가. 그리 되기를 간절히 소망해 본다.